醫統江山

卷6

鋒芒畢露

石章魚 著

宮裡人心叵測，勾心鬥角
為了爭寵上位，無所不用其極
低調做人是最高準則

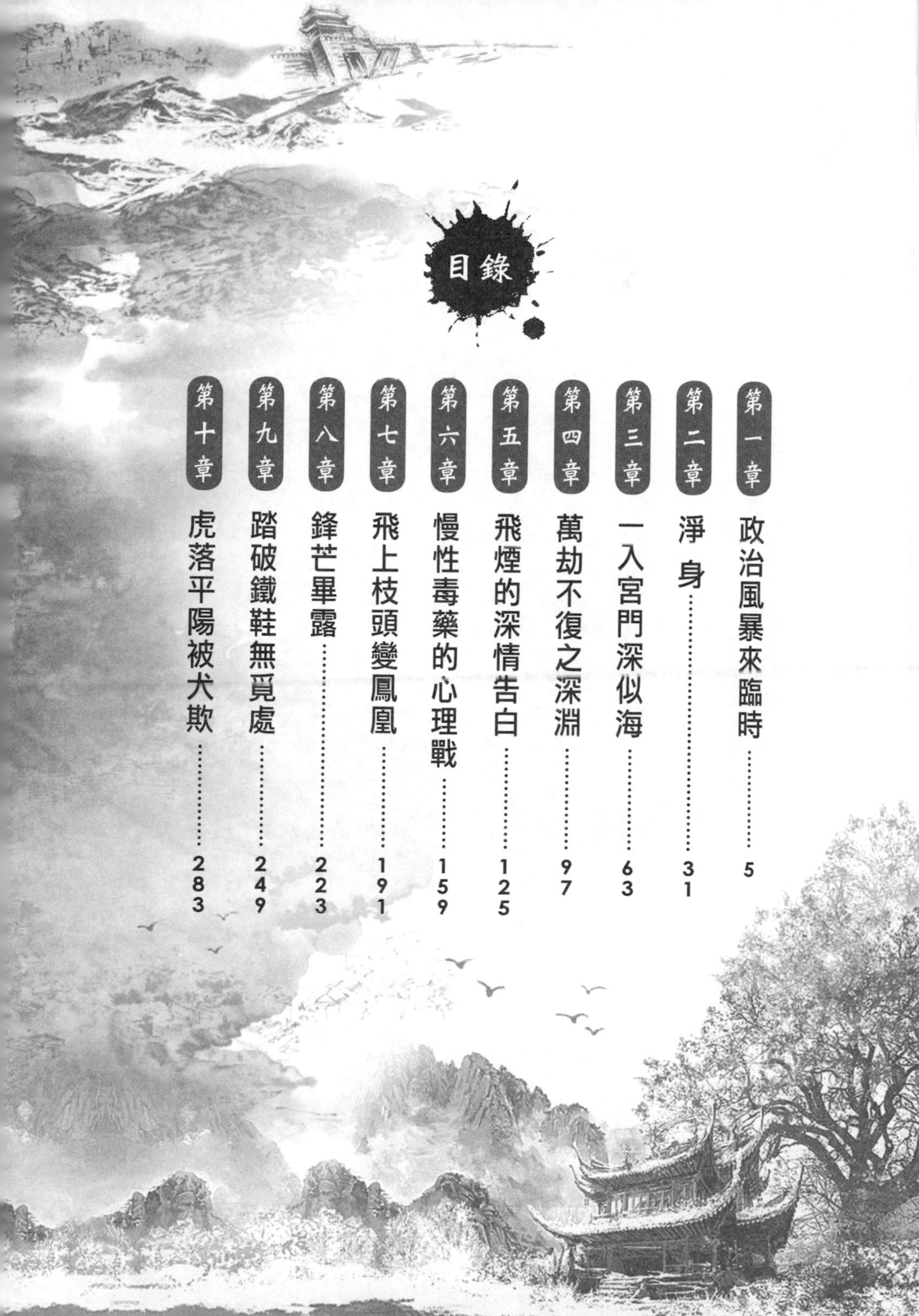

目錄

第一章

政治風暴來臨時

胡小天聽到這裡，心中暗笑袁士卿迂腐，就算自己當個郎中，
這場政治風暴來臨的時候也難以倖免，
皇上針對的是胡家，
政治上對待不同政見的敵人講究的是冷酷無情，
甚至斬草除根，唯有這樣才能免除後患。

康都和胡小天離去之時並沒有太大的變化，胡小天經過天街的時候忽然想起了霍小如，舉目向東四牌樓的方向望去，不知伊人是否安在？想起霍小如離別時說過不久就會離開康都的話，想必早已離開了，原本他們之間還有一年之約，可世事變幻莫測，如今自己已經返回康都，霍小如也不知身在何方。

想起往事，胡小天的心中平添惆悵，如今他已經沒有時間去感歎這些事情，也許他註定在這個世界上只能是一個匆匆過客。本想平淡一生，卻不得不追風逐浪，胡氏一門的命運只能依靠他去解救。

承恩府位於康都西北，小商河以南，這裡曾經是軟禁大皇子龍燁霖之地，前不久太子龍燁慶也被囚於此地，最後自縊死在這裡。這地方並不難找，承恩府門前有一條狹窄的街道，名為鎖雲巷，其實最早這裡曾經叫鎖春巷，明宗的時候嫌棄這名字不吉利，御筆親批將中間的春改為雲，於是變成了現在的名字，其實前者更為貼切一些。

這巷口之中並沒有普通的住戶，兩旁都是高門大院，分佈著一些皇宮內務機構，這些機構大都是不方便設立在皇宮內，所以才安排在這裡，附近有禮監胡同、鐘鼓司胡同、瓷器庫胡同、織染局胡同、酒醋局胡同、惜薪胡同、蠟庫胡同、恭儉胡同、還有皇室冰庫。這一區域和大康皇宮隔河相對，雖然不及皇宮的恢弘氣派，可是所占面積也是極大。

承恩府在這片建築群中還算顯眼，走入鎖雲巷，一眼就能夠看到承恩府青灰色的房頂，狹窄的鎖雲巷僅僅能容一輛馬車通過，兩旁圍牆都在三丈左右，人行其中會感到一種強烈的壓迫感。

烈日當空，可是陽光卻無法照入小巷，人行巷內，始終走在陰影之中，長長的鎖雲巷內只有胡小天一個人行走。

來到承恩府前，發現大門也是漆黑色，胡小天方才意識到整條鎖雲巷中除了灰黑便沒有其他的色彩，巷內甚至沒有任何的植被。過去他在康都還從不知道這裡有一處那麼壓抑的所在。

承恩府黑色大門剛剛刷過油漆，空氣中仍然飄著一股新鮮的油漆味道，門釘也是新近才更換過，一顆顆黃澄澄金燦燦，為這壓抑的街道增添了些許的亮色。門前一名小太監站在那裡，低頭打著瞌睡。

胡小天來到他面前咳嗽了一聲，那小太監打著哈欠抬起頭來，打量了一下眼前的陌生人：「你找誰啊？」

胡小天笑了笑道：「請問有位安公公在不在這裡？」

那小太監咧嘴笑道：「安公公？這裡沒有安公公！我也從未聽說過什麼安公公。」

胡小天愣了一下，難道安德全是個假名？這老太監真是老奸巨猾，居然連真名

都不告訴自己這位救命恩人。又或是這位小太監地位過於卑微，根本接觸不到安德全這種太監中的高層人物？胡小天抱著試試看的態度掏出了烏木令牌，在小太監眼前晃了晃。

卻想不到那小太監看到烏木令牌嚇得撲通一聲就跪了下去，顫聲道：「大……大爺……小的有眼無珠，怠慢之處還望大……大爺不要怪罪。」

胡小天忍不住笑道：「你認識我？」

小太監用力搖頭道：「不認識！」

「不認識你給我下跪？」

小太監道：「見到烏木令，如同見到權……」小太監揚起手反手就給了自己一巴掌：「如同見到都督親臨。」

胡小天看了看這烏木令牌，怎麼看都感覺普普通通，卻把小太監嚇成這個樣子？看來安德全沒有騙自己。

胡小天道：「這裡是誰管事啊？」

小太監道：「權公公！」

胡小天心中一怔，權公公？不姓安，可安德全最後一個字也是全，莫不是這老太監當初給自己報名字的時候就故意將姓名顛倒過來，他的真名乃是叫權德安，這老狐狸啊，嘴裡連一句實話都沒有。胡小天伸手將小太監拉了起來：「小公公請起。」

小太監仍然嚇得戰慄不已，這當然和胡小天無關，人家怕的是胡小天手中的令牌。

胡小天道：「權公公的大名是不是權德安呢？」

小太監向兩旁看了看，這才有些畏懼地點了點頭，剛才他只說了一個字就停下不說，心中對這位權大總管充滿了畏懼。

胡小天果然猜對，他輕聲道：「我今次前來就是為了拜會權公公，不知權公公在不在裡面？」

小太監道：「大爺，權公公今日一早便入宮面聖去了。」

「幾時回來？」

「這可說不準，這兩天宮裡事情多得很，權公公諸事繁忙，或許晚間回來，又或許今日都不回來了。」

胡小天聽他這樣說，不由得有些失望。

那小太監因為他手中的烏木令牌而對他恭敬非常，殷勤道：「大爺，不如您先留個口信，等權公公回來我轉告給他。」

胡小天道：「你只消告訴他，有人持烏木令牌過來尋他就是，我晚些時候再過來拜會。」

小太監應了一聲，恭恭敬敬將胡小天送走。

胡小天離開了鎖雲巷，離開之時他還是非常小心的，雖然他現在的樣子別人不會認出，但是在逼問徐正英的時候，終究還是洩露了一些秘密，以徐正英的頭腦很可能猜到自己會來承恩府，在這附近設下埋伏圍堵自己也有可能。

胡小天發現秦雨瞳送給自己的這張面具還是起到了相當大的作用，幸虧有這張面具作為掩護，他才可以堂而皇之地出入於康都的大街小巷。他並沒有急於返回之前的客棧，也沒打算再回去和高遠會合，高遠是個好孩子，胡家落難，自己的前途命運都無法把握，又何必去連累一個無辜的孩子。

想要打聽消息，在茶館酒肆也是一種很好的方式，當天中午胡小天來到了燕雲樓，過去他曾經來到這邊吃飯，記得當初還因為盲女方芳和禮部尚書史不吹的兒子史學東打了一架。

如今燕雲樓的生意依舊，只是胡小天卻從昔日眾星捧月的尚書公子，變成了一個隱姓埋名的逃犯，真是世事弄人。

胡小天點了兩道小菜，要了一壺酒，一個人自斟自飲，一邊傾聽著周圍人談話。

雖然都說公眾場合莫談國事，可京城老百姓的話題十有八九還是和國事有關。尤其是新近皇權更替，新君即位，這兩日朝廷內部也是變動頻繁，隨著一位位昔日重臣的被抓，異常空前的政治風暴已經正式席捲了整個康都。

鄰桌一人道：「聽說昔日的太子太師周睿淵周大人被封為當朝左丞，統管中書省，那可是一人之下萬人之上的位置。」

同桌的一名藍袍書生笑道：「一朝天子一朝臣，自古以來，但凡皇權更替，就會重複上演這樣的事情。」

另外一名矮胖的男子道：「新君上位，幾家歡樂幾家愁，你們聽說過沒有，這三天裡面，已經有七位三品大員被抓，其中包括戶部尚書和吏部尚書，看來這次朝廷是要有大動作了。」

最先說話的那人道：「小聲點，現在京城內外遍佈朝廷的耳目，誰要是評點國事搞不好就會被抓進衙門。」幾人停下議論，幾乎同時向樓梯口處望去。

胡小天也抬頭看了一眼，卻見有兩位熟人從樓梯處走了上來。這兩人一位是易元堂的坐館大夫袁士卿，另外一位是胡小天曾經幫助過的獵戶展鵬。胡小天認識他們，可是兩人顯然無法將已經易容後的胡小天認出，就在胡小天相鄰的桌子坐下，展鵬將手中的行囊和刀箭放在地上。袁士卿叫來小二點了幾道菜，要了一壺好酒。

袁士卿舉杯道：「展兄弟，此去西川山高水長，我以這杯酒祝你一路平安。」

展鵬端起酒碗和袁士卿碰了碰，仰首將碗中酒乾了。

胡小天聽得清清楚楚，展鵬要去西川？他明明是京城人氏，為何要去西川？現

在李天衡擁兵自立，整個西川都已經落入李氏叛軍的控制之中，西川東線劍拔弩張，戰事一觸即發，展鵬為何要在這個時候前往西川？難道是……

袁士卿又和展鵬喝了一碗酒，低聲道：「展兄弟，西川李氏擁兵自立，據說聖上已經在調集大軍，不日即將征討叛軍，你在此時前往實在是有些太危險了。更何況胡公子生死未卜，即便你到了那裡，也未嘗能夠找得到他。」他雖然刻意壓低聲音，仍然被鄰座的胡小天聽了個清清楚楚，所以說隔牆有耳，有些話還是別在外面說的好。

胡小天聽到兩人提起自己的名字，心中不由一動，他剛才便隱約覺得展鵬此次前往西川很可能和自己有關，事實果然驗證。在這種兵荒馬亂的時候，居然還有人牽掛著自己的安危，決定去西川尋找自己，胡小天頓時有些感動。

展鵬道：「我爹從小就教導我，受人滴水之恩，當湧泉相報，胡公子對我有恩，他救我爹在先，為我解圍在後，現在他有了麻煩，我若是不聞不問，還有何面目活在這世上。」

袁士卿緩緩點了點頭：「胡公子乃是當世奇才，一身醫術玄妙無雙，我行醫這麼多年，還從未見過一個像他這麼有天份的年輕人。但願他不要遇到什麼麻煩。」說到這裡他又搖了搖頭：「胡公子為何要做官，其實以他的醫術安安穩穩當一個郎中，也不會有那麼多的麻煩。」

胡小天聽到這裡，心中暗笑袁士卿迂腐，就算自己當個郎中，這場政治風暴來臨的時候也難以倖免，皇上針對的是胡家，政治上對待不同政見的敵人講究的是冷酷無情，甚至斬草除根，唯有這樣才能免除後患。

展鵬酒量雖然很好，但是並不貪杯，喝了三碗酒之後便開始吃飯，吃飽後向袁士卿告辭。背起行囊，拿好刀箭，舉步下了樓梯，袁士卿將他一直送到酒樓外，和展鵬分手之後徑直走向不遠處的易元堂。

胡小天看到展鵬解開栓在樹上的黃驃馬，想了想終於還是走了過去。

展鵬為人警惕，早在和袁士卿飲酒的時候就已經發現鄰桌的這位中年漢子對他們似乎非常關注，取馬的時候又看到對方尾隨自己而來，頓時心中警覺，不過他並沒有朝胡小天看過去，而是翻身上馬，對方步行自己起馬，甩開對方的跟蹤應該很容易。

胡小天見他要走，揚聲道：「展兄請留步！」

展鵬微微一怔，他對這陌生的男子全無印象，卻不知對方怎麼知道自己的姓名，展鵬勒住馬韁，一雙劍眉擰在一起，目光炯炯充滿警惕地望著胡小天道：「這位兄台是叫我嗎？」

胡小天道：「正是！」

展鵬道：「咱們好像從未見過面呢。」

胡小天微笑道：「展兄雖然沒見過我，可是我卻見過展兄，一箭雙雕的箭法我至今記憶猶新呢。」

展鵬聽到胡小天提起這件事，在仔細分辨他的聲音，從聲音中隱約猜到了胡小天的身分，可是眼前的這張面孔卻是陌生之極，他一時間無法斷定，臉上的表情越發迷惘了。

胡小天向四下看了看道：「這裡人多眼雜，並非談話之地，咱們換個地方說話。」他說完之後快步向遠處走去。

展鵬望著胡小天的背影，很快就發現這背影有些熟悉，聯想起胡小天剛才說話的聲音，臉上的表情頓時變得激動了起來。

胡小天來到小商河畔，緩步走下河堤，展鵬隨後縱馬趕到，翻身下馬，將黃驃馬繫在垂柳之上。

胡小天轉身朝他笑了笑道：「展大哥別來無恙？」他已經將面具揭去，以本來面目出現在展鵬的面前。

展鵬看到他的真容，方才敢斷定眼前人確是胡小天無疑，他抑制不住內心的激動，快步來到胡小天面前抱拳見禮道：「恩公，果然是你，只是剛才你怎麼變成了那個樣子？」

胡小天微笑道：「這京城內遍佈朝廷的耳目，如果不是改變形容，只怕我早已讓人抓走了。」

展鵬又驚又喜，實在想像不到胡小天的易容術高妙到如此的地步，他低聲道：「恩公，我聽說胡家出事，西川叛亂，正準備去西川找您。」

胡小天感激地點了點頭道：「展大哥，剛剛我在燕雲樓已經聽到了。」

展鵬道：「若非機緣巧合，幾乎當面錯過。」他問起胡小天前去燕雲樓的原因。

胡小天這才將自己如何到得那裡一五一十地告訴了展鵬，展鵬聽胡小天說完，不禁為他的命運唏噓，這兩天京城中的傳言不少，只是以展鵬的身分無法接觸到更多的內部，剛才之所以找袁士卿話別，還有一個原因就是想通過袁士卿瞭解胡家最近的情況。

展鵬道：「此時由都察院負責查辦，這三天以來已經有七位三品以上的官員先後被抓，其中以胡大人罪名最重，這七人之中唯有他被扣以勾結叛賊，陰謀顛覆大康的帽子。」展鵬說這番話的時候充滿同情之色，對於官場上的事情他並不瞭解，也不關注，胡不為是忠是奸對他來說也不重要，可胡小天是他的恩人，胡氏的落難，讓胡小天已經落入困境之中。

胡小天坐在河堤之上，折下一段青草，在手中輕輕扯斷，雙目盯住緩緩東流的小商河水，表情顯得迷惘之至。

展鵬道：「恩公，大康已非久留之地，我有一個提議，不如你喬裝打扮，我護送你向北前往大雍，至少在那裡可以過上安定的生活。」

胡小天微笑道：「展大哥，以後不要再叫我恩公，直接叫我名字就是。」

展鵬微微一怔，胡小天的這句話有些所答非所問，並沒有回答自己的提問，他低聲道：「你意下如何？」

胡小天仍然沒有回答他的問題，輕聲道：「其實當初我離開京城前往青雲上任的時候，曾經想過請展大哥和我一起前往，只是後來我又打消了念頭。」他轉向展鵬道：「知不知道為什麼？」

展鵬抿了抿嘴唇，並不知道胡小天現在說這件事的真正含義。

「父母在，不遠遊，展伯父年事已高，需要有人在身邊照顧。」

展鵬點了點頭。

胡小天道：「如果我想要保全性命，安度餘生，就不會回來，可如果真是那樣，父母蒙難，我抽身事外，苟且偷生，那麼別人會怎麼看我？即便是我找個無人的角落躲起來，我的良心呢？我這輩子都會在自我譴責和負疚中渡過一生，那樣我的人生還有什麼意義？我不是什麼大英雄，可是我也不是孬種，人活一輩子，有些事不得不做。」

展鵬聽到這裡，雙目灼灼生光，內心中對這位年輕的公子哥湧現出一陣崇敬之情，他過去一直以為胡小天是個養尊處優的紈絝子，卻沒有想到胡小天的身上擁有著不次於他的男兒血性，有膽有識。

展鵬不再勸胡小天離開，低聲道：「你想怎麼做？我必盡全力相幫。」

胡小天搖了搖頭道：「你幫不了我，任何人都幫不了我，胡家目前的境況，除非皇上改變了主意，不然絕無轉機的可能。」他伸手拍了拍展鵬的肩膀道：「我今天之所以現身相見，是不想展大哥跑冤枉路，展大哥對我的深情厚誼，小天銘記於心，他日如有機會，必報展大哥的深情。」

展鵬激動道：「我不求你報答，一直都是我欠你的情分，小天，你總得讓我幫你做些事情。」

胡小天道：「展大哥，若是小天僥倖不死，你我兄弟必有相見之日，若是小天蒙難，大哥若是念著我們今日的情分，那麼幫我們胡家收屍，將我和爹娘葬在一起，讓我們的屍身有個安穩的去處。」

展鵬心中悲愴不已，忽然揚起拳頭狠狠砸在河堤之上，拳峰深陷泥土之中，他充滿悲憤道：「君子報仇十年不晚，為何不留下性命，離開這虎狼之地，以後再做打算？」

胡小天道：「只要有一線希望，我都要去做，展大哥！你不用勸我了。」

展鵬點了點頭道：「好！既然你心意已決，我也不攔你，展鵬在兄弟面前發誓，胡家若是遇害，我必為胡家滿門收屍，將你們一家好生安葬。」

胡小天笑道：「謝謝展大哥！」

展鵬起身來到黃驃馬旁，從馬鞍上解下酒葫蘆，旋開蓋子遞給胡小天道：「這就算我給兄弟的壯行酒吧！」

胡小天雙手接過，仰首咕嘟咕嘟接連灌了三大口，高呼道：「痛快！」

黃昏在不知不覺中到來，胡小天在河邊辭別展鵬之後，重新戴上面具，一個人在京城內遊蕩，對他來說，或許已經是最後的時光，他擔心展鵬跟來，兜了無數個圈子，直到確信無人跟蹤，這才重新回到了承恩府。

門前依然是那個小太監站著，看到胡小天過來，他慌忙站了起來，主動迎了上去：「大爺，您來了，權公公已經回來了，就在府內等著您呢。」

胡小天聽聞安德全已經回來，不由得心中大喜，如今老太監已經成為他心中唯一的希望，

跟著小太監進入承恩府內，裡面空空蕩蕩，非但見不到樹木，甚至連一棵小草都見不到，地面上鋪滿青石板，庭院正中擺放著石桌椅，夕陽的餘暉從高牆的另外一方投射過來，抬頭望去，高牆上似乎被塗抹了一層金邊，走入二道門裡面是一個

面積不小的庭院，依然沒有任何的植被，正中堆著一座假山，光禿禿的，如同一個瘦骨嶙峋的老人赤身裸體的站在殘陽的光影中。

廊柱將夕陽的光影割裂成一段段，胡小天的面孔隨著忽明忽暗的光影變換著。

小太監躬著腰伸著手，在一旁為他引路。

進入三道門，總算看到了五棵大樹，卻無一例外地都枯死了，沒有樹葉，看不到絲毫的綠色，只有乾枯的樹幹伸展在逐漸變暗的天光下，唯一的生趣就是正中柳樹上的一隻老鴰，牠的頭朝向正西的方向，夕陽在牠的眼中漸漸沉淪了下去，夜色以看得見的速度悄然佔領了地面，在夜色徹底籠罩牠的雙眼之後，老鴰發出一聲淒厲而刺耳的鳴叫，然後受驚一般飛向天際。

胡小天發現承恩府有一個和別處不同的地方，三進院落，由外及內院牆卻是越來越高。所以越往裡走，建築物帶給人的壓迫感越強，小太監在進入三道門的時候止步，伸手指了指前面的兩層樓閣道：「就在裡面了，大爺自己進去吧。」

胡小天點了點頭，抬頭看了看那座樓閣，雖然只有兩層，可是每層的高度都很高，相當於常見樓台的四層高度，窗口很小，樓梯在外面，樓梯的入口處懸掛著一盞燈籠，燈籠隨風蕩動，橘色的光芒並未給清冷的夜色增添一分溫暖，反而讓周邊的環境顯得說不出的古怪。

一層的房間內全都漆黑一片，應該沒有人，胡小天來到樓梯前，聽到上方一個尖細的聲音道：「向上看！」

胡小天抬起頭並沒有看到人影，可那聲音分明來自於老太監安德全，於是沿著樓梯走了上去，樓梯陡且狹窄，胡小天不喜歡承恩府的佈局，從走入大門開始，這裡的壓抑氣氛越來越濃。

走上二層，看到一個瘦削的背影站在觀景平台的北側，孤獨眺望著什麼。他穿著普普通通的灰色長袍，花白的頭髮披散著，被夜風吹拂而起，整個人充滿了詭異的味道。

胡小天在距離他一丈左右的地方停下，低聲道：「安老爺子！」

老人嗯了一聲，並沒有轉身，左手習慣性地撚起蘭花指，初升的月亮用清冷的光芒強調出他猶如鳥爪的雙手，尖銳的指尖在牆垛上輕輕敲擊了一下，風波不驚地招呼道：「來了！」

胡小天道：「來了！」

「你的命倒是很硬啊！」

胡小天道：「多虧了老爺子送給我的東西，不然我也活不到現在。」

安德全桀桀笑了起來，他挪動了一下右腿，金屬製成的右腿落在地面上發出鏘地一聲，然後他慢慢轉過身來，一雙深邃的眼睛漠然打量著胡小天，望著這張全然陌生的面孔，安德全的唇角露出一絲諱莫如深的笑意：「這張面具真是精巧，到了咱家這裡，你還不敢以真面目示人嗎？」

胡小天抿了抿嘴唇，他心中明白，此時已經沒有了隱瞞身分的必要，轉過臉去，將臉上的面具揭開。再次面對安德全的時候，已經恢復了本身的樣子。

安德全道：「救你的不是我，是這張面具幫你逃出了困境。」他雙手負在身後，表情漠然，從他的臉上找不到任何友善的含義。

胡小天抱拳深深一揖，然後從懷中掏出烏木令牌恭恭敬敬雙手奉上。安德全接過那烏木令牌，在手中摩挲了一下：「你來找我，是想我救你一命？」

胡小天道：「還望老爺子垂憐！」

安德全道：「咱們隨便走走。」他緩步向樓梯口走去，胡小天恭敬跟在他的身後。

安德全介紹道：「你所在的地方是問天閣，問天閣有兩層，二層住的是太監和守衛，一層住的才是這裡的主人。」拖著一條殘腿，他下樓的速度很慢，胡小天忍不住想伸手去扶他，可是又覺得今晚的安德全似乎並不容易接近，於是最終還是放棄了這樣的想法，老老實實跟在他的身後。

走下樓梯，安德全示意胡小天拿起掛在廊上的燈籠，指了指一層的小門，慢慢走了過去，推開小門，接過胡小天手中的燈籠，舉步走了進去。

這是一間四四方方的房間，可是裡面卻沒有窗戶，正中的房樑之上垂著一條白綾，地上擺放著一張倒掉的矮凳。

安德全來到矮凳前，低聲道：「這裡是三皇子自縊的地方。」

胡小天聽他這樣說，沒來由一股寒意從脊背躥升起來，三皇子就是前太子龍燁慶，果然死在了承恩府，卻不知死了這麼久，為什麼還要保留著自殺的現場。

安德全道：「當今聖上被太上皇免去太子之位，在這裡住了兩年之久，你進入鎖雲巷應該發現，這裡沒有一絲綠色，承恩府內沒有一棵樹，一棵草，一朵花，僅有的五棵大樹也已經死去百年，在這裡你看不到任何的色彩，聽不到任何的聲息，即便你是皇室宗親，一旦來到這裡，多數的時間就只能在這漆黑空洞的房間裡待著，與孤寂為伍，一天還是有一個時辰可以看到天空的，不過越是看到天空，對自由就越是渴望，這份渴望就越是會折磨你的內心。直到讓你絕望，讓你發瘋。三皇子在這裡待了七天便絕望自縊了，陛下卻在這樣的環境中忍受了整整兩年的孤獨，他的心理是如何的堅強。」

胡小天也不得不承認，如果讓喜歡自由的自己待在這種地方，恐怕要不了七天也要瘋了。

安德全道：「雖然只有三道院子，可無時無刻都會有一百多名高手負責巡視警戒，如果在三天前你過來，還有幸見到那樣的場面，不過陛下已經下令將他們撤去了，現在這座承恩府除了咱家以外，就只有兩個小太監。」安德全停下腳步，挑起燈籠，照亮牆上的一幅地圖，地圖是用鮮血描摹而成。

老太監道：「這幅地圖是陛下在這裡的時候，咬破手指一點點畫上去的。」他又向前走了幾步，牆上寫著密密麻麻的字跡，胡小天借著燈光望去，發現上面全都是人名，他在其中找到了老爹的名字。

老太監笑眯眯道：「幸福會讓一個人舒舒服服地活上一輩子，可是在困苦和絕境中，支持一個人活下去的只能是仇恨，有沒有找到你爹的名字？」

胡小天終於明白安德全將自己帶到這裡來的真意，這用血書寫在牆上的名字浸滿了詛咒和仇恨，新君龍燁霖在生命中最黑暗的時候，仍然沒有忘記心中刻骨銘心的仇恨，胡不為也是其中之一。

胡小天緩緩跪了下去，他心性高傲，如果不是別無他法，也絕不會向一個老太監下跪。

安德全並沒有看他，而是轉過身去，仍然盯著牆面上的字：「這烏木令牌並不是我給你的，而是小公主讓我轉送給你，她是個有恩必報的好女孩，讓咱家無論如何都要保住你這條性命。其實你大可留在西川，隱姓埋名地過上一輩子，為何一定要回到京城呢？」

胡小天道：「老爺子，您在青雲的時候就已經知道李氏要反？」

安德全道：「李天衡一直擁立三皇子，陛下繼承大統，他豈肯甘心，反是必然的。」

胡小天道：「我還以為您當初前往青雲是為了保護周王。」

安德全呵呵笑道：「周王只是一個孩子，說起來他還不及你一半精明，否則為何他被李天衡困住，而你卻可以從容逃出西川？」他垂下雙目靜靜望著胡小天道：「李天衡是你的未來岳父，其實你留在他身邊豈不是更加的安穩？為何要拚了命地離開西川？」

胡小天道：「胡李兩家聯姻是為的什麼，老爺子比我要清楚，倘若我爹能夠預知李天衡會反，絕不會為我訂下這門親事。」

安德全道：「你跪在我面前想求我什麼？」

胡小天道：「求老爺子幫我！我爹對李天衡謀反之事一概不知，還望老爺子在陛下面前言明此事，還我們胡家一個清白。」

「清白？」安德全呵呵笑了起來，他搖了搖頭道：「你爹自己也不敢說清白這兩個字，放眼滿朝的文武百官，又有哪個當得起清白二字？」他雙目灼灼生光，向胡小天走了一步道：「小公主讓我救你性命，卻沒讓我救你們胡家滿門，其實就算咱家想救，我也沒那個本事。你爹當年夥同一幫逆臣彈劾太子詆毀忠良，那時他意氣風發趾高氣揚，是否想過何謂天理何謂公義？如今的下場他們只是罪有應得。」

胡小天道：「是非功過並不是您能夠評判的。」

安德全突然被他頂撞了一句，不由得為之一怔，旋即皺了皺眉頭道：「咱家不能評判？那何人才能評判？」

胡小天道：「請恕小天直言，你認為我爹是奸臣，無非是因為你站在大皇子的立場上，成者為王敗者為寇，如今是大皇子登上帝位，倘若是三皇子登上帝位，只怕倒楣的會是另外一群人。」這群人中自然包括安德全。

安德全的唇角露出淡淡的笑意，成王敗寇，自古以來都是這個道理。

胡小天道：「一個人的是非功過必須要由歷史來評判。」

安德全搖了搖頭道：「你忘記了，歷史都是人寫出來的，有些真相永遠會被隱藏起來。」他伸出手去，拍了拍胡小天的肩膀示意他從地上站起來：「我欠你一個人情，你救了小公主，我本應該還這個人情給你，咱家自問能夠保住你的性命，但是你爹得罪了陛下，陛下一心想要殺的人，又豈是我這個做奴才的能夠保住的？」

胡小天聽他這樣說，心中不禁一陣失望，他知道安德全所說的全都是事實，龍燁霖咬破手指將這些人的人名寫在牆上，想必早已將老爹恨之入骨，必殺之而後快，自己雖然救了小公主七七，可是如果僅以這件功勞就想讓皇上放過他們全家，只怕並不現實。

安德全話鋒一轉又道：「不過這件事也不是沒有任何的可能。」

胡小天聽他話裡的意思分明是還有希望，慌忙向安德全作揖道：「還望老爺子成全。」

安德全瞇起雙目，打量了胡小天一眼道：「咱家未見皇上之前，也不敢說有足夠的把握，即便是我能夠說動皇上放棄將你們胡家滿門抄斬的念頭，可你老爹也免不了會受到責罰，至於你……」

胡小天道：「只要老爺子能夠救我全家性命，我胡小天結草銜環必報您的大恩大德。」

安德全聽他這樣說，緩緩點了點頭道：「這話咱家記住了，是不是我救了你們胡家，你為我做任何事情都心甘情願？」

胡小天心中一怔，卻不知安德全要讓自己做怎樣困難的事情？無論如何現在唯有先答應下來再說，除了安德全之外，再也找不到能夠救胡家的人，他點了點頭道：「是，我願意為公公做任何事。」

安德全桀桀笑了起來，目光打量著胡小天，透著一股說不出的古怪，看得胡小天不禁有些毛骨悚然。

安德全道：「好！好！好！」他一連說了三個好字，然後道：「你願不願意入宮侍奉皇上？」

胡小天馬上就明白了安德全的意思，這老太監根本是要自己步他的後塵，讓自己自宮當太監，他無論如何都沒有想到安德全會提出這樣的要求，一時間滿頭都是冷汗，倘若能夠救出胡氏一門，即便是讓他去死他也能夠考慮，可讓他當太監，胡小天不由得猶豫起來。

安德全盯住他的眼睛道：「你願不願意？」

「呃……」胡小天面露為難之色：「可不可以有其他的選擇？」

安德全道：「如果你願意入宮為你老子贖罪，我或許可以考慮幫你救出你的父母。」看到胡小天滿臉猶豫的表情，安德全冷笑道：「我不逼你，假如你不願意，大可帶著你的這張面具離開京城。」

胡小天道：「做太監是不是要切……」

「是！」安德全斬釘截鐵道。

胡小天伸出袖子想去擦汗，額頭上已經遍佈冷汗。

安德全道：「其實做太監有做太監的好處，你可以親近皇上，沐浴聖恩，假如你有本事，做了大內總管，文武百官也會爭相巴結你。」

胡小天道：「可我們胡家只有我這一根獨苗嘜，我要是當了太監，豈不是意味著我們胡家就要絕後？」

安德全意味深長道：「以你爹的罪行，免不了是個滿門抄斬的下場，真要是誅了你們胡家的九族，還有什麼後代可言？」

胡小天心中尚存一絲僥倖，他將丹書鐵券拿了出來：「安老爺子，這丹書鐵券乃是先皇賜給我們胡家先祖的。」

安德全瞥了他手中的丹書鐵券一眼：「你以為憑著這東西能夠保住你爹娘的性命？皇上若說它是假的，你們胡家豈不是罪加一等？」

胡小天歎了口氣，他知道安德全所說的全都是實情。

安德全伸手將丹書鐵券接了過來，低聲道：「你答不答應？」他所指的當然是入宮當太監的事情。

胡小天咬了咬嘴唇，有生以來，他還從未遇到過這樣難以決斷的時候。思量再三，或許只有如此才能救出胡氏一門，倘若不答應，安德全斷然不會幫他救人，不如先答應下來，等以後再說，想到這裡，把心一橫，用力點了點頭道：「我答應。」

安德全微笑道：「胡不為有你這樣的兒子，倒也算他的運氣。」他整理了一下衣袖道：「你暫時就留在承恩府內，胡家的事情，我會想辦法，皇上那邊我就說你主動為父贖罪，淨身入宮伺候皇上。」

胡小天顫聲道：「真要淨身？」

安德全道：「你去洗個澡，回頭咱家就幫你淨身。」

胡小天聽他現在就要幫自己淨身，不由得嚇得魂飛魄散，咳嗽了一聲道：「老爺子，不如等你將我爹娘救出來先，倘若你把我給切了，皇上又不答應放了我爹我娘，那麼我豈不是白白切了一次？」

安德全陰測測笑道：「你現在還有資格跟我談條件嗎？」

胡小天道：「我胡小天向來言出必行，安老爺子，只要你救出我爹我娘，不勞您動手，我自己把自己給切了。」

安德全呵呵笑了起來。

胡小天也陪著笑，雖然剛才答應了安德全的條件，可他只不過是權宜之計，真要是給他淨身，這廝是一萬個不情願，被人閹了當太監，還不如直接一刀將他殺了的好。

安德全道：「男人大丈夫，一諾千金，你既然答應了我，就得拿出一些誠意，現在後悔，只怕已經晚了。」他沉聲道：「來人！」

不知從哪兒湧出來四名身強力壯的太監，安德全指了指胡小天道：「把他給我拿下，送淨身房裡面去。」

第二章

淨身

胡小天雙目望著漆黑如墨的夜空，一陣悲從心來，
老子來到這個世界上難道就是為了當太監的？
還癡心妄想要拯救胡家，到頭來連自己命根子都保不住，
胡小天真正感到絕望了，倘若命根子被切掉，
自己的這一生還有什麼樂趣可言。

胡小天一聽他要來真格的，嚇得差點沒把娘給叫出來，他強作歡顏道：「安老爺子……反正我都答應你了，不如你讓我將這寶貝多留兩天，好歹讓我有機會舉行個告別儀式。」

安德全此刻的表情顯得和藹可親：「切下來看得更清楚，你以後有的是時間跟它告別。」

四名太監向胡小天圍攏而去，胡小天焉能甘心束手被擒，此刻心中想著的就是拚了性命也要保住自己的命根子，他轉身朝院門處逃去。

安德全摸著光禿禿的下巴，臉上的笑容說不出的詭異。

四名太監全都是武功高手，足尖點地，兔起鶻落，轉瞬之間已經將胡小天包圍在圈內，胡小天揚手一拳向對面太監打去，那太監也不躲避，等到胡小天的拳頭來到自己胸前，突然胸膛就凹陷了下去，將胡小天這一拳的力量化為無形。

另外兩名太監衝上去摁住他的手臂，胡小天向後反踢，正踢在他背後那名太監的襠下，那太監硬生生受了他的一腳，臉上卻毫無反應。畢竟是胯下空無一物，根本不怕胡小天的踢打，單從這方面來說，切還是有切的好處。

四名太監全都是武功高手，將胡小天手腳拿住，分別拎著他的手臂腿腳，將胡小天拎得離地而起。

安德全不忘交代道：「不要傷了他！」

胡小天哀嚎道：「安公公，你恩將仇報，當初我還救過你的性命呢。」

安德全緩步來到胡小天面前，笑瞇瞇望著他的面龐道：「不提這件事倒還罷了，咱家好好的一條右腿被你給切掉了，我如今只切掉你那麼小一根，已經對你手下留情了，把他送去淨身房。」

四名太監架著胡小天出了承恩府，徑直朝著斜對面的淨身房走去，胡小天嚇得大聲嚎叫：「救命！救命！」

安德全不緊不慢走在他的身後，宛如看著一頭待宰羔羊，輕聲道：「你叫破喉嚨也沒用，以後你就會明白，淨身的好處真是數都數不完，對了，我姓權，不姓安！」

胡小天四肢手腳都被四名太監給制住，根本無力反抗，雙目望著漆黑如墨的夜空，忽然一陣悲從心來，老子來到這個世界上難道就是為了當太監的？還癡心妄想要拯救胡家，到頭來連自己的命根子都保不住，胡小天真正感到絕望了，倘若命根子被切掉，自己的這一生還有什麼樂趣可言。

幾人沿著鎖雲巷緩步走向淨身房，老太監權德安不緊不慢地走著，可忽然之間，他黯淡的雙目陡然一亮，卻見黑暗之中兩點寒光追風逐電般向自己的胸膛射來。

權德安瞳孔驟然收縮，原本佝僂的腰身突然挺直，右手在虛空中一揮，一股無形掌力席捲而去，周圍的空氣被這股強勁的力道壓榨開來，向兩旁排浪般襲去，高速奔行的羽箭遇到這股強大的力量，速度頓時減慢。

咻！一支黑色羽箭從右側弧形射出，繞開權德安掌力營造的那層障礙，然後從側方弧形射向權德安的咽喉。

老太監雙眉微微皺起，暗讚了一聲好箭法，鳥爪樣的左手在空中一抓，穩穩將那支羽箭抓在掌心，這一箭勁道十足，雖然被權德安握住，黑色尾羽仍然劇烈顫抖，又如一條拚命掙扎的魚。

權德安冷哼一聲，右臂一揮，長袖落在門前石鼓之上，那石鼓雖然不大，也有三百斤左右的份量，可看上去竟似全無分量一般，輕飄飄騰空飛起，不見權德安怎樣用力，那石鼓就呼的一聲朝著射箭人藏身的方向襲去，高速行進的石鼓撕裂夜空發出風雷之聲。

胡小天看到老太監如此神威，此時竟然忘記了呼救，目瞪口呆地望著石鼓飛出的方向，倘若有人被這石鼓擊中豈不是要粉身碎骨。從那三支羽箭，他隱約猜到很可能是展鵬過來相救，不由得為展鵬暗暗擔心。

石鼓正中圍牆之上，發出轟隆一聲巨響，被擊中的圍牆轟然倒塌，磚石到處飛濺，一時間煙霧瀰漫。煙塵之中飛出一道黑影，他一手抽箭，迅速拉弓，但聽弓弦響聲不斷，一連串宛如連珠炮一般射出了七箭，這七箭無一例外全都射向權德安。

權德安歎了口氣，長袖如黑雲般席捲而去，七支羽箭沒入長袖之中如同石沉大海。權德安站在風中，身材枯瘦，脊背微駝，讓人不禁有些擔心，他似乎隨時都可能被一陣風吹倒，然而當你看到他凌厲的眼神之時，你馬上會意識到這樣乾枯瘦削的體內蘊含著怎樣大的力量。

權德安的背駝得更加厲害，看起來就像是一張弓，現在的權德安就是一張蓄滿力量的弓，這張弓擁有著摧毀一切的霸道力量，佝僂的身軀猛然挺直，八支被他收繳的羽箭逆轉方向朝著黑衣人逆射而去。

鏃尖撕裂夜色發出尖銳的嘶鳴，高速射出的箭鏃在和空氣的摩擦中迅速發熱，尖端開始發紅發亮。

原本已經開始進擊的黑衣人不得不停下了腳步，反手抽出長刀，以長刀去格擋射向他的八支羽箭。叮噹不斷的撞擊聲後，黑衣人不得不連連向後撤退，以卸去羽箭傳來的強大力量，刀身在接連碰撞中再也無法承受，喀嚓一聲，變成兩段，最後一支羽箭突破了長刀織成的防護網，直奔黑衣人的咽喉。

黑衣人的身軀向後反折，一個近乎貼地的折腰動作，讓他避過了這致命的一箭。

權德安灰白色的眉毛舒展開來，手腕上佩戴的紫檀木手串褪到了掌心，尖銳的指甲如同刀鋒一般切斷了紅繩，右手撚起一顆念珠波的一聲射了出去。

黑衣人躲得過八支羽箭追魂，卻再也躲不過這一顆念珠，這念珠正撞擊在他的小腿之上，避無可避，只能硬生生承受了這一擊，右側的小腿如同被重錘擊中，疼痛伴隨著清晰地骨骼碎裂聲傳導開來，他的身軀一個踉蹌，重重摔倒在仍未消散的塵埃之中。

權德安的頭卻毫無徵兆地擰轉過去，一道逼人的寒芒破開濃重的夜色，直奔他的後心而來，這一劍刺得毫無徵兆，正如這名黑衣刺客的憑空出現一樣的無跡可尋。

權德安的唇角現出一絲冷笑，利劍瞬息之間已經來到他胸前一尺之處。乾枯的右手方才探了出去，中指和食指穩穩夾住劍鋒，這一劍便再也無法移動分毫。

刺客手指在劍柄上一按，鏘！劍中有劍，自長劍之中抽出一柄細窄的劍刃，短短的距離內仍然抖出三朵寒氣逼人的劍花直奔權德安的咽喉。

啪的一聲，權德安手指發力，硬生生將指尖的劍刃折成兩段，分別射向對方的身軀。

刺客不得不用細劍去抵擋呼嘯而來的劍刃，擋住其中之一，卻擋不住隨後而至的劍尖，鋒芒又如寒星刺入肩頭而後又透肩而出。

不見權德安的腳下移動，卻突然之間來到那刺客的身後，鳥爪般的右手拍擊在那刺客的後心，無聲無息，強大的潛力宛如潮水一般一波又一波地衝擊著那刺客的心脈，震傷了刺客的五臟六腑，噗地噴出一口鮮血，身體軟癱在了地上。

舉手之間已經輕鬆制住了兩名刺客，權德安卻握住右拳抵住嘴唇，發出了一連串的咳嗽。

兩名太監走過去，每人制住一名刺客，摘下蒙在兩人臉上的面紗。先前突施冷箭的箭手乃是展鵬，從後方向權德安暗下殺手的人竟然是昔日京城第一女神捕慕容飛煙。

慕容飛煙唇角鮮血汩汩流出，映襯著她雪樣慘白的俏臉越發顯得觸目驚心。

胡小天萬萬沒有想到慕容飛煙會來救自己，一時間心中又是激動又是擔心，顫聲道：「你們……你們怎麼來了？」

慕容飛煙和展鵬兩人還沒有來得及開口說話，權德安凌空虛點，制住了兩人的啞穴，輕聲道：「先將他們兩個送去承恩府，等咱家忙完正事，再細細審問。」

胡小天望著慕容飛煙，慕容飛煙一雙明眸望定了胡小天，似乎想說什麼，可是啞穴被制住，發不出任何的聲息，她的眼圈紅了，晶瑩的淚光在美眸中閃爍，櫻唇動了動，最終流露出一個燦若春花的笑容，這笑容包含了一切，從她的笑容中，胡小天讀懂了她的內心，他也笑了。

胡小天本不想太多人牽涉到麻煩之中，可是他發現事情卻在變得越來越壞。老太監是個固執己見的人，他決定的事情往往不會輕易更改，就像他決定前往淨身房，決定要在今晚為胡小天淨身，那麼他不達目的誓不甘休。

胡小天居然冷靜了下來，沒有繼續呼救，沒有進行任何的反抗，因為他終於明白，無論自己做什麼，只會牽累更多的朋友，其實即便是他反抗他呼救也無濟於事，看來他的命運已經無可挽回。

兩名太監將胡小天捆綁在床上，房間內有股血腥的味道始終縈繞不去，躺在冰冷的床上，胡小天閉上了眼睛，不但在思索，也在默默平復自己的情緒。

權德安揮了揮手，示意兩名太監出門，鐵門關閉的聲音在空曠的淨身房內迴盪。

胡小天睜開眼睛，清冷的燈光下，看到老太監權德安手中握著一把鋒利的小刀，坐在對面的椅子之上，漫不經心地修著指甲，這把刀想必就是用來給自己淨身用的，這老太監還真是噁心，一點無菌觀念都沒有，好歹你也用酒精消消毒啊！

權德安道：「想不到居然還有人捨生忘死地過來救你，你來找我果然留了後手。」

胡小天搖了搖頭道：「我並不知道他們會跟來，他們兩人和這件事情無關，是他們自作主張，偷偷跟過來的，求你放過他們。」

「他們要殺咱家，你以為我會放過兩個想刺殺我的人？你以為咱家嫌自己的命長嗎？」

胡小天道：「如果不是慕容飛煙幫你們說情，當初在蘭若寺我絕不會收留你和小公主，如果沒有慕容飛煙捨命相救，小公主也不會平安抵達燮州，她才是小公主的救命恩人，你絕不可以殺她！」

權德安冷笑道：「就算我殺了她，又有誰會知道？」冷漠的眼神宛如剃刀一般落在胡小天的身上。

胡小天道：「放過他們，我答應你，我會入宮伺候皇上。」

權德安桀桀笑了起來，然後慢慢從椅子上站了起來，慢慢來到胡小天的身邊，帶著血腥味道的冰冷剃刀緊貼在胡小天的面頰上，一點點移動，最後來到他的咽喉處：「真是一個情種啊，為了救你爹娘，可以不惜性命，為了慕容飛煙，居然可以不惜捨棄你的命根子，嘖嘖嘖，看來那女娃兒在你心中比爹娘更加重要呢。」

胡小天道：「他們和這件事無關，你放了他們，救出我父母，我願意為你做任何事！」

「就是說，你答應淨身了？」

胡小天咬了咬牙，閉緊雙目，用力點了點頭。

權德安手中刀慢慢移動到他的咽喉處：「看來你很不甘心啊！」

胡小天道：「權公公，你可不可以回答我一個問題？」

「說！」

「假如時光可以從頭再來，你還會不會選擇淨身入宮？」

權德安唇角的肌肉猛然抽動了一下，手中小刀倏然從胡小天的喉頭一直滑到他的腰間，嚇得胡小天大聲慘叫起來，刀鋒割破了胡小天的貼身衣物，可是刀尖卻未曾劃破他的肌膚。短暫的停頓過後，刀尖一動，胡小天的腰帶被從中割斷。

胡小天感覺一股逼人的寒氣透過底褲直接傳到了裡面，這股寒氣讓他周身如同墜入冰窟，手腳都麻痹了，嘴唇顫抖起來，假如時光可以從頭，他寧願死在過去那個世界，也好過重生到這裡當太監。

權德安道：「你是不是看不起我，在你眼裡是不是覺得我人不像人鬼不像鬼？」

胡小天望著權德安有些瘋狂的眼神，內心中感到害怕，可此時再怕又有什麼用，人為刀俎我為魚肉，自己只有任人宰割的份了，真到了這種地步，其實也沒什麼可怕的了，胡小天搖了搖頭道：「我從沒有看不起你，我只是有些可憐你。」

權德安彷彿聽到了這世上最為好笑的事情，仰首哈哈狂笑起來，笑聲許久方才停下：「可憐我？你有什麼資格可憐我？我為皇上出生入死，我為大康鞠躬盡瘁，我深得皇上的寵幸，我的一句話可以決定你們胡氏一門的生殺予奪，我可以放你一條生路，同樣可以讓你生不如死。」

胡小天道：「你沒有親人，沒有朋友，要權勢有什麼用？你的權勢再大，能大得過皇上？你為他出生入死，難道他就會當你是他的恩人？在他眼中你只是一個奴才，你以為你的生死他當真會在意嗎？他只是認為所有一切都是你應該做的。」

權德安的內心宛如被針扎一般刺痛，他忽然揮掌擊打在胡小天的胸口，胡小天感覺到胸口一窒，眼前一片漆黑。

短暫的昏迷過後，胡小天悠然醒轉，他甦醒過來的第一件事就是恐懼，老太監一巴掌將自己給拍暈，怕不是趁著自己昏迷的時候已經將自己的命根子給割了，蒼天啊！真要是如此，老子以後還有什麼人生樂趣！

可很快他就感覺到兩腿之間並沒有任何的痛感，命根子應該還在。

權德安也已經回到了座椅上坐下，從他的表情來看，應該已經恢復了鎮靜，胡小天不由得有些後悔，剛才真不該刺激這老太監的。

權德安道：「我改變主意了！」

胡小天愕然道：「什麼？」難道剛剛自己的那番話已經將老太監徹底給激怒了，權德安惱羞成怒要殺自己全家？真要是這樣，可就悔不當初了。

權德安道：「我若留下你的子孫根，你會不會忠心幫我做事？」

胡小天聽他說可以留下自己的命根子，頓時驚喜萬分，連連點頭道：「權公公，您只要放我一馬，別管是上刀山還是下火海，我都願意為您去，您要是覺得還不滿足，我認你當乾爹，甚至跟你姓都行。」

權德安似乎又被胡小天觸及了痛處，輕聲歎了口氣道：「我沒那麼好的命，我這一生是不可能再有後代了。」他的右手輕輕拍了拍座椅的扶手道：「我可以不幫你淨身，我也可以饒了你的那兩名同伴，我甚至可以說服皇上，饒了你們胡家滿門的性命，但是……」

胡小天聽到但是這個轉折，心中頓時又涼了大半截，老太監絕不是省油的燈，還不知又提出什麼苛刻的條件，可轉念一想，再壞也不可能比被淨身入宮更壞。只要老太監能夠幫自己做到以上幾點，哪怕是讓自己幫他殺人也可以考慮。胡小天道：「你說吧！」

權德安道：「你要入宮幫我做事。」

胡小天道：「不淨身也可以入宮？」

權德安道：「只要是我點頭，沒什麼事情是不可能的。」

胡小天聽他這樣說，頓時長舒了一口氣，這老太監真是把老子嚇得不行，也不早說，能保住命根子入宮，那豈不是步了小寶兄的後塵，倒也不錯。他點頭道：「成交，你先放我下來啊！躺在這床上，我打心底發毛，也沒辦法跟你談合作啊。」

權德安起身朝他走了過來，果然用刀斬斷捆住胡小天手腳的皮帶，胡小天揉了揉已經發麻的手腳，趁著權德安沒注意，悄悄伸手摸了摸下面，雖然感覺仍在，可畢竟用手摸摸才踏實。

確信自己的命根子仍然好端端的，胡小天這才放下心來，只是不知道經此一嚇以後會不會落下什麼後遺症。平靜下來之後，胡小天馬上就想到了一個問題，假如一定要入宮，那麼自己如何能夠帶著自己的小寶貝在皇宮內自由行走，別人又不是傻子，真要是露出什麼馬腳，只怕皇上將自己千刀萬剮都不解恨。

權德安道：「從這道門出去，你就已經淨身了，此事你知我知，對任何人都不得吐露實情，你親爹親娘也是一樣。」

胡小天道：「成，只是，我帶著這麼大一根東西，如何能夠避過他人的耳目？」

權德安冷笑道：「想在皇宮裡好好活下去，就不要到處顯擺，淨身之後會有一段休養時間，一個月對你來說已經足夠了，我會教你宮中的禮儀，會幫你瞭解宮內錯綜複雜的關係，也會讓你懂得如何收藏你身上多餘的東西。」

胡小天目瞪口呆道：「這也能藏起來？」

權德安道：「你還是不是童子之身？」

胡小天道：「應該是吧。」這一點上他倒是沒撒謊，畢竟過去大部分時間都是一個傻子，料想做癡呆兒的時候也沒有失身的機會，至於恢復意識之後，他雖然有賊心，可以一直都沒有犯罪的機會。

權德安道：「有一門功夫叫提陰縮陽，如果你是童子之身，練起來更是事半功倍，平日裡你自然無需偽裝，遇到有人查你的時候，你就利用這個辦法，將命根子收進去。」

「這也行？」胡小天愕然。

「怎麼？你不想學？」

胡小天慌忙道：「想！做夢都想！權公公，您趕緊教我這門功夫，以後您讓我做什麼，我就做什麼。」

權德安陰測測笑道：「別急，咱們今天的坎兒先過去再說，別人都知道我帶你過來淨身，你總不能就這樣走出去吧？」

胡小天不由得心頭發毛：「權公公還想怎樣？」

權德安道：「你不用怕，總得弄些血跡出來，難不成你還想讓咱家幫你出血？」

胡小天咬了咬牙：「好，我自己來，不過……你那刀不能用。」

胡小天是被兩名小太監抬著回到承恩府的，僥倖保住了命根子，這種劫後餘生的幸福感是多數人都體會不到的，胡小天躺在擔架上，雙手捂著胯下，厚厚的面紗上面還沾染著不少的血跡。

兩名太監全都是過來人，望著胡小天的目光中充滿著同情，淨身之後肉體上的痛苦還在其次，精神上的折磨才是最大的，回想起淨身之前的人生，他們幾乎已經淡忘了，雖然當初切去的只是身體的一小部分，改變的卻是他們的整個人生。

權德安讓人安排胡小天去休息，又讓手下太監備了一輛馬車在夜色中離開了承恩府。

承恩府的每個房間都讓人感到窒息，胡小天雖然對這種感覺非常的不爽，可是卻不得不將表演進行到底。看來要在這張床上老老實實地躺上幾天了，假如現在就下床行走如飛，肯定要讓周圍的那幫太監生疑。

負責伺候胡小天的是小太監福貴，也就是之前負責守門的那個，因為胡小天當初是帶著面具進入承恩府，所以福貴並沒有認出胡小天就是拿著烏木令牌過來拜會權公公的那個，福貴向床上的胡小天看了一眼，歎了口氣道：「痛得一定相當厲害吧？我是七歲那年淨的身，當時痛得三天三夜都沒有合過眼，只當自己要死了，可最後終究還是挺過來了。我聽說年齡越大，淨身的痛苦也就越大，看你的樣子也不像普通人家出身，為何走上這條路？」

胡小天生怕自己說話露出破綻，所以乾脆裝啞巴，一言不發。

福貴道：「痛得說不出來話是不是？哎！你喝點水，等明兒清早才能進食，我給你弄些清粥。」

胡小天搖了搖頭，示意自己不想喝。

福貴想起來了什麼：「我險些忘了，水還是要少喝一些，現在要少去茅廁，不然十有八九會疼暈過去。」

胡小天終於開口道：「謝謝你了……」

福貴道：「不用謝我，是權總管安排我照顧你，他對你很是關心呢。」

胡小天閉上雙目道：「我有些累了，想休息一下。」

福貴道：「好，你先休息，我就在外面候著，有什麼事，只管出聲叫我。」

隨著福貴的關門離去，整個房間陷入一片黑暗的沉寂中，躺在這沒有窗子的房間內，看不到一絲一毫的星光，胡小天想起了爹娘，想起了慕容飛煙和展鵬，不知權德安是否能夠信守承諾。

此時的權德安卻已經來到了刑部大牢，憑著皇上御賜的金牌，他可以自由出入皇城內任何一個地方。

現在的胡不為早已被剝去了官服頂戴，一身白色內衣也已經污穢不堪，獨自一人坐在兩丈見方的囚室之中，呆呆望著上方牆壁上不到尺許的窗口。自從入獄以來，他一直被關在這囚室之中，雖然刑部尚未將他提審，可是胡不為已經看到了自己的結局，必然是難逃一死。沒有人不怕死，胡不為自然也不會例外。可是當他明白生機已經完全斷絕之後，心中也就不再害怕。左右都是一死，單單是勾結李天衡陰謀顛覆社稷，這一項罪名已經足夠將他滿門抄斬。

不知胡天雄有沒有找到小天，但願這孩子聽到風聲隱姓埋名逃過此難。自從入獄之後，胡不為想得最多的就是兒子，最牽掛的也是這個兒子。早知今日，當初就不該和李家定下婚約，現在後悔也已經晚了，胡不為很想面見新君，當面解釋自己和李天衡之間的關係，可他也明白，此次就是新君龍燁霖想要殺死自己。

鐵製的牢門發出一陣響動，胡不為抿了抿嘴唇，深更半夜，只怕不是什麼好事，難道有人已經等不及了，甚至不給自己一個堂審的機會？

昏黃的燈光將這件囚室照亮，身後響起一個尖細陰冷的聲音道：「你們出去等我，我有陛下的口諭要單獨傳達。」

「是！」

胡不為聽到陛下口諭，慢慢轉過身去，看到一身宮服的司禮監提督權德安一手提著燈籠，一手拎著食盒慢慢走了進來，權德安一直是大皇子龍燁霖的貼身太監，其命運也隨著龍燁霖而跌宕起伏，如今龍燁霖終於成功登上皇位，權德安也一躍成為內宮十二監之首的司禮監提督。可謂是皇城內目前最有實權的人物之一，掌管著皇城內的一切禮儀、刑名、管理當差、聽事各役。正四品官階，雖然官階不如胡不為，但是因其深受皇上的寵幸，又得以每天親近天子的緣故，朝中百官無不對他非

常的恭敬。

權德安將燈籠掛在牆上，手中提盒在胡不為的面前放下，從中取出一壺酒，兩碟小菜。

胡不為看到那壺酒，內心瞬間沉到了谷底，看來皇上果然不願自己繼續活下去了，權德安此來定是過來給他送毒酒的。胡不為神情黯然道：「權公公，皇上讓你來的？」

權德安沒有說話，默默倒了一杯酒遞給他。

胡不為接過酒杯，望著杯中酒歎了一口氣道：「想不到我終於還是見不到明日的太陽，權公公，可否給我一些時間，讓人給我準備筆墨紙硯，我想寫封信給皇上。」

權德安道：「你覺得有必要嗎？皇上會有心情看你的信？」

胡不為又歎了口氣道：「也罷，勞煩權公公幫我轉告皇上一句話，我胡不為對大康忠心耿耿，絕無謀反之意，我對李天衡擁兵自立的事情並不知情。」

權德安道：「現在說是不是已經太晚了？」

胡不為道：「權公公可不可以幫忙勸說皇上，放過我一家老小的性命，所有罪責由我胡不為一人承擔？」

權德安道：「喝了這杯酒再說。」

胡不為心中已經完全絕望，仰首將那杯酒一飲而盡。權德安接過空杯，又給他倒了一杯，低聲道：「你在大康戶部尚書的位子上坐了不少年，也算是有功於大康，若是沒有你的精心經營，大康的財政這些年也不會始終穩定增長。」

胡不為又喝了那杯酒。

權德安道：「你錯在當初不該彈劾太子，連同他人一起詆毀丞相，須知道自古以來皆由長子繼位，你們這些人為了一己私利，慫恿三皇子，迷惑皇上，邀功爭寵，害得太子被陛下廢黜，大好河山險些落入奸人之手。若非陛下洪福齊天，險些死在你們這幫奸人之手。」

胡不為淡然道：「大皇子即位也罷，三皇子即位也罷，這天下始終還是龍家的，大康仍然是昔日之大康，單以這件事而論，就給我扣上謀反的帽子，是不是有些太過牽強？朝堂之中，政見之爭，我承認自己錯判形勢，可是我對大康忠心耿耿，這些年來，我自從擔任戶部尚書之職，為大康刻苦經營，殫精竭慮，大康國庫漸豐，胡某沒有功勞也有苦勞，陛下即位，要治我不敬之罪，胡某毫無怨言，可是禍不及妻兒，還望權公公轉告陛下，乞他垂憐，饒我胡氏一門的性命，罪臣即便是死也可瞑目了。」

說到動情之處，胡不為潸然淚下。其實他心中再明白不過，即便自己磨破嘴皮也沒什麼用處，可即便是有一線希望，他也要說出來，此時不說，恐怕就再也沒有

說話的機會了。

接過權德安遞來的第三杯酒，胡不為又道：「想當年先皇曾經賜給我胡家先祖丹書鐵券，說過若是我胡家子弟日後假如犯下罪孽，那丹書鐵券可免我胡氏一門不死。」

權德安陰測測笑道：「那丹書鐵券現在何處？」

胡不為道：「我兒前往青雲上任之時，我將那丹書鐵券交給他一起帶走了。」

權德安揚起手中一物，在胡不為面前晃了晃道：「你可看清楚了，是不是這一個？」

胡不為借著燈籠的亮光，當他看清權德安手中的丹書鐵券正是昔日先皇賜給胡家的那個，不由得驚得目瞪口呆，喃喃道：「怎會在你這裡？」他的內心瞬間為莫大的恐懼所籠罩，之前胡小天曾經讓梁大壯專門過來送信，從梁大壯帶來的拓片可以肯定，丹書鐵券已經被兒子找到，可現在竟然出現在權德安的手裡，這件事只有一個可能，那就是兒子已經落在了權德安的手中。

胡不為顫聲道：「權公公……這丹書鐵券你從何處得來？」

權德安不緊不慢道：「自然是你的寶貝兒子親手交給我的。」

「小天？」

權德安點了點頭道：「有這樣一個兒子，倒也算你的福氣。」

胡不為感到一股冷氣沿著自己的脊柱一直躥升上來，他最擔心的事情終於還是發生了，他近乎哀求道：「權公公，他只是個什麼都不懂的孩子，還望權公公垂憐，看在他年幼無知的份上放他一條生路。所有的事情，由我一個人獨自承擔。」

權德安道：「父子情深，咱家還真是有些感動了，你喝的並不是毒酒，陛下還沒有說要殺你。」他雙手負在身後道：「咱家過來找你也不是因為奉了陛下的命令，而是因為你兒子找到了我。」

胡不為一臉迷惘，他根本不知道自己的兒子怎麼會和這位新君身邊的紅人搭上關係。

權德安道：「咱家欠胡小天一個人情，確切地說，是小公主欠了他一個人情。」他這才將之前胡小天救了他和小公主的事情簡略說了一遍。

胡不為聽說這件事，心中又驚又喜，沒想到自己的兒子會因緣巧合地救了小公主，如此說來這孩子不但無罪反而有功，倘若這老太監和小公主都是知恩圖報之人，那麼憑著他們在新君面前的影響力，或許能夠幫助胡家躲過一劫。

權德安道：「你這個兒子真是不錯，咱家本不想管你們胡家的閒事，可胡小天的一片誠心將我感動，他主動提出要替胡家償還罪孽，決定入宮侍奉皇上。」

「什麼？」胡不為聽到這裡，眼前一黑險些昏了過去，自己只有這一個兒子，他當然明白入宮侍奉皇上是什麼意思，那豈不是意味著要淨身做太監，我胡家豈不是要絕後了？他驚呼道：「此事萬萬不可。」

權德安道：「咱家來此是要告訴你，胡小天已經決定這樣做了，皇上那邊我自會為你說情，可你昔日作孽太多，即便是皇上能夠饒了你的死罪，也難逃罪責，流放西疆或許是你們一家最好的結局。」

胡不為淚如雨下，想起兒子為了拯救胡家，甘心淨身入宮，內心中負疚到了極點，黯然道：「我那可憐的孩兒啊……」

權德安道：「留得青山在不怕沒柴燒，只要能夠保全性命，或許以後還有翻身之日，陛下愛惜人才，或許日後會重新起用你也未必可知，你兒子聰明伶俐，飛黃騰達指日可待。」

胡不為只是流淚，兒子變成了太監，即便是飛黃騰達又有什麼意思？他的人生還有什麼樂趣可言，一時間心灰意冷，今日的局面可以說全都是自己一手造成，倘若不是他貪戀權勢，緣何會跟李天衡結下姻親，在朝中做官，老老實實保持中立就是，何至於連累胡家連累兒子。

權德安道：「你記住，千萬不要辜負了你兒子的一片苦心。」

胡小天自從來到承恩府內，重新過上了衣來伸手飯來張口的日子，小太監福貴將他伺候得非常周到，在床上裝模作樣地躺了三天。他和外界的唯一聯繫就是福貴。權德安始終都未曾現身，這三天胡小天不但牽掛著父母家人的安危，同時也掛念前來捨命相救的展鵬和慕容飛煙，不知他們兩人現在的處境怎麼樣？針對這件事胡小天也問過福貴，可福貴只是一個打雜的小太監，對那晚上發生的事情並不知情，甚至都沒聽說過刺殺的事情。至於權德安，據說已經好幾日沒有來承恩府了，最近他正在為皇上登基的事情忙前忙後。

第四日清晨權德安總算來承恩府探望胡小天，胡小天聽聞他來了，一骨碌就從床上爬起，權德安擺了擺手，示意福貴退下，隨手將房門關上。

承恩府的每個房間光線都是極其黯淡，即使在白天，也必須要點燃燈火，胡小天已經在這暗無天日的房間內躺了三天三夜，心中早已變得不耐煩。

權德安淡淡然歎了口氣道：「你終究還是耐不住性子，若是讓有心人看到你現在的樣子，肯定不會相信你淨身方才三天。」

胡小天道：「權公公，我爹的事情怎麼樣了？」

權德安道：「目前仍然在刑部大牢中押著，我還沒有機會面見皇上。」

胡小天心中暗歎，事情看來果然沒有那麼簡單，權德安老謀深算，老奸巨猾，雖然答應了自己，可他究竟會不會真心幫自己救人還很難說，更何況最終能夠決定胡家命運的人還是皇上，如果他鐵了要將胡氏滅門，只怕權德安也難以扭轉乾坤。想到這裡，心情又不由得沉重起來，胡小天知道催促也是沒用，事情的主動權已經

完全掌握在權德安手裡，目前唯有聽從他的安排。

胡小天低聲道：「權公公，我那兩個朋友如今在哪裡？」

權德安道：「你說慕容飛煙他們？」

胡小天點了點頭。

權德安冷冷道：「慕容飛煙身為捕快，居然知法犯法，膽敢刺殺咱家，按律當斬。」

胡小天一聽他這樣說，不由得著急了起來：「你明明答應過我的，你說要放過他們。」

權德安深邃的雙目靜靜望著胡小天，他發現胡小天的身上還是存在著不少的弱點，胡家人的性命，朋友的性命，一個人如果太看親情和感情，未嘗是什麼好事。

胡小天道：「你不要忘了，當初多虧了慕容飛煙，小公主方才能平安抵達燮州。」

權德安道：「你很關心她，是不是喜歡她？」

胡小天被他問得愣在那裡。

權德安道：「你永遠不要忘記自己的身分，從淨身起你就已經是一個太監，你不可以喜歡女人。如果你管不住自己，洩露了秘密，非但保不住你的性命，只怕還要連累更多跟你有關係的人。」

胡小天道：「你不要忘了，我之所以答應你入宮的條件。」

權德安道：「你沒資格跟我提條件，現在是我幫你，我用不著求你什麼。今日我來，是準備教你一些本領，一個月後，你就會入宮，倘若不想有破綻被別人抓住，那麼你最好還是拋卻腦子裡的一切私心雜念，老老實實跟我學點東西。」

胡小天點了點頭道：「學什麼？」

權德安道：「皇宮是天下間最凶險的地方，我親手把你送進去，所有人都會知道你是我的人，我一直跟隨在太子身邊，太子待我不薄，可是我跟太子走得越近，就會有越多人視我為仇，有些人無時無刻不想將我置於死地，只有我死了，他們才可能佔據我的位子。我讓你去宮中，不但要充當我的眼睛，還要充當我的耳朵，關鍵的時候還要充當我的嘴巴，所以你必須要學會察言觀色，要懂得明辨是非，要知道什麼該說什麼不該說，什麼該做什麼不該做，不要以為能在邊陲小縣城裡當好一個縣太爺就能勝任皇宮中的職位，更不要看不起我們這種人。無欲則剛，這世上論到心腸之硬，又有什麼人能夠比得上我們。」

胡小天知道權德安所言非虛，只是心中有些奇怪，為何權德安偏偏會選中自己，他讓自己潛入宮中究竟是出於怎樣的目的？

權德安道：「我右腿受傷之後，所修煉的武功便無法更進一步，昔日我曾經招惹過的對頭無數，早晚他們都會前來向我尋仇。我將我的武功傳授給你，一來讓你在宮中可以自保，二來也不至於讓我的畢生藝業後繼無人。」

胡小天心中暴汗，權德安說得如此凝重，該不是要教給自己《葵花寶典》吧，欲練神功，揮刀自宮，真要是那樣，我寧願不學。

他低聲道：「是那個提陰縮陽嗎？」

權德安道：「就算你天賦異稟，不下個三五年的苦功又怎麼能夠練成提陰縮陽的功夫。」

胡小天不由得咋舌，三五年，只要父母朋友能夠脫難，自己就逃出皇宮了，難不成老子還要在皇宮裡當一輩子太監？可話說回來，自己沒淨身，是個假太監，如何能夠蒙混進宮？倘若被人發現，肯定是誅九族的大罪。他陪著笑道：「既然如此，我還是先留在外面，苦練個三五年，等我練成神功再入宮去伺候皇上。」

權德安聽他這樣說，呵呵笑了起來，胡小天也跟著他笑，只是看這老太監笑得實在是奸詐陰險，不懷好意，內心中直打鼓，卻不知權德安又想出了什麼壞主意坑我。

權德安道：「我所修習的武功叫做《無間訣》，我佛有云：『受身無間永遠不死，壽長乃無間地獄中之大劫。』無間地獄乃是八大地獄中最苦的一個，也是十八層地獄中最底下的一層，但凡被打入無間地獄者，永無解脫的希望，要經受五種無間折磨，第一時無間，無時無刻不在受罪。第二種空無間，從頭到腳每一部分都在受罪，第三種罪器無間，所有刑具無所不用，第四種平等無間，用刑無論男女均無照顧，第五種生死無間，生死輪迴，重複死去不計其數，還得繼續用刑永無休止。」

胡小天雖然早就知道無間地獄的意思，可是聽權德安陰測測的語氣重述一遍，也感覺不寒而慄。倘若這《無間訣》也和權德安所說的那樣邪門，自己不學也罷。

權德安道：「三年五載，就算你能夠等得，咱家也等不得。」

胡小天道：「那該如何是好，我也不是什麼天賦異稟的武學奇才，要不乾脆您別讓我當太監了，我好歹還有點治病的本領，要不你送我去太醫院，當個太醫如何？」

權德安緩緩點了點頭道：「怎麼咱家一早沒有想到這件事？」

「現在想到也不算晚！」胡小天滿臉期待，憑著自己的醫術，在太醫院立足應該並不算難。

「晚了！」權德安突然揮出手去，乾枯如同鳥爪一般的右掌拍打在胡小天的頂門之上，胡小天駭然，張嘴想要大叫，卻感覺一股極寒的陰冷之氣從自己的頭頂直貫而下，他整個人瞬間被凍僵，口舌也麻痺起來，那股陰寒之氣源源不斷地貫入他的體內，權德安道：「你過去並無武功根基，若想在短期內有所成就，必須採用傳功之法，我現在就用傳功大法將我的部分功力轉嫁到你的身上，你無需害怕，只需放鬆肢體，任我施為就是。」

胡小天凍得臉色都青了，牙關不住顫抖，根本說不出一個字，心中暗暗叫苦，這老太監不知練得什麼古怪的武功，就這樣傳給了自己，不知會不會產生排斥反應，排斥反應還不算最可怕的，若是練他的武功，練成了一個真太監，就算武功蓋世，那也划不來啊。

胡小天腦子裡正在胡思亂想，忽然感覺周身產生了脹痛，這脹痛越來越明顯，到最後竟似有人在將他的肌肉皮膚一點點撕裂一樣，胡小天痛得百爪撓心，可惜又無力掙脫，腦子裡也漸漸變得混沌非常，突然之間忽然耳邊聽到轟！的一聲，彷彿整個腦袋突然就爆炸開來，眼前一黑，昏死了過去。

胡小天醒來的時候，室內一片黑暗，油燈不知何時也已經熄滅了，人死如燈滅，難道自己的人生就這麼稀裡糊塗地結束？

耳邊響起權德安的聲音：「你的體質比我預想中還要強上一些，不壞，不壞，受了我十年功力，居然不死，三天之後，就可以跟我修習了。」

胡小天感覺周身疼痛欲裂，渾身上下軟綿綿沒有一絲一毫的力量，他虛弱道：「我還活著嗎？」

權德安道：「活著！你答應我的事還沒有為我去做，我怎麼可能讓你去死。」

門外忽然傳來一個尖細的聲音道：「權公公，宮裡來人了，說皇上傳您入宮去見他。」

權德安緩緩站起身來，低聲道：「你好好休息，過兩日我再來看你。」

胡小天道：「權公公，我的兩位朋友……他們只是想救我，並無加害你的意思……」

權德安轉過身去，一頓一頓來到門前，緩緩拉開了房門，正午的陽光隨著房門的打開而投射到房內，胡小天閉上了雙眼，長久在黑暗中已經讓他不適應外面的強光。

權德安道：「那些事情你無需過問。」

新君龍燁霖靜靜站在御花園內，目光長久凝視著前方那棵剛剛盛開的桂花樹，花香正濃，隨著清風飄散在整個花園之中，這沁人肺腑的香氣讓他緊繃的神經舒緩了不少。

新任左丞相周睿淵站在他身後不遠處，似乎在等待著什麼，君臣二人已經沉默了相當長的一段時間。

龍燁霖終於打破了沉默：「你勸朕留下胡不為的性命？難道你忘了當初胡不為是如何待你，他不但協同那幫逆賊向父皇彈劾朕，而且陰謀害你，險些害了你的性

命，難道所有這一切，你全都忘了？」

周睿淵恭敬道：「陛下有沒有想過，若是將當初參與彈劾陛下的所有臣子全都殺光，那麼朝堂之上，文武百官還會剩下多少？」

龍燁霖沒有說話，目光靜靜望著周睿淵。

周睿淵道：「有人倡議，有人附和，有人中立，卻少有人反對，倘若他們當初能夠預見到今日之形勢，昔日的事情就不會發生。陛下以為，這其中誰人的罪孽最大？」

龍燁霖怒道：「誰人倡議便是誰的罪責最大！朕就要誅他的九族！」

「臣斗膽說一句，廢長立幼，若非陛下首肯，誰敢帶頭做這逆天之事？」

龍燁霖臉色一沉，周睿淵的這番話說得再明白不過，當初決定廢黜他太子之位的就是父親，並非是那幫臣子擰成一股繩地彈劾他，而是在父皇的授意下，這幫臣子方才做出這樣的舉動，真正做出決定的還是父親。誅九族？難不成自己也要將父皇的九族給誅了？那豈不是等於自掘墳墓。龍燁霖冷冷望著周睿淵，低吼道：「大膽！」

周睿淵雖然被龍燁霖斥責，可是面色不變，雙膝跪下道：「臣鞠躬盡瘁死而後已。」

龍燁霖歎了一口氣道：「罷了，朕不怪你，你起來吧。」

周睿淵站起身來，看到龍燁霖神情稍緩，繼續道：「陛下剛剛繼承大統，不宜大開殺戒，要讓百姓感到您的仁德，千萬不可讓別有用心的小人有機可乘，詆毀陛下的名聲。」

龍燁霖道：「愛卿，當初可是你親口告訴朕，亂世須用重典，仁德乃是對待百姓，而非對待那幫忤逆犯上的臣子，若是不分對象，濫用仁德之心，就是婦人之仁。」

周睿淵道：「每個人都有他的兩面性，陛下看到他們缺點的同時，也要看到他們的長處，陛下登基在即，若是廣開殺戮，必然會讓群臣心生恐懼，甚至生出背離之心，陛下若是以仁德之心對待胡不為、史不吹之流，以德報怨，可以讓朝中心中忐忑的臣子及早安定下來。」

「忐忑？」

周睿淵點了點頭道：「西川李天衡之所以謀反，絕非是他宣稱的勤王，陛下乃是大康真命天子，天命所歸，所謂勤王有何依據？他自知陛下登基，其地位權力即將不保，所以才鋌而走險，擁兵自立，據臣來看，胡不為和他之間應該並無勾結。」

第三章

一入宮門深似海

慕容飛煙感到自己從未像現在這般軟弱過，
即便是被權德安所擒，即便身體遭受重創，即便被關押在這裡，
都沒有感到一絲一毫的動搖，沒有開口求饒，沒有感到害怕，
可在胡小天面前，她的堅強和勇敢頃刻間瓦解崩塌……

龍燁霖怎麼都不會想到周睿淵居然會為胡不為這個昔日的對頭開脫，皺了皺眉頭，內心中充滿了不解：「胡不為和李天衡可是兒女親家，難道你連這一點都忘了？」

周睿淵道：「胡不為若是對李天衡謀反早就知情，他絕不會留在京城坐以待斃，李天衡若是心中念及胡不為這位親家的情分，就應該在舉事之前撕毀婚約，斷絕和胡不為之間的關係，也唯有如此，或許可保胡家人的性命，以他目前的做法來看，非但沒有顧及胡不為這位親家，反而有陷他於不義的舉動，李天衡心中只怕巴不得陛下殺掉胡不為。」

龍燁霖道：「李天衡為何想要胡不為死？」

「胡不為身為戶部尚書，掌管大康錢糧，此人雖然唯利是圖，但是他在經營上的確有過人之處，這些年大康國庫漸豐，和此人能力有著直接的關係，戶部之中應該找不出能力出其右者。倘若胡不為被陛下殺了，大康的財政在短期內必然會遭遇麻煩，而這恰恰是李天衡想看到的。」

「即便是他再有能耐，如果不真心為我所用，留著他始終都是一個隱患。」

周睿淵正想說話，忽聽小太監過來通報，卻是司禮監提督權德安到了。

龍燁霖聽說權德安到了，點了點頭道：「宣他進來。」

權德安緩步走入御花園，他走起路來顫顫巍巍，看上去顯得老態龍鍾，來到皇上近前，作勢要下跪：「老奴參見陛下！」

龍燁霖看起來對他頗為體恤，搶上前一步，攙住他的手臂道：「權公公，你腿腳不方便，朕都說過了，以後見朕不必行此大禮，什麼時候想見我，直接過來，也無需通報。」

周睿淵垂首站在一旁，並沒有說話。

權德安道：「陛下，規矩是萬萬不能亂的，老奴知道陛下體恤我年邁體弱，可這些事我還能做，陛下對我皇恩浩蕩，老奴早已誠惶誠恐，感激涕零。」他又向周睿淵躬身行禮道：「參見周大人！」

周睿淵淡然道：「免禮了，權公公不用如此客氣。」

「要的要的，周大人輔佐陛下嘔心瀝血鞠躬盡瘁，老奴看在眼裡，感動在心，對周大人敬佩得很。」

龍燁霖道：「權公公不用客氣，周大人也不是外人，剛剛我們正在說胡不為的案子，周大人還在為胡不為說情呢，你有什麼意見？不如說出來聽聽。」

周睿淵雖然表情如同古井不波，可心中隱隱有些不舒服，無論權德安立下怎樣的功勞，可他畢竟只是一個太監，大康自太宗皇帝在位之時就立下規矩，內臣不得干預政事，預者斬！在大康的歷史上曾經發生過宦官亂權的事情，有過前車之鑒。君臣二人談論國事，身為皇上的龍燁霖居然問一個太監的看法，這讓周睿淵心頭自

然有些不爽。

權德安道：「陛下，老奴見識淺薄，豈敢妄論朝政。」

「不妨事，說出來聽聽。」

權德安看了周睿淵一眼，在官場上幾經沉浮的周睿淵如今早已做到無色無相，很難從這樣一個人的外在看出他內心真實的想法，他的政治經驗，他的超人智慧，早已沉澱昇華，正所謂返璞歸真，他坦蕩的目光中看不到任何的城府，可權德安卻明白這樣的人城府深不可測。

權德安道：「陛下、周大人，老奴今天過來所說的事情，的確和胡家也有些關係。」

龍燁霖哦了一聲，表情顯得有些錯愕。

權德安道：「可老奴所說的還是私事，胡不為的獨生兒子胡小天目前正在我那裡養傷。」

龍燁霖和周睿淵對望了一眼，連周睿淵此刻都有些猜不透老太監的意思了，收留胡不為的兒子，權德安真以為對皇上有功，恃寵生嬌嗎？

周睿淵道：「權公公是說，胡小天在你那裡？」

權德安點了點頭，他取出一樣東西，雙手呈上：「他還委託老奴將這件東西帶給陛下。」

龍燁霖定睛一看，權德安手上的東西卻是丹書鐵券，身為皇族他當然明白丹書鐵券所代表的意義。他並沒有伸手接過，而是低聲道：「胡不為的兒子緣何會找到你的門上？」

權德安道：「皆因老奴曾經欠他一個天大的人情。」

龍燁霖雙眉緊皺，他很少去關心這種事。

權德安向周睿淵行禮道：「周大人應該記得，當初小公主前往燮州投奔大人的事情。」

周睿淵緩緩點了點頭道：「你是說，當初護送小公主前來燮州的，就是胡小天？」

權德安道：「正是，我當初帶著小公主輾轉前往燮州，途經蓬陰山之時，遭遇天機營六大高手阻殺，若非遇到胡小天和他的同伴，老奴和小公主十有八九要遭到毒手了，單從這件事來說，老奴欠他一個人情。」

龍燁霖道：「你是在告訴朕，朕也欠了他們胡家一個人情吧？」

「老奴不敢！」權德安一揖到地。

龍燁霖這才伸手接過丹書鐵券，在手中把玩了一下，低聲道：「朕還以為他留在西川不敢回來了。」

權德安道：「這胡小天倒是一個孝子，聽聞胡家被抄，父母落罪，他居然不顧

安危，千里迢迢從西川趕來，老奴本不想答應幫他在陛下面前求情，可是此子長跪不起，口口聲聲願意為父贖罪，到後來，他竟然揮刀自宮，說是要入宮伺候皇上，用一生來為其爹娘贖罪，我感懷他赤誠一片，所以才厚著臉皮冒犯陛下的龍威。」

龍燁霖此時似乎終於想起了什麼：「你這一說我倒想起來了，七七那丫頭前日還托她母妃過來求我放過胡家呢，只是沒說起什麼緣由。」他轉向權德安道：「你說那個胡……」

「胡小天！」

「對，胡小天他自宮了？」

權德安道：「正是如此。」

龍燁霖道：「想不到胡不為居然有個這麼孝順的兒子。」

周睿淵道：「權公公想為胡不為求情了？」

權德安躬身道：「不敢，老奴只是將胡小天委託我的事情如實相告，說到求情，老奴倒是真想幫一個人求情，可這個人是胡小天而不是胡不為。」

龍燁霖緩緩點了點頭道：「你先去吧，此事朕想想再說。」

權德安恭敬告退。

等到權德安離去之後，龍燁霖道：「周大人怎麼看？」

周睿淵道：「倘若那胡小天真的做到自宮救父，為父贖罪，倒也不失為一個堂堂男兒。」說完這句話，他的唇角又現出一絲苦笑，只怕胡小天現在已經算不上什麼男兒了。

龍燁霖道：「剛剛你勸朕暫時留下他們的性命，現在想想其實也有你的道理。」他走了一步，又道：「就算是想殺掉他們，也不必急於一時，他兒子既然願意代父受過，朕也不好不給他這個機會，倘若胡不為的兒子在宮裡面做事，你說他會不會還敢有貳心呢？」君心難測，龍燁霖並非是被胡小天代父受過的孝心所感動，他首先想到的是，胡小天入宮等於多了一個人質，有他在手，胡不為肯定不敢妄動。

周睿淵道：「未來的事情，臣不知道，只是現在大康方方面面都處於交接之時，戶部和吏部全都是重中之重，在陛下沒有物色到合適人選之前，這兩個人還可以留用。」

龍燁霖瞇起雙目道：「什麼意思？難道朕還要將他們官復原職不成？」

周睿淵道：「削掉他們的官職，一樣可以讓他們留用，論到對戶部和吏部的熟悉，沒有人能夠超過他們，陛下高瞻遠矚，自然可以將他們控制在掌握之中。」

這話龍燁霖聽著入耳，緩緩點了點頭道：「胡小天既然都願意淨身入宮，史不吹若是想留下性命，他的兒子也需如此，傳朕的旨意，削去胡不為和史不吹二人的官職，留在原部聽用，家產田宅一概充公，至於他們的兒子，既然有此孝心，那麼就淨身入宮聽候差遣吧。」

周睿淵雖然覺得將胡、史兩家的兒子盡數淨身入宮當太監實在是有些荒唐，可龍燁霖能夠因此放過胡不為、史不吹兩人的性命已經是實屬法外開恩。周睿淵之所以奉勸皇上留下兩人的性命，並非是寬宏大量，以德報怨，而是現在龍燁霖剛剛即位，的確不適合大開殺戒，這兩人都曾經是六部尚書之一，一個主管錢糧，一個主管人事，可謂是大康朝政的中流砥柱，現在殺了他們，只怕大康的朝政會即刻陷入混亂之中，必須要將一切理順，榨乾兩人身上的可用價值，到時候方才能夠對他們下手。周睿淵不知龍燁霖究竟是不是參透了這個道理。

臨行之前，周睿淵又道：「陛下，有句話臣斗膽再說一句。」

龍燁霖點了點頭道：「說吧。」

周睿淵道：「太宗皇帝曾經有過這樣一封宣諭：為政必先謹內外之防，絕黨比之私，庶得朝廷清明，紀綱振肅。前代人君不鑒於此，縱宦寺與外官交通，覘視動靜，夤緣為奸，假竊威權，以亂國家，其為害非細故也。間有發奮欲去之者，勢不得行，反受其禍，延及善類，前朝之事，深可歎也！夫仁者治於未亂，智者見於未形，朕為此禁，所以戒未然耳。」

龍燁霖聽完，臉色頓時變得有些陰沉，周睿淵的這番話直指宦官之弊，應該是因權德安而起。

周睿淵擅長察言觀色，看到皇上的表情變化，已經知道自己的這番話十有八九已經觸痛了他的逆鱗，君之所以為孤家寡人，皆因登上這萬人之上的位置便開始俯瞰天下，便開始慢慢聽不進別人的意見，自己雖然是太子太師，可如今的這番說辭在龍燁霖擔任太子之時可說，現在他已經登上帝位，他會不會覺得自己恃寵生嬌，對他不敬呢？

龍燁霖最終還是控制住了自己心頭的怒氣，緩緩點了點頭道：「周愛卿，朕之所以能有今日，你和權公公居功至偉，以後應該怎樣做，朕心裡清楚。」

周睿淵恭敬道：「陛下聖明！」

龍燁霖道：「以後朕的江山就要靠你們這些人了。」

周睿淵道：「臣必鞠躬盡瘁死而後已！」

胡小天得了權德安的十年功力，從老太監的年齡來推算，就算他從娘胎裡練功，自己應該擁有了他接近五分之一的功力，開始的時候胡小天極其擔心，生怕練了這太監武功，小弟弟越練越小，到最後不用淨身，直接就練成了一個天閹。可一連幾天沒有異狀，就漸漸放下心來了。

權德安入宮見過皇上之後就告訴胡小天，他爹娘的性命應該能夠保住，讓他無需擔心，現在將全部的心思放在修煉之上最好。

有了權德安十年功力墊底，胡小天在學習了一些基礎的吐納方法之後，直接就開始練習提陰縮陽，說實話，修煉這門功夫還是有著相當心理壓力的，萬一練功不成，縮進去再也探不出頭來，這輩子的幸福豈不是徹底玩完，還好這種悲催的事情並未發生，皆因胡小天無論怎麼修煉，都沒有成功將命根子給收進去，這貨禁不住懷疑自己是不是生得太大，只怕今生都練不成了。還好權德安也不心急，並不催促他，一切順其自然就好。

權德安對朝廷發生的事情一概不提，他也很少前往宮中。多數時間都留在府內，要麼指點胡小天武功，要麼就聊些宮內的規矩。胡小天雖然覺得枯燥無味，可是他也明白權德安現在告訴他的事情，是他以後在皇宮之中立身保命的根本，所以絲毫不敢怠慢。

皇上登基之後，首先赦免了胡不為和史不吹這幫罪臣，盡顯仁德之風，在登基之日，新君龍燁霖昭告天下的同時，也不忘聲討西川李天衡，可也就是僅限於聲討，誰都知道這位剛剛登基的皇帝不可能選擇現在發動一場收復西川的戰爭，更何況西川李天衡此前已經正式和沙迦國締結盟約，並將他其中的一個女兒李莫愁許配給了沙迦國十二王子霍格。李天衡坐擁西川天險，麾下十萬大軍。大康雖然號稱有兩百萬大軍，可是近三十年來已經沒有打過什麼大仗，龍燁霖新君即位，當務之急是穩固大康內部的統治，更何況在他的北方大雍始終對大康的土地虎視眈眈，倘若大康內部發生戰事，很難保證大雍不會揮師南下。攘外必先安內，皇帝的位子並不好做，龍燁霖登基之初便面臨著種種危機，幸好他身邊有周睿淵輔佐，周睿淵提出的最主要政見就是以不變應萬變，暫時沿襲過去的所有施政方針，儘量不做任何的改變，對官員的任用也是如此。正是因為有了這一前提，胡不為、史不吹之流方才保住了性命。

進入秋季的第一場雨突然到來，胡小天的提陰縮陽功夫仍然沒有進境，算起來距離權德安送他入宮的日子已經不到十天了。胡小天自己居然有些緊張了，倘若練功不成，真相被人揭穿，恐怕到時候會死得很難看。

權德安也看出了胡小天的不安，坐在長廊下，望著從屋簷上不停滴落的如同斷了線的珠子一樣的雨水，輕聲道：「怕啊？」

胡小天道：「我會怕？死都不怕！」

權德安呵呵笑了起來，端起茶壺，悠閒自得地喝了一口，然後抱怨道：「這鬼天氣，一到這種時候，我的斷腿就開始隱隱作痛。」說這句話的時候，目光方才轉向胡小天。

在胡小天聽來，這句話充滿了責怪他的意思，咳嗽了一聲道：「你那條腿，當時的確保不住。」

權德安道：「我又沒怪你！」他將茶壺放在一邊，慢慢站起身來：「再有幾天，我就要送你入宮了。」

胡小天道：「可我還沒練成呢。」

「無所謂啊，慢慢練，我送你入宮，別人還是相信的。」

胡小天道：「可萬一有人不信，非得要給我驗明正身怎麼辦？」

權德安意味深長道：「保住秘密的唯一方法就是……嘿嘿，你一定知道的。」

胡小天當然知道他所指的就是殺人滅口，真要是到了那種時候，他肯定會不惜代價保住這個秘密。胡小天道：「權公公，我爹娘當真沒事了？」

權德安點了點頭道：「咱家本以為陛下不會輕易饒了他們，即便是饒了他們的死罪，也免不了流放邊疆的結局，卻沒有想到周丞相肯為他們說情。」

胡小天道：「不會啊，我爹跟他早有仇隙，他按理不會為我爹出頭。」新君上位，各方命運迥異，曾經被削職為民的周睿淵如今已經成為大康丞相統領中書省，反觀自己的老爹，卻要為抱住性命苦苦掙扎。

權德安道：「他是個顧全大局的人。」

胡小天充滿狐疑地望著權德安的背影：「權公公，我有一事不明，您讓我入宮，難道僅僅是為了伺候皇上，為我們胡家贖罪？」

權德安搖了搖頭道：「當然沒那麼簡單。」

「那到底是為了什麼事情？公公到現在仍然不願意將實情相告嗎？」

「等你有本事在宮內立足的時候，咱家就會告訴你。」

胡小天笑道：「您難道不怕，一旦我翅膀硬了，會變得不那麼聽話？」

權德安也笑了起來：「想過，但是不怕。」

胡小天總覺得老太監笑得不懷好意，他好像對操縱自己充滿了信心。胡小天道：「我這人向來知恩圖報，你只管放心，我肯定不會坑您。」

權德安笑瞇瞇道：「坑！我也不怕！」

胡小天道：「入宮之前，我有幾個請求。」這貨多少有些得寸進尺。

權德安道：「說來聽聽。」

「我想見見我爹我娘。」

「不行！」權德安斷然拒絕。

胡小天又道：「那讓我見見慕容飛煙和展鵬。」

權德安想了想，終於還是點了點頭道：「你可以見他們，我也可以放了他們，只是你必須要讓他們明白，淨身入宮之事是你甘心情願。」

胡小天道：「你放心，我知道應該怎樣做。」

權德安道：「讓福貴領你去吧，他們一直都被關在後院裡面，這些天我讓人好吃好喝招待著他們，並沒有為難他們。」

福貴引著胡小天來到關押慕容飛煙和展鵬的後院，兩人一人被關在東邊，一人被關在西邊，這段時間一直都是福貴過來負責給他們送飯，小太監嘴巴很緊，雖然胡小天問了他無數次，可福貴就是隻字不提，半句口風都沒有洩露過。

胡小天也穿著一身太監的服飾，從今天起他就要開始進入角色了，雖然提陰縮陽的功夫尚未練成，可他料想慕容飛煙應該不會主動給他驗明正身，至於展鵬，更不會無聊到關心自己的這個部位。權德安有句話沒有說錯，如果想保住自己的性命，保住胡氏一門的平安，就必須要謹言慎行，牢牢守住這個秘密。

慕容飛煙這段時間憔悴了許多，她肩頭的劍傷雖然已經癒合，但是被權德安震傷的經脈仍然能沒有復原。

緊閉了多日的房門緩緩展開，室外的天光透射進來，慕容飛煙瞇起雙眸，向外望去，卻見一個挺拔的身影從炫目的光影中緩步朝她走了過來。慕容飛煙還沒有看清那人的面貌，卻聽到一個熟悉而溫暖的聲音道：「福貴，你在外面等我。」

聽到胡小天的聲音，一種難以描摹的複雜感情滌蕩著慕容飛煙的內心，淚水在黑暗中無聲無息地流了下來。

胡小天慢慢來到她的身邊，蹲下身去，借著微弱的光線端詳著慕容飛煙憔悴的面容，忽然感到一種說不出的憐惜和心痛，他沒有說話，只是慢慢伸出手去，輕輕落在慕容飛煙蓬亂的秀髮之上。

慕容飛煙的淚水止不住地落下，她感到自己從未像現在這般軟弱過，即便是被權德安所擒，即便身體遭受重創，即便被關押在這暗無天日的房間內，她都沒有感到一絲一毫的動搖，沒有開口求饒，沒有感到害怕，可在胡小天面前，她的堅強和勇敢頃刻間瓦解崩塌，她的手捧住胡小天的手，俏臉貼在他的掌心，默默感受著來自於他掌心的溫度，此刻如此的真實，如此的溫馨，如此的幸福。兩人的內心中只希望這一刻成為永恆。

當慕容飛煙的眼睛漸漸適應了光線，她方才看清胡小天身上灰色的太監服飾，不過她並沒有想得太多，她所關注的只是胡小天的安危：「你還好嗎？」

胡小天點了點頭，笑容一如既往的溫暖：「怎麼會找到這裡來？」

慕容飛煙道：「聽聞燮州生變，我就第一時間前往燮州找你，可到了那裡並沒有得到你的消息，於是我猜到你會到京城來。」

胡小天道：「為什麼會想到我回來京城？」

慕容飛煙道：「因為你是個傻子，倘若知道你家裡人出事，肯定會不顧一切地來到這裡。」

「我還以為，在你心中我始終都是個貪生怕死的傢伙。」

慕容飛煙咬了咬櫻唇：「你不是……」話沒說完，劇烈咳嗽了起來，她用手掩住嘴唇，蒼白的俏臉因為劇烈地咳嗽而浮現出些許的紅意，好不容易才停止了咳嗽，再看她的掌心中已經沾染了鮮紅的血跡，她竟然咯血了。

胡小天充滿擔心道：「你咯血了，我幫你看看。」

慕容飛煙搖了搖頭道：「不妨事，只是經脈受損，非醫藥之功，需要休養一陣子方才能夠復原。」

「我去找權公公。」

慕容飛煙伸出手去抓住了胡小天的衣袖：「不要去！」

胡小天望著形容憔悴的慕容飛煙，心頭暗自難過，慕容飛煙費勁千辛萬苦過來營救自己，更因為自己而身陷囹圄，自己現在卻不能將實情相告，那是一種怎樣的痛苦和煎熬。

慕容飛煙道：「你送給我的短刀，我很喜歡……」

胡小天點了點頭，眼圈已經發紅，他低聲道：「你放心吧，權公公已經答應不再追究你和展鵬刺殺他的事情，今日就放了你們。」他起身準備離去。

慕容飛煙在他身後叫道：「小天，你是不是為了救我們，而答應了他什麼條件？」

胡小天的身軀停滯在門前，過了一會兒他方才緩緩搖了搖頭道：「我先去看展大哥，待會兒我會讓人送換洗的衣服過來，你們儘快離開承恩府，剩下的事情我來處理。」

慕容飛煙望著胡小天漸行漸遠的背影，總覺得他有太多的事情瞞著自己，一時間悲從心來，淚水湧泉般流下。

展鵬的右側小腿被權德安用念珠擊斷，權德安也並沒有慢待他們，還專程讓人請了大夫幫他治療骨傷，如今展鵬的傷勢恢復情況不錯，比起慕容飛煙而言，他的外傷雖然重了一些，可是恢復的速度要比慕容飛煙快上許多。

看到胡小天無恙前來，展鵬也是倍感欣慰，他和慕容飛煙並沒有事先約好同時出現，那天他和胡小天分手之時，就感覺到胡小天行蹤詭秘，遮遮掩掩，於是便悄然跟蹤，胡小天雖然非常謹慎，採取了反跟蹤的措施，可他的武功畢竟和展鵬無法相提並論。

展鵬尾隨胡小天來到承恩府，因為他知道這裡和皇室有關，並沒有選擇貿然進入，而是藏身在外面等待胡小天出來，直到胡小天被四名太監架著前往淨身房，高呼救命的時候，展鵬方才現身營救。只是他並沒有料到一個老態龍鍾的老太監武功竟然如此深不可測，用盡渾身解數仍然不免傷在權德安的手下，就在他生命懸於一線的時候，慕容飛煙飛身來救，兩人聯手仍然不是權德安的對手，最終都被擒獲，算起來也被囚禁在這裡近二十天了。權德安並沒有為難他，除了找人給他治療骨傷，每天都會讓人定時給他送飯。

被關押在這裡，和外界斷絕了聯絡，展鵬自然無從知道胡小天如今的狀況，現

在看到胡小天平安無事，展鵬也放下心來，聽說權德安要放他和慕容飛煙離去，不再追究刺殺之事，展鵬先是感到鬆了口氣，隨即又意識到事情絕沒有那麼簡單，再看到胡小天身穿宮裡的太監服飾，聯想起那天晚上，四名太監架著胡小天前往淨身房的情景，內心隱隱產生了一種不祥的念頭，低聲道：「恩公為何穿著這樣的一身衣服？」展鵬並不是頭腦簡單四肢發達的一介武夫，他儘量問得委婉。

胡小天歎了口氣道：「我不是跟你說過，以後你叫我名字不要用恩公來稱呼我，你捨命過來相救，真要說起來，現在反倒是我欠你一個人情了。」

展鵬道：「你千萬不要這樣說，我不叫你恩公就是。」

胡小天點了點頭道：「我穿這身打扮，你應該知道我現在的身分。」

展鵬雙目瞪得滾圓：「你是說……」話到脣邊，他終究還是沒有將你已經淨身這五個字說出來。

胡小天望著展鵬點了點頭，有些話不用說明，讓別人去猜最好，若是以後一旦真相揭穿，自己也不算欺騙展鵬，反正我又沒說我淨身了，一切都是你自己猜的。

展鵬黯然道：「怎會如此？怎會如此？是不是他們逼你這樣做？以我們的性命逼迫你淨身入宮？」

胡小天淡然道：「跟你們無關，全都是皇上的緣故，他答應放過我們胡家滿門的性命，但是他有個條件，要讓我入宮為奴，為父贖罪。」

身為男人，展鵬更明白淨身入宮意味著怎樣的犧牲，雖然胡小天口口聲聲說發生的事情和他們無關，可是展鵬的內心中仍然感到自責和惋惜，他認為自己當晚未能救出胡小天，反而失手被擒，這件事也成為胡小天落難的原因之一。

胡小天道：「展大哥不必替我難過，其實唯有這樣才是最好的解決方法，我一個人入宮贖罪也好過我們胡家被滿門抄斬，怎樣都是一輩子，我還從未進過皇宮，能夠在皇上身邊侍奉，這輩子衣食無憂，也算是因禍得福。」

展鵬抿了抿嘴唇，充滿同情地望著胡小天，他忽然想到了那晚同樣捨命來救的慕容飛煙，從當時的情景不難判斷，慕容飛煙對胡小天情深意重，胡小天入宮，他和慕容飛煙之間豈不是今生再無可能攜手共度？展鵬心中為胡小天深深感到惋惜。可事已至此，並非人力所能挽回，展鵬整理了一下情緒，低聲道：「胡兄弟，你有什麼事情需要我去做的？」從恩公到小天，現在稱呼他為胡兄弟，展鵬的內心歷程一波三折，他認為兄弟這個詞才能表達自己的心情，無論胡小天現在變成了什麼樣子，他都不會因此而改變。

胡小天點了點頭道：「的確有事，展大哥，陛下雖然已經答應饒了我爹的性命，但是也免去了我爹的官職，讓他繼續在戶部聽用，其實真正的目的無非是想利用我爹做好戶部的交接工作，一旦有一天，我爹失去了他的價值，陛下待他自然棄之如敝履。」

展鵬點了點頭，他雖然不懂朝堂之事，可是對朝堂之冷血早有耳聞。

胡小天道：「我爹昔日樹敵不少，現在落難自然會有不少的冤家對頭趁機發難，胡府武士家丁雖多，可是現在胡家失勢，忠心留在我爹娘身邊保護他們的只怕剩不下幾個，再過幾日我就要入宮，入宮之後，短時間內自然無法自由出入。展大哥，我想你傷好之後幫我照顧胡家，保護我爹娘的安危。」

「你放心，只要有我展鵬一口氣在，我一定不會讓胡伯伯他們受到欺負。」

胡小天又道：「見到我爹娘，幫我告訴他一句話，留得青山在不怕沒柴燒。」

秋雨瀟瀟，隨風彌散在灰濛濛的空氣中，讓整個康都籠罩在一片朦朧之中，權德安和胡小天並肩站立在承恩府的最高點，望著那輛緩緩從承恩府後門離去的烏蓬馬車。

權德安意味深長地看了胡小天一眼：「一入宮門深似海，想要活下去，就必須要忘記過去的那些事。」

胡小天道：「若是忘不了呢？」

「忘不了就只能活在痛苦之中。」權德安一雙鳥爪一樣的手扶在牆垛之上：「答應你的事情我都做了，現在輪到你了。」

胡小天微笑道：「直到現在，我都不知道你想讓我為你做什麼？」

權德安道：「首先給我證明你能在宮內活下去。」他轉過身，來到另外的一邊，遙望正南方籠罩在煙雨中的皇城。

胡小天跟著他走了過來：「有您這位司禮監的提督照應，這宮裡的太監宮女但凡有點眼色，應該不敢欺負我吧？」

「咱家不會照應你，你千萬不要忘了，你是待罪入宮，你的身分在宮內是最卑微的那種，我雖然是司禮監提督，可是你知不知道皇城之中，共有十二監，司禮監只是其中之一。這十二監乃是司禮監、內官監、御用監、司設監、御馬監、神官監、尚膳監、尚寶監、印綬監、直殿監、尚衣監、都知監。此外還有四司八局，四司乃是惜薪司、寶鈔司、鐘鼓司、混堂司。八局為，兵仗局、巾帽局、針工局、內織染局、酒醋麵局、司苑局、浣衣局、銀作局。」

胡小天單單是聽著這繁瑣複雜的名目就已經開始頭疼：「我說權公公，您乾脆點，到底是給我安排個司長還是局長啥的？」

權德安道：「宮中的內務早在陛下登基之後咱家就全都交了出去，我是個殘廢，手腳都不俐落，如何能夠伺候得好皇上。」

胡小天暗罵老太監虛偽，別看老傢伙截掉了一條腿，可是武功之強悍是胡小天生平僅見，他將信將疑道：「您的意思是，皇宮裡面不是你當家？」

權德安道：「既然有心無力，不如讓與賢能。你和福貴一起入宮，此次和你們

一同入宮的共計有兩千二百三十八名太監，會被分配到二十四個地方，當然還有部分人會被分派去伺候嬪妃皇上。」他瞥了胡小天一眼道：「以你目前的資歷，肯定是沒機會的。」

胡小天總覺得權德安將自己送入宮中蘊藏著一個極大的陰謀，可老太監不說明白，他現在也無從得知，胡小天道：「你在我身上下了這麼大的功夫，不惜傳功給我，難道就是為了送我入宮去當個小太監？」

權德安道：「該說的時候我自然會告訴你，別忘了我當初對你說過的話，要少說多做，多聽，多看！」

胡小天道：「這皇宮內到底有多少太監宮女？」

權德安道：「陛下登基之前，我們曾經清點過內宮名冊，此次一共革去老弱殘疾、有名無人者一萬五千七百八十二人，實留二萬三千六百二十八人。別的不說，單單是司禮監就有一千九百三十二名太監。」

胡小天為之咋舌，他還真是沒想到皇宮太監隊伍的規模居然如此龐大，難怪這次會補充兩千多名太監入宮。老弱殘疾他懂得，也就是權德安這種，可有名無人卻是什麼緣故？

權德安低聲解釋道：「有名無人就是曾經入宮，後來便悄聲無息地不見了，共計有五千零九十八人。」

胡小天現在完全明白了，這五千多人悄聲無息地不見，想要從戒備森嚴的皇宮內逃走肯定難於登天，十有八九這五千多人都是死在皇宮之中了，或是被主人給殺了，或是被同伴給弄死，若是算上後宮佳麗，數萬宮女，這皇宮不知藏有多少冤魂。胡小天暗歎，難怪說皇宮是這個世界上最為凶險的地方。

權德安道：「現在是不是有些害怕了？」

胡小天道：「該死該活鳥朝上，我怕什麼？」他眼睛一轉，笑瞇瞇道：「權公公，您這次是主動退下來的，還是皇上讓您退下來的？」

權德安雙眉一動，唇角露出一絲陰森的冷笑：「難道沒有人告訴你，聰明人往往不長命？」

胡小天道：「我若是死了，您老豈不是血本無歸？雖說是長線投資，也要顧及到資本的安全，您說是不是？」

權德安道：「若是顧及安全，咱家當初就該將你一切了之，這樣才能免除後患。好好準備準備，提陰縮陽的本事你再練不成，就只能帶著那根東西入宮了，真要出了什麼事情，不但是你，你們胡家滿門都難以倖免。」

胡小天歎了口氣道：「真不知道，究竟是你教給我的功法有問題，還是我自身的本錢太大，始終無法練成。」

「既然覺得累贅，乾脆切掉如何？」

胡小天道：「還是留著吧，或許以後還能派上用場。」

權德安呵呵冷笑。

胡小天提陰縮陽的神功終於還是沒有練成，入宮之期卻已經到了。

天和宮是康都規模最大的建築群，自建成已有二百年的歷史，七十年前曾經遭遇火災，後來幾經重建，規模逐漸龐大，到了老皇帝龍宣恩這一代，皇宮的規模已經達到鼎盛。

皇宮選址在康都龍首原之上，自南往北，地勢逐漸抬高，皇宮南部為長方形，北部呈現出南寬北窄的梯形。圍繞皇宮一周約二十里，長十二里，寬八里。宮牆牆面為夯土板築，只有各城門兩側及轉角處內外表面砌有磚面。

城牆構築十分堅固。在宮城北部之外，東、西、北三面都構築有平行於宮城牆的夾城，亦為板築土牆。北面夾城最寬，距宮城牆寬五十丈。東西兩面夾城距宮城牆寬均為二十丈米。夾城的修築，在宮城的後部，配合宮城城牆共同構成嚴密的防衛體系結構。

宮城共有九座城門，南面正中為天和宮的正門望天門，東西分別為望仙門和德福門；北面正中為玄武門，東西分別為銀漢門和青霄門，東面為左銀台門；西面南北分別為右銀台門和九仙門。除正門望天門有五個門道外，其餘各門均為三個門道。在宮城的東西北三面築有與城牆平行的夾城，在北面正中設重玄門，正對著玄武門。宮城外的東西兩側分別駐有禁軍，北門夾城內設立了禁軍的指揮機關——北衙。

整個宮域大致可分為前朝和內庭兩部分，前朝以朝會為主，內庭以居住和宴遊為主。望天門以南，有寬五十丈的天門大街，以北是含元殿、宣政殿、紫宸殿、蓬萊殿、含涼殿、玄武殿等組成的南北中軸線，宮內的其他建築，也大都沿著這條軸線分佈。含元殿、宣政殿、紫宸殿三大殿，正殿為含元殿。含元殿以北有宣政殿，宣政殿左右有中書、門下二省，及弘文、史二館。在軸線的東西兩側，還各有一條縱街，是在三道橫向宮牆上開邊門貫通形成的。

皇宮北部居中建有一座瑤池，最初開鑿於大康明宗年間，兩岸築有望月台，台高百尺。周圍建有迴廊五百餘間，池中有縹緲山，山上有靈霄池。

瑤池分為東西兩池，中間有管道相通，水源引自南來的龍首渠。有暗渠與宮外相通。沿岸迴廊與附近宮殿建築，都根據地貌特點，著意佈置，錯落有致，此外還有別殿、亭、觀等六十餘所。

此次雖然新招了兩千多名小太監，可並不是在同一天入宮，他們從東邊的德福門進入，排著整齊的佇列，依次走入，進入德福門，可以看到道路的右側擺放著大約二十幾張桌子，來自各司各部的太監全都坐在那裡，再往前是臨時搭起的藍色棚

子，裡面有太監專門負責驗明正身。當天入宮的太監約有一千人，一個個魚貫走入，看起來這陣勢也是頗為宏大。

胡小天看到眼前的情景心中不由得一驚，自己提陰縮陽的功夫還遠未練成，倘若被人拉去驗身肯定露餡，這權德安也實在太馬虎了一些，怎麼可以讓自己隨大流來這裡驗身呢？看了看身邊的小太監福貴，這廝倒是心安理得，看起來對未來的皇宮生涯還頗為期待，臉上帶著會心的笑意。人家心裡沒鬼，胯下無物，當然坦蕩。

胡小天此刻完全笑不出來，他咳嗽了一聲道：「福貴，那藍棚子裡面是幹什麼的？」他是明知故問，上面明明掛著一塊木板，寫明了驗身處這三個大字。

福貴眼神不太好，瞇起眼睛看了看，好半天方才看清上面的字，低聲道：「驗明正身的地方……」話音未落，就聽到那藍棚子裡面傳來一陣哭天搶地的哀嚎聲，卻是有一人被兩名如狼似虎的太監給拖了出來，那人叫得淒慘無比，仔細一聽，卻是他已經淨過身了，可驗身的時候，負責此事的太監嫌他割得不夠乾淨，於是將他拖了出來。

胡小天小聲問道：「福貴，這種情況如何處理？」

福貴道：「通常是拖去淨身房再切一遍……」

胡小天舌頭吐出去半截，好半天都沒能縮回去，額頭上已經滿是冷汗了，標準如此嚴格，讓我這個水貨當如何自處？這貨掉頭逃跑的心思都有了。

正在頭疼應該如何應對驗身這一關的時候，忽然聽到一個軟綿綿的尖細聲音道：「你！過來！」

一幫小太監循聲望去，卻見前方一個白白胖胖的中年太監伸出粗短肥胖的手指，指著隊伍中道：「說你呢！」

胡小天這才意識到那胖太監指的是自己，他仍然有些將信將疑地指著自己的鼻子道：「您叫我啊！」

「是啊！不叫你還能叫誰啊？呆呆傻傻的，就是你！」

胡小天暗叫倒楣，老子臥底皇宮的歷程還沒展開，就已經被人家給發現了，到底我哪兒長得不一樣啊？話說不一樣的地方別人也看不到啊！胡小天硬著頭皮走了過去，恭敬道：「這位公公找我有何吩咐？」

那白白胖胖的太監，斜著眼睛看了胡小天一眼道：「跟我來吧！」

「去哪裡？」胡小天聲音都顫抖了起來，總不會是去淨身吧？

那太監一雙小眼睛瞪得滾圓，怒道：「當然是去做事，看你小子黑黑壯壯的，應該是有些力氣，今兒起就來我尚膳監做事吧！」

「這就走？不用排隊了？」

那白胖太監向遠處的一名執筆登記名冊的太監道：「薛公公，我那兒人手奇缺，這小子我先帶走了。」原來這位白胖太監就是尚膳監牛羊房的監頭張福全。

胡小天本以為還要給他驗明正身，正琢磨著是不是再臨時抱佛腳修煉一下提陰縮陽，卻想不到居然遇到了這等好事，忙不迭地跟在張福全的身後走了，當然臨走之前，還需要把名字報上，讓太監將他的名字登記在冊。

來到一旁的偏門處，發現等候在那裡的並不是自己一個，還有七名太監早已候在那裡了。其中一人胡小天居然認識。正是吏部尚書史不吹的寶貝兒子史學東，說起來胡小天和史學東還是八拜為交的結義兄弟。想當初兩人假意結拜，胡小天前往青雲上任之時，史學東還親自去十里長亭相送，贈給他兩張黃圖，其目的無非是為了坑他，現如今他們兩人的老子全都蒙難，兩人以太監的身分相逢在皇宮之中，四目相對頗有一種同是天涯淪落人的感覺。

當著這麼多人的面，兩人只是眼神交流了一下，誰也不敢出聲打招呼。一群人跟著張福全，在兩堵宮牆內的道路中快步前行。尚膳監負責掌管皇上和宮內飲食，宴席。其中也是人員眾多，因為此前辭去了不少的老弱病殘，尚膳監如今剩下的太監不到半數，這其中還包括有掌印及提督光祿太監、總理，管理、僉書、掌司、寫字、監工及各牛羊房等廠監工，以及各部採辦。這些人是有職位在身，多數都是閒職負責管理指揮，真正的粗重活計是輪不到他們去幹的。

張福全所負責的是牛羊房，說穿了就是屠宰場，皇宮內是不允許宰殺牲畜的，往往都是在專門的地點宰殺洗淨之後送入皇宮，再由小太監送與廚房備用。

張福全叫來這些新來的太監就是出苦力的，帶著他們來到御膳房的院子裡，指著滿滿兩車宰好的牛羊，張福全道：「你們幾個把這些全都抬到牛羊房裡面。」

牛羊房乃是張福全負責的地方，在哪裡負責將宰殺好的牛羊分割洗淨，然後根據御膳房的要求，將肉歸類送到案上。乍聽起來，這工作沒什麼技術性，可真正幹起來卻是對體力的一個嚴峻考驗。

雖然前來幹活的太監不少，可真正的粗重體力活全都交給了這八名新人。在哪兒都有個先來後到，老人欺負新人是常有的事情。張福全交代完事情之後馬上就離去了，他還有其他事情要安排。

這邊張福全一走，一個滿臉麻子的太監就停下手頭的活兒，指了指胡小天他們八個道：「快點快點，耽誤了今日的午膳，就把你們的腦袋全都砍下來。」一番話說得囂張跋扈盛氣凌人，老人欺負新人在任何環境中都經常可以看到。

八名新來的太監全都默不吭聲，包括胡小天和史學東這兩個昔日高幹子弟在內。初來乍到，環境都不熟悉，在人屋簷下怎敢不低頭，更何況他們兩個現在家族蒙難，有點過時的鳳凰不如雞的心境，犯不著和這些太監一般計較。

胡小天和史學東兩人自然而然地編成了一組，兩人的頭腦都夠靈活，當然明白要挑揀輕點的活幹，共同拎起了一頭大約五十來斤的肥羊送入牛羊房內。

史學東終於瞅到機會，壓低聲音道：「兄弟，你怎麼也來了？」

胡小天道：「沒辦法，皇命難違啊。」

兩人抬著羊一邊往裡走，一邊小聲說話。史學東道：「你淨身了？」

胡小天道：「你這不廢話嗎？不切乾淨誰讓你入宮啊。」心中卻竊喜不已，史學東必然沒有自己那麼好命，淨身這一關他是萬難倖免了。

史學東黯然歎了口氣道：「想我史學東當初何等風流倜儻，如今卻落到這樣的境遇，當真是生不如死。切膚之痛，抱憾終生啊！」

胡小天心想你當初欺男霸女，無惡不作，現在這種下場也算得上是因果報應了，老子跟你比起來那才叫好人，雖然心裡瞧不起史學東的為人，可是在皇宮內好不容易碰上了一位故人，還剛巧是結拜兄弟，以後搭個伴也好有個照應。胡小天勸道：「好死不如賴活著，反正你該風流也風流過了，該享受的也享受了，對咱們兄弟來說，最要緊的還是保住性命。」

史學東深以為然，點點頭，正準備開口說話，冷不防身後一人揮動皮鞭狠狠抽打在他的背上，打得史學東痛徹心扉，雙手一抖，手中肥羊失落在地上。卻是那麻臉太監從一旁衝了上來，揮鞭就打，口中罵咧咧道：「不開眼的奴才，一看就知道你們是好吃懶惰的東西，居然在這裡躲懶聊天，信不信爺把你們的腦袋給砍了。」

史學東捂著受傷的後背敢怒不敢言。

那麻臉太監揚鞭又要向胡小天抽下去，卻遭遇到胡小天陰冷的目光，不知為何從心底產生了一股寒意，猶豫了一下，胡小天已經將那隻肥羊扛起走開。這一鞭終究還是沒抽下去，麻臉太監罵道：「不要再有下一次，再看到你們偷懶，我將你們兩個新來的吊起來打。」

新來的太監很快就發現，一旦張福全出來，那幫老人便裝模作樣地去搬東西，一旦張福全離去，馬上這幫人就開始找到陰涼處休息，在宮廷中待久了，這些太監早已混成了老油子，他們會抓住一切的時機偷懶躲滑。

像史學東這種養尊處優慣了的衙內，過去哪幹過這些粗活，很快就累得直不起腰來。那麻臉太監又朝他走了過去，看樣子又要去尋他的晦氣。史學東喘著粗氣道：「你別逼我，我實在是扛不動了……」其實不只是他，新來的八名太監有七個都已經累趴了。

唯有胡小天是個例外，這廝肩頭扛了半隻宰好的肥牛，大步流星地向牛羊房走去，根本見不到任何的疲態，看得周圍太監一個個目瞪口呆，這貨顯然是天生神力，且不說他已經來回扛了這麼多趟，單單是這半隻肥牛也有五百斤上下，他竟然能夠獨自扛起，而且似乎毫不費力。強者為尊，人對強者都會自然而然地生出敬畏之心。胡小天今天的表現已經震懾到周圍不少的太監，雖然胡小天並沒有顯露任何的武力，可單單是這身蠻力已經相當出眾，誰也不敢輕易得罪這樣的人。

胡小天自己心中是明白原因的，他過去雖然有些力氣，可是並沒有強悍到這樣的地步，應該是權德安傳給他的功力起到了作用，不但膂力大大增強，而且幹了這麼久竟然沒有產生任何的疲憊感。

忙活了一個多時辰，總算將所有的牛羊搬完，胡小天來到水盆邊洗了把臉，抬起頭看到一人正笑瞇瞇看著他，伸手遞給他一條毛巾。正是牛羊房的監頭張福全。

胡小天接過毛巾擦了把臉，低聲道：「謝謝張公公。」

張福全小聲道：「你放心吧，以後我會多多關照你的。」他說完就轉身離去。

在胡小天的記憶中並沒有和此人有過什麼聯繫，唯一合理的解釋就是權德安之前打了招呼，不然張福全不會選中自己，並帶他直接來到尚膳監，躲過了驗明正身的程序，看來權德安在宮內的勢力還真是不小。自己以後需要小心從事，不知有多少他的眼線被安插在自己周圍。

只是有一點讓胡小天頗為不解，既然權德安有這麼大的本事，為何不把自己直接安排到皇上的身邊，而是弄到這裡做苦工？難道是他想通過這種方式先考驗一下自己？

辛辛苦苦在牛羊房幹了一天，新來的幾位太監全都累得筋疲力盡，吃過晚飯，總算到了可以休息的時候。在大康皇宮之中，低等級的太監往往都是住在皇宮西南角落的監欄院中，所有當值的太監都住在其所在地方的內宅裡。還有不少太監在忙完一天的工作之後，會按時出宮，住在皇宮北邊的大片平房內，每天一早，天沒亮的時候再返回宮中幹活。

胡小天他們這群新來的太監雖然地位卑微，可是因為他們每天都要早起做活，所以就住在宮內，尚膳監的西牆有一排耳房，那裡就是他們過夜的地方。

房間佈局全都差不多，沿著北牆設有通鋪，一到了晚上，忙碌了一天的小太監就在這裡集體入眠，每間房內要躺上二十個人，雖然房間不小，通鋪很長，可真正二十個人全都躺下去，幾乎連翻身的空都沒有。

胡小天和史學東他們八個是最後才回去的，八個人被平均分配到四個房間內，胡小天和史學東兩人剛好一組。史學東沒有胡小天這麼好命，即沒有淨身，又得蒙高人傳了十年的功力，這廝一邊揉著肩，一邊叫苦不迭道：「都說好死不如賴活著，可真要是這麼活著，還不如死了呢。」

胡小天道：「萬事開頭難，凡事都得有個適應期，大哥，你過去好日子過慣了，吃不得苦，過幾天等適應了就好。」

史學東看到不遠處幾個太監正在交頭接耳，不時還不懷好意地向他們兩個看來。史學東低聲道：「小天，我覺得好像有些不對頭啊，那幫太監看咱們的眼神似乎不善，該不是正在籌畫怎麼對付咱們吧？」

胡小天其實早已留意到那幾人的舉動，低聲道：「一定是。」

第四章

萬劫不復之深淵

權德安道：「你最好不用想著逃走，沒有我幫你，
你體內的異種真氣很快就會失控，一旦壓制不住這異種真氣，
你就會走火入魔，經脈盡斷而死，咱家不是在嚇唬你，
天下雖大，卻無你的藏身之地，我能夠救了你們胡家，
也一樣能夠將你們胡家重新打入萬劫不復之深淵。」

史學東聽他這樣說，不由得嚇得臉色慘白，低聲道：「完了，他們這麼多人呢，咱們只有兩個，今晚只怕要吃虧了。」

胡小天道：「咱們才來第一天，以後的日子長著呢，如果不讓他們知道咱們的厲害，他們只會變本加厲。」

史學東道：「怎麼辦？」

胡小天低聲道：「人不犯我我不犯人，你找件稱手的東西，晚上咱們兄弟倆大不了跟他們幹上一場。」

史學東聽胡小天說得如此氣勢，也感覺到有些熱血沸騰，他點了點頭：「早知道我偷偷帶把殺豬刀來了，誰他媽敢惹咱們，我扎死誰。」他過去狠話說慣了，這段時間因為家道中落，氣勢上的確弱了許多，很少說這種囂張的話，說出來也感覺氣勢上弱了很多。

胡小天道：「要那玩意兒幹嗎？讓人抓住，誣你一個私藏兇器意圖謀害聖上，那可是抄家滅族的大罪。」

史學東歎了口氣，抄家滅族這四個字最近他可不陌生，趁著周圍人不注意，這貨蹲了下去，悄悄將地上的半截磚塊拾起藏在袖子裡。胡小天也趁機將一塊板磚塞入袖中。

胡小天和史學東進了二號房，正所謂不是冤家不聚頭，他們兩人一進去就看到十多名太監坐在通鋪之上，中間一人虎視眈眈地望著他們，正是白天揚鞭抽打史學東的那個麻子。

史學東暗叫倒楣，他第一反應就是氣氛不對，咧嘴笑道：「不好意思走錯房間了。」

身後閃出兩名太監，把房門給關上了。

麻臉太監雙目之中流露出怨毒之色，目光打量著胡小天和史學東，最後落在史學東藏在袖子裡的右手上：「手裡拿的什麼？」

史學東嘿嘿笑道：「大哥……你說我啊？」

麻臉太監點了點頭。

史學東道：「什麼都沒有。」

兩名太監向他逼了過來，分明是要搜身。

胡小天向前緩緩走了一步，盯住那麻臉太監道：「這位大哥，大家都不容易，來宮裡無非是討口飯吃，今兒你打也打了，罵也罵了，殺人不過頭點地，更何況大家以後低頭不見抬頭見，都是在尚膳監牛羊房討生活的弟兄……」

「誰他媽跟你弟兄？老子入宮都七年了，什麼人物我沒見過？弟兄？我呸！想在這裡討生活，行！只要以後將我們兄弟幾個伺候得舒舒服服的，好說。去！先去給我們打洗腳水去！」

史學東此時已經被兩名太監抓住手臂，藏在袖子裡的半截磚頭露了出來。

麻臉太監看到那半截板磚，表情顯得越發猙獰，他當然猜到史學東這半塊板磚是用來對付自己的，怒道：「是不是想拍我黑磚？你吃了熊心豹子膽了？」

史學東嚇得魂飛魄散：「我……我……」他眼巴巴看著胡小天，心想今天算是被這位結拜兄弟給坑苦了，剛我為什麼那麼聽他的話？我拿板磚幹什麼？要拍黑磚，你胡小天咋自己不拿呢？

胡小天笑瞇瞇道：「大哥，人家問你呢，是不是想拍他黑磚？」

史學東此時只差沒哭出來了，胡小天啊胡小天，咱倆好歹也是磕過頭的兄弟，過去的確我有對不住你的地方，可現在咱們是同病相憐，家裡都敗落了，咱們都慘到這份上了，你還記著以前的事情，不忘坑我，叛徒……你個無恥的叛徒……，可心裡再腹誹著，板磚的確是在他手裡發現的。

胡小天道：「想拍就拍唄，大哥，這就你不對了，既然說了就得幹啊！」

史學東道：「我不對？我怎麼不對了？」這貨苦著臉，一副欲哭無淚的樣子。

那麻臉太監冷笑道：「拍我？靠！有種你來啊！有種你來拍我！」

此時胡小天突然啟動，宛如一頭矯健的獵豹般竄了出去，一個箭步就已經跨越了房門到通鋪的距離，然後騰空躍起，右手高高揚起，一塊青灰色的板磚結結實實就拍打在這麻臉太監的面門上，蓬的一聲，這個乾脆啊，板磚落出血花四濺，痛得那麻臉太監慘叫一聲，四仰八叉倒在了通鋪上。

胡小天左手抓住這廝的右腿，用力一拉，將這廝整個人從床上拖了下來，狠摔在地上。

周圍十多名太監看到勢頭不妙，一起從通鋪上跳下來向胡小天圍攏而去，胡小天手中板磚飛了出去去，蓬！咚！先是一名太監臉上被板磚砸中，然後又摔倒在通鋪上。

那幫太監原本仗著人多勢眾，意圖給胡小天兩人一個下馬威，可是誰也沒有料到胡小天如此強悍，下手又是如此陰狠毒辣。太監淨身之後，生理上發生不小的變化，自然帶來了心理上的改變，所以才會有很多太監有女性般陰柔的表現，看到兩名同伴鮮血淋漓的場景，多數人都嚇得尖叫起來，舉著雙手，捏著蘭花指，尖著嗓子叫道：「流血了……流血了！殺人了……」

胡小天趁機從他們的包圍圈中退了出來，看到麻臉太監就在自己的身邊，抬起腳一腳照著他的小腹踩了下去。麻臉太監痛得慘叫起來，雙手雙腳高高舉起。

胡小天冷冷道：「全他媽給我閉上嘴巴，誰再敢叫喚，我先弄死這麻子。」

此時外面傳來當值太監的聲音：「裡面吵什麼？」

胡小天冷冷掃視那幫太監，眾太監被他剛剛表現出的威勢震懾住，居然無人敢應聲，一個個如同驚恐的小雞般擠在一團。

外面又有人叫林丙青的名字，胡小天腳下的那個麻臉太監忍痛道：「袁公公……沒事……就睡了……」

史學東從兩名太監手裡掙脫開來，看到胡小天剛才的表現，這貨此時也是惡從心生，揚起手中的半塊板磚照著那個叫林丙青的麻臉太監腦袋上就拍了過去，咬牙切齒道：「老子拍的就是你……」

胡小天一伸手抓住了他的手腕，史學東雖然用盡了全力，可手腕一旦被胡小天握住，就感覺如同上了鐵箍一般，動彈不得。史學東暗歎，我這兄弟力氣可真大啊。

胡小天倒不是怕史學東打人，而是害怕史學東出手沒輕沒重，真要是把人給弄死就麻煩了。

麻臉太監滿臉是血，剛看到史學東揚著半塊板磚照著自己的腦袋問候而來，嚇得魂都沒了，竟然一口氣沒上來昏了過去。

史學東朝著這麻子臉上啐了口唾沫，罵道：「龜兒子，真是膽小如鼠。」

胡小天站起身來，沒事人一樣拍了拍雙手：「今天的事情最好不要說出去，不然大家都免不了責罰，以後誰敢欺負我們兄弟兩個，他就是你們的表率，還有，這宮裡每天都有人失蹤，上上下下好幾萬宮人，不見了一個兩個也不會有人知道，你們說是不是？」

這幫太監哪見過這麼狠辣的角色，一個個被嚇得噤若寒蟬。剛才被胡小天飛磚拍到的那名太監，捂著扔在流血的面孔，挪下了通鋪。

史學東指著他道：「你幹什麼去？」

那太監顫聲道：「小卓子給兩位公公打洗腳水去。」

任何時代，任何地方都無法逃脫強者為尊的規律，胡小天用板磚拍暈了意圖糾集眾人給他和史學東這兩名新人一個下馬威的林丙青，成功樹立了他們的強橫形象，因此而帶來的好處很快就顯現出來。且不說每天的洗腳水總有人端到自己的面前，搬抬牛羊，洗淨分割的粗重活兒也只需要做做樣子，只要管事的不在，馬上就找個樹蔭下一蹲，和史學東幾人聊天打屁，不時還會有獻媚的小太監送上一壺剛剛沏好的龍井茶。有時候這個送茶的是小卓子，有時候又變成了小鄧子。

作為曾經被胡小天板磚第一批臨幸的人員之一，小卓子深諳見風使舵的道理，痛定思痛，馬上就堅決倒向了胡小天的團隊，和他抱有同樣心思的還有幾個。

胡小天也明白組建小團隊的重要性，在太監如雲的皇宮，沒有幾個心腹是萬萬不行的。史學東無疑是胡小天小團體的核心成員，這貨雖然被切掉了命根子，可殘存的雄性荷爾蒙仍然沒有從體內徹底清除乾淨，平日裡和胡小天的聊天內容大都離不開女人，開始的時候是他過去在京城煙花柳巷的風流情史，又或者他當街強搶民女，霸王硬上弓的無恥經歷，談得口沫橫飛，神采飛揚，不以為恥反以為榮。

太監們對這些事情多半是不感興趣的，往往他的訴說對象只能是把兄弟胡小天，換成過去，胡小天肯定會將這個無恥之尤的傢伙一腳彈開，可宮內的日子實在是枯燥乏味，權當聽起來解悶，史學東憶往傷今，對往日風光的追憶只能讓他對現在的境況徒增感歎罷了，最後往往會歎一口氣：「老子也算值了，什麼樣的女人我都見識過了。」

到了這種時候，胡小天就會舒舒服服地啜一口茶，笑瞇瞇望著史學東，嘴上不說，心裡卻想，讓你作惡多端，活該如此。

史學東對胡小天的風流史表現出極其濃厚的興趣，他曾經送給胡小天一幅買春圖，一幅春宮圖，還有一大瓶三鞭丸，不知胡小天這一路前往西川光顧過幾處地方，雖然當初他送給胡小天這些東西的目的是極其陰險的，巴不得這廝誤入歧途，精盡人亡，又或是染上一身的花柳病，可現在兩人之間早已一笑泯恩仇，成為了一根線上的螞蚱，患難與共的弟兄，史學東曾經不止一次問過：「兄弟，你跟我聊聊，你弄過幾個大閨女？」胡小天便不搭理他。

史學東骨子裡有一種紈絝子弟特有的執著，時而會將這句話的主題變成歌姬、舞姬、青樓女子、良家婦女、熟婦、寡婦，總之這貨能夠想到的會悉數例舉一遍，而且話題離不開女人，胡小天對此的表現是愛理不理，史學東也習慣於自說自話，可漸漸這貨也隨著體內雄性荷爾蒙水準的降低，變得有些無味了，雖然仍然在聊女人的話題，可明顯失去了過去的神采。他開始漸漸對女人失去了興致，他的聲音也在一天天變得尖細。

不知不覺他們來到皇宮內已有一月，秋天已經到來了，牛羊房的太監們又多了一樣工作，每天天不亮就要起來打掃院子裡的落葉，胡小天照例是不要早起的，管事的太監沒人會這麼早起來，所以胡小天也不用擔心受責。

太陽出來的時候，小卓子已經為胡小天準備好了洗漱用具，將水溫試好，然後來到通鋪的最東邊，這裡特地騰出了一個七尺寬的地方，作為胡小天專用就寢區域，能力越大，佔領的地盤越大。喊了三聲天哥之後，胡小天這才懶洋洋起床，洗漱乾淨。小卓子陪著笑臉在他身邊低聲道：「天哥，剛才東哥又把林丙青給打了。」

林丙青就是那個麻臉太監，自從那次被胡小天一磚拍蒙之後，他在太監中的地位就一落千丈，史學東記恨這貨在入宮之時抽打自己鞭子的事情，只要一有機會就會對林丙青飽以老拳，林丙青被打已經算不上什麼新鮮事。有胡小天給史學東撐腰，這貨的氣焰也是日漸跋扈。胡小天也提醒過這廝初來乍到需要低調，畢竟他們是罪臣之子。可後來發現這幫太監大都是欺軟怕硬之輩，以惡制惡倒也不失為一個絕佳的手段。

胡小天嗯了一聲，整理好了衣服來到牛羊房，每天例行的搬抬工作已經進行的差不多了，史學東在現場指揮，看到胡小天出來了，趕緊迎了上去，咧著嘴笑道：「兄弟起來了？」同舟共濟的現實讓史學東對這位小兄弟的感情與日俱增，當然這其中不僅僅是友情，摻雜更多的是巴結的成份，史學東已經見識到了這位兄弟的厲害，想在皇宮內立足，想好好活下去就得找個強有力的靠山，目前胡小天是他唯一現實的選擇。

胡小天點點頭。

史學東附在他耳邊低聲道：「剛留了幾塊最好的牛肉，待會兒讓他們去弄了，咱們哥倆好好吃一頓。」

胡小天看到林丙青扛著一隻肥羊從他們面前經過，這貨一隻眼睛淤青發紫，顯然是剛剛被打，林丙青經過的時候充滿怨毒地向兩人望來。史學東怒斥道：「看什麼看？信不信老子把你眼睛給摳出來？」

林丙青忍氣吞聲地低下頭去，默默走過。史學東望著這廝的背影罵道：「賤人，真是一天不打都不行。」

胡小天道：「殺人不過頭點地，咱們來了這裡一個月，你揍了他至少也有二十頓，狗急還跳牆呢。」

「他敢跳，我就把他的狗腿給打斷。」史學東一番話說得氣勢十足。

看到胡小天沒什麼反應，他馬上又道：「兄弟，你今兒起晚了，剛才我看到一個宮女，那臉蛋那腰身別提多美了，看得我這心裡火燎火燎的。」

胡小天笑道：「東西都沒了，你還有那念想？」

史學東歎了一口氣，一臉悲壯道：「我剩下的也就這點念想了，這是我們做男人最後的一點尊嚴了。」

胡小天看了史學東一眼：「都蹲著尿尿了，扯這些沒用的有意思嗎？」一提到這關鍵的一點，史學東馬上蔫了下去，什麼男人尊嚴，根本就是自欺欺人，命根子都沒了，還算個毛的男人？

此時衣著光鮮的張福全緩步走入牛羊房的院子裡，史學東趕緊朝胡小天使了個眼色，湊到騾車前去幫忙搬東西。胡小天並不著急，慢慢朝騾車走去。

張福全叫道：「小鬍子，你站住！」

胡小天這個鬱悶啊，一個太監被人稱為小鬍子實在是有些違和，放眼內宮裡面，太監能夠長出鬍子來的也只有自己了，不過胡小天對這一細節還是非常的注重，每天都會悄悄淨面，因為他做得謹慎，至今都沒有露出破綻。

胡小天滿臉堆笑地迎了上去：「張公公好！」

張福全嗯了一聲，瞇起眼睛打量了一下胡小天道：「你跟我來！」

胡小天跟著張福全出了牛羊房，來到御膳房東首的小房間內，一進門就看到權德安坐在那裡喝茶，房間裡只有他一個人，張福全將胡小天領進去，然後向權德安

打了個招呼，恭敬退了出去。這從另外一個方面證實，他是權德安的心腹，所以才會有胡小天第一天入宮就將他帶到尚膳監，躲過了驗明正身那道關口。

等張福全離去之後，權德安淡然道：「坐吧！」

胡小天仍然站在他的對面道：「權公公面前小的不敢坐。」

權德安也沒有勉強他，右手撚起茶盞，慢條斯理地喝了口茶：「這一個月過得還習慣嗎？」

胡小天道：「無非是一些粗重的體力活，勞累是勞累了一些，可好在能夠強健筋骨。」

「你是怪咱家給你找了一個辛苦差事？」

胡小天道：「不敢，就是實話實說，小天不敢欺瞞權公公。」

權德安點了點頭道：「皇宮這麼大，總得慢慢適應，有些宮人，一輩子都待在一座院子裡，直到老死都未必有離開的機會。」

胡小天知道權德安所說的都是實情，低聲道：「權公公此次前來是帶我離開的嗎？」在他看來，權德安肯定會有重要的任務交給自己，之所以到現在都沒有透露出一點風聲，全都是因為時機尚未成熟。

權德安道：「教給你的功夫修煉的怎麼樣了？」

提到這件事胡小天不禁有些汗顏，那個提陰縮陽雖然修習了這麼久，可仍然一點進境都沒有，根本做不到權德安所說的收放自如。不過因為在宮中待了一個多月都無人再來驗明正身，胡小天對修煉這門功夫也變得沒有那麼迫切，這麼大一皇宮，好幾萬太監，誰會注意到自己。

權德安看到他的表情已經明白胡小天一定是毫無進展，有些失望地搖了搖頭道：「你這方面的悟性實在是差了一些。」

胡小天道：「不如權公公再教給我一些別的功夫。」

權德安道：「之前咱家雖然傳給你十年功力，不過你有了功力卻不懂得如何去運用，所以我還需交給你一個調息運氣的法門兒，讓你能夠將這些功力化為己用，不然這些功力在你的體內早晚會如同脫韁的野馬，缺少控制，搞不好會走火入魔。」

胡小天聽到走火入魔這四個字，不由得心中一驚，權德安果然沒那麼好心，這老傢伙強行輸入自己體內的武功估計是弊多利少，也就是說，倘若自己不聽他的話，不按照他的吩咐行事，以後一旦走火入魔，老傢伙肯定會袖手旁觀，想到這裡，額頭不由得冒出冷汗。

權德安陰惻惻道：「你應該懂得其中的利害，把運氣的口訣牢牢記住，以後要勤於修煉，順利的話，三個月之後會有小成。」

胡小天老老實實聽著他教給自己的口訣，權德安耐心指點了他半個時辰，臨行之前，向胡小天道：「咱家以後會很少到宮裡來，再有什麼事情，咱們會在宮外見面。」

胡小天眨了眨眼睛，宮外見面？皇宮內守衛森嚴，層層把關，這宮外豈是那麼容易出去的。

權德安道：「咱家已經為你做出安排，用不了多久，你會被調往司苑局，負責蔬果之外出採購，出宮就會變得容易。」

胡小天聞言心中大喜過望，自從入宮以來，他就如同被關進了監獄，雖然在牛馬房也算混得風生水起，可畢竟自由被人限制，根本沒有外出的機會，倘若能夠負責外出採購蔬果，那麼就意味著自己可以大搖大擺離開皇宮，有了逃離京城的機會。

權德安道：「你最好不用想著逃走，沒有我幫你，你體內的異種真氣很快就會失控，一旦壓制不住這異種真氣，你就會走火入魔，經脈盡斷而死，咱家不是在嚇唬你，天下雖大，卻無你的藏身之地，我能夠救了你們胡家，也一樣能夠將你們胡家重新打入萬劫不復之深淵。你即便是有了離開皇宮的機會，沒有我的吩咐絕不可以主動接觸任何人。」

胡小天點了點頭，他知道權德安肯定不是危言聳聽，這老太監處心積慮地安排這麼多的事情，肯定不是針對自己，而是在佈局，下一盤很大的棋。

權德安道：「皇上剛剛組建了神策府，正在招賢納士，你前往司苑局之後，可以藉著出宮採購之名，先和慕容飛煙、展鵬兩人取得聯繫，讓他們加入神策府，以他們的本事進入其中並不困難。這是他們現在的住處，你牢牢記下來，然後將紙條毀去。」

胡小天想不到權德安居然將算盤打到了自己朋友的頭上，內心中警惕非常。

權德安道：「你不用擔心我會對他們不利，咱家今日所做的一切無非是為了大康將來之社稷，你只需做好我安排給你的事情，以後必然有你取之不盡用之不竭的好處。」

胡小天道：「權公公，難不成我這輩子都要在皇宮裡面當個小太監？」

權德安淡然笑道：「大康江山穩固之時，便是你功成身退之日，小天，你這麼聰明，必然懂得互利互惠的道理。」

胡小天道：「權公公，您的話我都記住了。」

權德安道：「你必須給我牢牢記住了，千萬不可和胡家取得任何聯絡。」

胡小天點了點頭。

權德安又道：「史學東會跟你一起去司苑局，不過他沒機會出宮，你身邊必須要有一個親近的人。」

胡小天道：「只有我們兩個？」

權德安道：「這次調撥會有十幾個，想挑什麼人過去，你直接將名單交給張福全，他會為你安排妥當。」

這次內宮的調動涉及的層面很大，新進入宮的太監在經歷了一個月的試用期之後，根據各監的實際情況進行了調整，胡小天和史學東一併被調去了司苑局，根據胡小天的提議，張福全將小卓子、小鄧子等幾人一併調撥給了胡小天。

胡小天理所當然地成為了這些人中的頭領，來到司苑局便直接被委以出宮買辦的重任，出宮買辦不僅意味著比普通太監擁有更多的自由，還有更重要的一點，買辦本身就是個肥缺。司苑局的掌印太監劉玉章是個糊裡糊塗的老者，據說是二十四衙門中年齡最大的一個，至今已經六十有七，牙齒都掉光了，因為他曾經照顧過當今皇上的特殊身分，所以在此次的宮廷變動之中也落了一個肥缺。

胡小天前往司苑局的第一天，劉玉章就讓他過來相見。

面對這位自己的頂頭上司，胡小天還是表現出相當的尊敬，恭敬道：「小天參見劉公公。」

劉玉章是個面目慈和的老人，笑起來之後滿臉的溝壑縱橫，他點了點頭道：「張福全時常跟咱家說你非常的機靈，所以咱家特地將你給調了過來，以後你就好好跟著我做事吧。」

胡小天點了點頭道：「謝謝公公抬愛，小天以後一定為公公盡心盡力辦事，絕不辜負公公的期望。」

劉玉章道：「用不著如此拘謹，咱們這司苑局平日裡也沒什麼大事，可皇宮裡所有的蔬果青菜是需要我們親自採購把關的，還有一件事情就是這皇宮裡的園子，你以後主要是跟著我外出採買，咱家年紀大了，很多事情上不免會犯些糊塗，你機靈懂事，以後要多多幫我。」

胡小天恭敬道：「公公只管放心。」

來到司苑局之後，胡小天總算告別了幾十人一間房的大通鋪，劉玉章在自己的房間旁給胡小天分派了半間房，雖然是半間不到五平米的小屋，可畢竟是有了自己的獨立空間，關上房門，就可以肆無忌憚地讓命根子出來見見天日，話說有日子沒敢這樣公然遛鳥了。

不知是權德安提前打了招呼，還是胡小天頗合劉玉章的眼緣，老太監對他頗為不錯，胡小天來到司苑局之後三天，就已經宣佈他成為出宮買辦太監之一，並帶著他離開皇宮前往宮外採辦。

聽說胡小天剛一來到司苑局就跟隨劉玉章前往外面採買蔬果，史學東好不羨慕，軟磨硬泡想跟著胡小天一起出宮去看看。

胡小天道：「東哥，不是我不答應你，而是今兒我才是第一遭出宮，是福是禍還很難說，咱們兩個的身分跟別人不同，人家是自願入宮，咱們卻是因為父親的緣故，代父受過，入宮贖罪，我雖然出宮，可也不敢擅離劉公公左右，也不可能瀟瀟灑灑地到處閒逛，總之我答應你，等我以後有了獨立外出採買的機會，我一定將你帶上。」

史學東也明白他有他的道理，有些失望地歎了口氣道：「實不相瞞兄弟，你若是有機會見到我爹，幫我跟他道聲平安，自從入宮以後，我忽然明白自己過去一直都是個混帳，讓爹娘為我操碎了心，我就是想當面跟他們說聲對不起。」

胡小天拍了拍他的肩膀道：「一定有機會的，我此去也就是為了採購，沒其他的事情。」

外面響起呼喊他名字的聲音，胡小天趕緊出門，看到劉玉章已經準備好了，此次除了他以外還有一名小太監跟著，那太監叫王德勝，今年十九歲，年紀雖然不大卻已經是司苑局的老人了。過去是他一直跟隨劉玉章採買，自從胡小天來到之後，劉玉章就將王德勝調撥去管理園子，司苑局內部還分層三個部分，一是蔬果青菜的採買，二是負責整個皇宮內的園藝盆景，還有一件事負責管理皇宮藥庫。

走到門前，劉玉章又突然改變了主意，向王德勝道：「小德子，你今兒就不用去了，留在這裡，將最近的帳目整理一下，這兩天都交給小鬍子。」

胡小天聽到這個稱謂真是有點哭笑不得，叫我小天、小胡都行，可偏偏叫小鬍子，怎麼聽怎麼怪異，誰見到太監長鬍子的？

王德勝點了點頭，向胡小天叮囑道：「小鬍子，你跟劉公公前去，一定要小心伺候，多點眼色，若是做不好這件事，我絕饒不了你。」說話的時候，目光中流露出陰狠之色。胡小天善於察言觀色，王德勝說這番話的時候身體是背著劉玉章的。胡小天暗忖，這廝莫不是被我搶了肥缺，所以才對我懷恨在心？仍然一臉笑容道：「王公公放心，我一定好生伺候劉公公。」

劉玉章站在陽光下笑瞇瞇望著他們，胡小天來的時間雖然不長，可是已經知道劉玉章的耳朵不好，未必能夠聽得清剛剛王德勝說的是什麼。

跟著劉玉章來到了司苑局外面，沿著宮內小路一路前行，出了五道卡口，方才來到車門乘車之處，已經有一輛馬車早已等在那裡，胡小天恭恭敬敬攙扶著劉玉章上了馬車，然後自己也坐了進去。車夫驅策馬車緩緩而行，胡小天雖然對外面的情景充滿期待，可是在劉玉章身邊並不敢表露出太多迫切的心思。

劉玉章的右手輕輕撫摸著左手之上的碧玉扳指，那碧玉扳指晶瑩潤澤顯然是不可多得的寶物。胡小天過去就聽說過太監多數貪財，不知劉玉章是不是如此，單從這玉扳指來看，他也應該存了不少的私貨。宮廷裡面，尚膳監和司苑局這可都是數一數二的肥缺，尤其是負責兩處的太監，平日裡掌管宮廷飲食、蔬果，幾萬人的用度經年累月全都要經過他們之手，絕不是小數目，隨便漏一小點，就夠普通人辛辛苦苦一輩子。

劉玉章不急不緩道：「小德子剛才是不是威脅你了？」

胡小天道：「沒有，只是叮囑我要好好照顧公公。」

劉玉章桀桀笑道：「老了，腿腳都不利索了，小鬍子，其實過去咱家就見過你的。」

胡小天聽得心中一驚，怎麼我對你卻是全無印象呢？可老太監應該沒必要對自己說謊，他低頭垂首道：「劉公公，小的記不起來了。」

劉玉章歎了口氣道：「要說還是在幾年前，我曾經去過你們家。」

胡小天暗暗心驚，劉玉章所說的肯定是尚書府了，卻不知當年自己老爹有沒有得罪過他，真要是有過仇隙，現在自己落在他手裡豈不是倒了八輩子大楣，要知道太監多數都因為身體上的殘缺而憤世嫉俗、睚眥必報，不過轉念一想應該不會。權德安老謀深算，他將自己送入宮中肯定有所圖謀，應該不會把自己送到一個仇人的手中。

劉玉章道：「那時候啊，你還什麼人都不認識……」他歎了口氣道：「你爹曾經對咱家有恩，得人恩果千年記，咱家雖然沒什麼能耐，可也不是恩將仇報之人，你爹蒙難的時候，咱家苦於地位卑微幫不上忙，我後來聽說，你為了救你們胡家，不惜淨身入宮，代父受過，果然是好孩子。所以我便四處打聽，得知你在尚膳監牛羊房受苦，便將你調來我的手下，你放心吧，以後有咱家罩著你，這司苑局內沒有人敢欺負你。」

胡小天心中不禁一陣感動，劉玉章雖然沒說當年老爹對他做了什麼好事，可現在這種時候，誰都想著儘量撇開和胡家的干係，別說報恩了，能夠不去落井下石的已經難能可貴。胡小天恭敬道：「謝謝劉公公。」

劉玉章道：「我雖然帶你出宮，可你爹那邊，我暫時不能安排你們見面，他現在是朝廷重點監視的對象，一舉一動都在天機局的掌握之中，你若見他，只會引起不必要的麻煩。」

「劉公公，小天明白。」

劉玉章道：「中午的時候，咱們去玉淵閣吃飯，你想見什麼人，只管跟咱家說，我會為你安排。」

胡小天抿了抿嘴唇，欲言又止。他對劉玉章畢竟缺乏瞭解，不能完全信任。

劉玉章道：「若是覺得不方便，那不說也罷，等以後你單獨出宮採買，自己安排就是。」

胡小天心中明白劉玉章已經猜到自己對他仍然抱有懷疑，人家表現出如此善意，假如自己仍然將信將疑，對劉玉章這種身分的人來說，不能不說是一種冒犯，想到這裡，胡小天恭敬道：「小天想見一個人，只是擔心會給劉公公添麻煩。」

劉玉章微笑望著他：「不麻煩！」

胡小天道：「鳳鳴西街甲三十二號胡同……」

慕容飛煙絕對想不到胡小天會來探望自己，自兩人在承恩府一別，如今已有整整四十日沒見。這段時間慕容飛煙始終在家中養病，被權德安打的那一掌震傷了她的經脈，雖然易元堂的袁士卿和李逸風兩人先後為她診治，可是傷情恢復的進展並不快，所以斷斷續續休養了這麼久，方才康復，不過距離完全康復可能還需要調養兩個月的時間。

慕容飛煙素來性情堅強，她父母雙亡，家中早無親人。在之前的幾年她一直都將京兆府視為自己的家，京兆尹洪佰齊對她也算得上有知遇之恩，當初如果不是先後得罪了戶部尚書胡不為和京兆府少尹史景德，也不會被降職。洪佰齊並不捨得拋棄這位得力手下，這場政治風暴之中，洪佰齊居然躲過，仍然官任原職，而胡不為、史景德那些人全都受到牽連。洪佰齊在聽說慕容飛煙返回京城之後，特地專程前來探望她，並提出給她官復原職，重回京兆府任職，可慕容飛煙毫不猶豫地拒絕了，藉口臥病在床，無法勝任，洪佰齊看到她如此堅決，也只能作罷。

慕容飛煙卻知道自己已經和離開京城之前有了很大不同，在這並不算長的時間內，胡小天帶給了她太大的影響，這影響絕非一日之間，在潛移默化之中悄然發生，當慕容飛煙真正意識到的時候，她已經深陷其中，無法自拔。這段時間來，她無時無刻不在想念著胡小天的樣子，記不清多少次午夜夢回，因為他而淚水沾襟。自從父母雙親離別人世之後，慕容飛煙就從未流過這麼多的眼淚，她也從未意料到自己會將一個人看得重逾生命，而胡小天的事情讓她開始對自己一直效忠的大康甚至都產生了仇視，她暗暗發誓，無論付出怎樣的代價，都要將胡小天救出苦海，即使付出自己的生命。

慕容飛煙荊釵布裙，清秀的臉上不著脂粉，消瘦了許多，憔悴了許多。當她看到胡小天就站在自己的門外，就站在自己的面前，瞬間如同被閃電定格在那裡，一動不動，過了一會兒，眼圈兒紅了，她用力咬著櫻唇，竭力控制自己，她不想在胡小天的面前流淚，可眼淚仍然不爭氣地流了下來。

胡小天轉身掩上房門，拖著慕容飛煙的纖手向房內走去，觸手處冰冷的毫無溫度。

來到慕容飛煙的房間內，慕容飛煙仍然不敢相信眼前的事實，整個人如同一具被抽離了魂魄的軀殼。

胡小天道：「飛煙，是我！」

慕容飛煙聽到這熟悉的聲音，方才回過神來，換成過去胡小天這樣抓著她的手大佔便宜，她早就一巴掌拍了過去，非打得這廝滿地找牙才怪。而現在她任由他握著自己的手，心中洋溢著難以名狀的溫馨和幸福，過了好一會兒，方才止住淚水，轉過俏臉，迅速將臉上的淚痕抹去，鼻翼翕動了一下道：「你……你是怎麼逃出來的？」

胡小天道：「為何要逃，我是堂堂正正走出來的。」留給他的時間並不多，他簡單將自己入宮之後的經歷說了一遍。

慕容飛煙道：「你好不容易才逃了出來，咱們走吧，現在就走，離開京城，去一個所有人都找不到你的地方。」

胡小天道：「又能逃到哪裡去？我要是走了，我爹娘他們肯定會有麻煩。此事以後再說，我現在有了採買太監的身分，以後出入皇宮會方便許多。」

慕容飛煙點了點頭道：「你此次過來找我，是不是還有其他事？」

胡小天道：「一是來給你報個平安，二是有件事想你幫我去做。」

「什麼事？」

「朝廷最近正在組建神策府，我想你和展鵬取得聯繫，加入神策府。」

慕容飛煙道：「好！」

胡小天聽她答應得如此痛快反倒有些愣了：「你不問我為什麼？」

慕容飛煙道：「沒必要，你的事情就是我的事情。」

胡小天心中不由得一陣感動，正在考慮是不是將實情相告，忽然又想起今日決不能久留，老太監劉玉章還在外面等著自己，他低聲告辭道：「我得走了，來日方長，以後咱們還有見面的機會。」他和慕容飛煙約好，如無意外變故，半個月後在玉淵閣相見。

雖然是匆匆一晤，胡小天卻安心了不少，至少知道慕容飛煙的傷情已經基本痊癒，而且也順利將權德安交代的事情辦好了。回到車內，劉玉章仍然在裡面等著，這會兒功夫他已經打起了瞌睡。

對胡小天來這裡做什麼？見什麼人？劉玉章一概不問，彷彿從未發生過一樣。中午的時候，他帶著胡小天來到玉淵閣。早有一群人在那裡等待，這幫人都是給皇宮提供蔬菜水果的商人，見到劉玉章帶著一位小太監前來，一群人如同眾星捧月一般將兩人請了進去。

胡小天雖然在京城也上過不少的館子，可玉淵閣的氣派仍然在其中屈指可數，中午宴請的規格也是相當之高，山珍海味一應俱全。劉玉章將這群商人一一為他引薦，負責送蔬菜的是翡翠堂的老闆曹千山，負責往宮裡送水果的是桃李園的掌櫃齊忠寶，要說這兩人可都是京城內有名的商戶。

劉玉章喝了幾杯小酒之後，看來也有了三分酒意，笑眯眯道：「咱家年事已高，凡事不可能親力親為，以後的事情多半要教給小天了。」

胡小天心中竊喜，不僅僅因為劉玉章給了他這麼一個肥缺，還有一個原因，劉玉章沒叫他小鬍子。這也證明劉玉章並不糊塗，宮裡宮外分得清清楚楚。

在場的幾個商人並不知道胡小天的來歷，看到他如此年輕，就承蒙司苑局的劉公公如此看重，還不知道在皇宮中有怎樣的關係，一個個的目光頓時顯得恭敬了許多，過去都是王德勝負責，現在換成了胡小天，其實什麼人負責採買並不重要，關鍵是他們必須要和採買搞好關係。

劉玉章又向胡小天道：「小天啊，以後宮裡需要什麼，皇上、娘娘喜歡吃什麼，你只管告訴他們幾個一聲。」

胡小天道：「是！」

劉玉章說完這番話，懶洋洋打了個哈欠道：「咱家酒足飯飽，先去附近拜會一位老友，小天，你將今兒開出的單子跟他們幾個核對一下，分派之後，讓他們儘快備貨，明兒一早就差人送到宮裡去。」他起身離去，眾人恭送劉玉章出門，劉玉章擺了擺手示意所有人都停步，唯獨讓胡小天將他送到了門外，低聲道：「一個時辰後我過來接你。」

胡小天點了點頭，他心中明白劉玉章是留給自己單獨和這些人交流的機會呢。重新回到飯桌旁，裡面只剩下了翡翠堂的曹千山。曹千山滿臉堆笑，恭敬將胡小天邀請就坐。

胡小天乜著眼睛，捏著嗓子道：「怎麼？這其他人呢？」

曹千山咳嗽了一聲道：「胡公公，我讓他們先迴避迴避，有些話必須要單獨跟胡公公說。」

胡小天從懷中抽出了事先準備好的採購單，從其中一張找到了翡翠堂的名字，遞給了曹千山，曹千山並不急著看，低聲道：「劉公公平時不怎麼出來，過去這邊的事情都是交給王公公負責的。」

胡小天知道他話裡有話啊，並沒有急於開口，雙目靜靜望著曹千山。曹千山感覺這小太監的眼神實在是太犀利了，彷彿能夠直透人心，真不知道劉玉章從哪裡找來的這麼一個小子，看起來似乎相當精明啊。

曹千山故意道：「這其中的過程，王公公應該跟胡公公交代過？」

胡小天道：「我跟王公公不熟，只知道他現在去了御花園當花匠，他的規矩我不清楚，我只知道自己的規矩。」

曹千山暗自吸了一口冷氣，這沒把的東西果然精明狡詐，剛才的這番話既表露出他的不快又不乏威脅的意思，看來王德勝果然失寵，以後就不得不跟這小太監打交道了。曹千山笑得眼睛瞇成了一條細縫，他習慣性地咳嗽了一聲，低聲道：「老規矩，每月孝敬公公這個數。」他伸出了兩根手指。

第五章

飛煙的深情告白

慕容飛煙泣聲道：「小天⋯⋯我發誓，我絕非是可憐你，
其實⋯⋯其實我早已喜歡上了你，無論你生也罷，死也罷，
飛煙已經決定隨你而去，此次從青雲趕來京城之時，
飛煙便下定決心，你若死了，我決不獨活。」

胡小天心想奸商啊，你一撅屁股我就知道你拉什麼屎，討價還價，這可是老子的強項，胡小天正眼都沒看曹千山，端起茶盞，心中暗忖，二十兩，當打發叫花子呢？皇宮這麼大，幾萬人蔬菜的用度每天都是一個不小的數字。胡小天端起茶盞慢慢抿了口茶道：「曹老闆既然這麼念舊，不如還是等著以後和王德勝做生意吧。」

一句話就把曹千山驚得滿頭冷汗，過去王德勝負責採辦之時，曹千山開始的時候每月給他二百兩銀子的好處，可是那小太監也是極其貪婪，最近剛剛給他漲到三百。曹千山本以為胡小天並不知道規矩，所以才伸出兩根指頭，卻沒有想到胡小天這麼厲害。曹千山生怕得罪了這位財神爺，慌忙補救道：「胡公公，你看每月三百兩如何？」

胡小天聽他把三百兩的實數報了出來，也不由得吃了一驚，想不到這出宮採買的油水這麼大，三百兩，我靠啊，這只是其中一個商人，倘若這所有的供應商都敲上一筆，每月單單是受賄的零花錢就得上千兩之多。難怪王德勝看自己的目光會如此怨毒，奪人錢財，害人性命，對王德勝而言，這可是不共戴天的大仇啊。

胡小天道：「曹老闆，你應該明白，我在宮裡就是伺候皇上的，皇上高興，我自然就高興，皇上若是有什麼不滿意，我們搞不好就得人頭落地。青菜蔬果表面上是小事，可是事關龍體安康，那就是關係到社稷平安的大事。」

曹千山連連點頭道：「胡公公放心，往宮裡選送的蔬果青菜，我們全都是精挑細選，嚴格把關。」

胡小天道：「每人都有自己的口味，皇上剛剛登基，他喜歡吃什麼？不喜歡吃什麼，你清楚嗎？」

曹千山被胡小天問得啞口無言。

胡小天道：「放眼大康這麼多地方，所有的貢菜貢果，全都經過我們司苑局，我們必須千挑萬選方才能決定最終將哪些蔬果端到皇上的餐桌上，我們可是要擔風險的。」

曹千山道：「胡公公，我明白，我明白，您只要開出單子，我就能夠保證將最好的蔬菜和果品送到司苑局。」

胡小天的臉上總算有了一絲笑意：「我剛剛說過，我有我的規矩，我們這些人平時都在宮裡，吃穿用度全都是皇上賜給的，銀子對我們來說也沒什麼用處，別說是幾百兩，你就是給我一座金山銀山，我也沒什麼興趣，再說了，就算是我有興趣，也不能搬到皇宮裡去。」

曹千山算是聽明白了，這位新來的採買不是不黑，而是黑到了極致，貪到了極致，人家是看不上這點小錢啊。一時間，他不知如何應對。

胡小天道：「這些單子我先交給你了，如果我沒猜錯，回頭他們想談的無非也就是這些事。曹老闆，你們有心在我身上做文章，不如多想想如何能將這些事情辦好，我有個提議。」

曹千山道：「胡公公請講。」

胡小天道：「以後這些事情我就找你，其他人我沒興趣也沒精力聯絡，曹老闆這點事總能做好吧？」他將那一摞單子全都遞給了曹千山。

曹千山雙手接過，頗有些受寵若驚，其實蔬果不分家，過去王德勝為了盡可能地榨取油水，所以才將採購單分開，每人身上都能撈到好處。而且大家為了盡可能地多拿到一些單子，會比著給王德勝送禮。

胡小天何等人物，一眼就看出其中的貓膩。受賄這種事，絕對不能撒大網，任何一個環節出錯就可能引來麻煩，胡小天剛剛進入皇宮，方才得蒙劉玉章的重用，好不容易才撈到了一個採買太監的名份，他可不想因小失大。

曹千山有些激動道：「胡公公如此信得過我……我以後必然傾盡全力為公公做好這些事情。」

胡小天笑瞇瞇道：「此言差矣，你不是為我做事，而是為皇上做事，你跟我相處久了就會知道，我這人其實是很好說話的，你們商人要的是利益，我要的是皇上的恩寵，上司的信任，咱們各取所需，大家相互幫助，做個朋友多好。」

曹千山已經被這小太監表現出的成熟練達所折服，人比人得死，貨比貨得扔，拿之前王德勝和胡小天相比，這眼界根本就是一個天上一個地下。

劉玉章準時回來，胡小天也將所有的事情做完，上了馬車，向劉玉章笑著行禮道：「劉公公好。」

劉玉章道：「事情都辦完了？」

胡小天點了點頭：「辦完了，明兒一早他們就會把蔬果送進宮裡去。」

劉玉章道：「有沒有許你什麼好處？」

胡小天道：「許了，不過被我給回了。」

劉玉章漫不經心道：「為什麼啊？」

胡小天道：「錢要賺在明處，這種錢風險太大。」

劉玉章幾乎眯成一條縫的眼睛突然變得明亮了起來，他欣賞地看著胡小天，想不到這小子說得如此坦白，緩緩點了點頭道：「咱家果然沒有看錯你，畢竟是世家子弟，眼界和那幫小太監就是不同，小德子貪婪成性，他損公肥私的事情我已經聽說不止一次了。其實愛財無可厚非，可咱們太監有太監的規矩，有一種錢是絕對不能拿的，他以為拿的是這幫商人的錢，可實際上拿的卻是皇上的，做奴才做到這種地步就是不仁不義。」

胡小天點了點頭，忽然意識到劉玉章絕不像他表現出的那樣糊塗。

劉玉章打了個哈欠道：「無親無故，無兒無女，孑然一身，就算給我們一座金山又有何用？」他閉上雙目道：「不過吃點喝點倒也無妨。」

胡小天道：「劉公公，您放心吧，以後我會把採買的事情做得妥妥當當。」

「你辦事我放心，你爹這麼精明能幹，你這個兒子自然差不到哪裡去。對了，王德勝今天看你的眼神有些不善，以後你對他要提防一些。」老太監表面上糊塗，其實心明眼亮。

胡小天來到司苑局的開局還算順利，在採買的職位上做得兢兢業業，從尚膳監帶來的那些太監很快就緊密團結在他的周圍，形成了他在司苑局的核心團隊。劉玉章觀察了幾天，發現胡小天果然沒有讓他失望，於是便將採買之事放手交給他去做。

其實採買的工作並不複雜，每天將皇宮各處開來的單子匯總分類，再根據司苑局的庫存用度，定期前往宮外採買。往往時間不定，短則兩日，長則五日，當然有些時候不得不每天都要出宮。

採買也有採買的學問，時令果蔬盡可能少去採購，當然如果皇上或者某位受寵的嬪妃突發奇想，或冬天想吃荔枝、鳳梨、或夏天想吃冬筍，那就有的司苑局頭疼了，有些情況可以陳明，可有些情況是必須要辦的，所以他們盡可能地減少自己的麻煩。

胡小天沒來幾天就將司苑局的採買搞得有聲有色，能力得到不少人欣賞的同時，自然也遭到了不少人的嫉妒，王德勝就是其中一個。

胡小天一直都不明白，為什麼王德勝貪墨了這麼多銀子，劉玉章卻放了他一馬，只是將他調去園子作罷，後來才知道王德勝一共是兄弟兩個，他哥哥王德才也在宮中做事，目前是簡皇后身邊的紅人。

雖然史學東苦苦哀求胡小天帶他出宮採買，可胡小天始終沒有點頭，他對史學東的性情多少還是瞭解的，史學東對於現在的生活是不滿足的，一旦有機會離開皇宮，很難保證這廝會不會回來。胡小天方才在司苑局中剛剛站穩腳跟，他不可以輕易冒險。對付史學東並不需要花費太多的口舌，把所有的事情都推給劉玉章，只說劉公公不同意，反正以目前史學東的地位根本不可能夠得上劉公公說話。

胡小天對事情的輕重分得很清楚，明白現在仍然是敏感時期，不可和父母有任何的聯繫。雖然有了多次出宮採買的經歷，但是他從沒有主動去接洽家裡人，甚至他連慕容飛煙和展鵬也沒有見過。

一晃又是半個月過去，總算到了他和慕容飛煙事先約定的相見之期，胡小天提前幾天就做出準備，剛好將這次出宮採辦定在今日，此次出門他帶上了小卓子和小鄧子兩個，這兩個小太監也是他從尚膳監牛馬房帶過來的。雖然小卓子在最初曾經被胡小天狠拍了一板磚，可現在因為善於察言觀色，又忠心耿耿的表現深得胡小天的器重，成為胡小天的親信之一。

史學東只能眼巴巴看著他們三人離去。

出了皇宮，小卓子向胡小天進言道：「胡公公，新近我聽說王德勝屢放厥詞，說要給公公一個教訓。」

胡小天淡然笑道：「對於流言咱們用不著過於認真。」

小鄧子道：「公公，我看這件事不可掉以輕心。」

胡小天饒有興趣道：「依你之見應該如何？」

小鄧子笑了笑道：「小的說不好，不過我覺得應該先下手為強。」

小卓子在一旁也跟著點了點頭。

胡小天笑而不語，他發現太監和正常人的思維果然不同，他們這類人往往對於危險的嗅覺是相當敏感的，而且多數報復心極重，胡小天在皇宮的時間雖然不長，可是對這幫太監的品性已經有了大概的瞭解，最初結怨的林丙青，新近得罪的王德勝全都不是什麼大事，可他們卻全都懷恨在心，只要被他們抓住了機會，肯定會不擇手段地報復自己，有句話小鄧子並沒有說錯，一定要先下手為強。

權德安讓自己入宮這麼久都沒有給自己派過任何具體的任務，現在看來一是因為自己還沒有練成提陰縮陽的功夫，還有另外一個重要的原因就是想讓自己熟悉一下這皇宮中的叵測人心。

中午的時候胡小天在玉淵閣和曹千山見面，自從第一次和曹千山攤牌之後，他跟費翠堂和桃李園之間的合作一如既往，只是胡小天並不再像王德勝那樣同時聯繫那麼多的供應商，而是認準了曹千山一個，胡小天根本沒把這幫蔬果商人的那點好處放在心上，當前最重要的事情是把採買一件事辦得漂漂亮亮，要讓劉玉章對自己建立起十足的信任。

曹千山也是個聰明人，他看出這位新任採買太監的心很大，並非是不要好處，而是自己能夠提供的那點好處，人家根本沒放在心上，這段時間曹千山也將蔬果的供貨做得妥妥當當，胡小天對他的信任，無疑增強了他在蔬果供應商之中的地位。每次見面曹千山也不拖泥帶水，從胡小天處拿了單子馬上離開。

照例會在玉淵閣準備一桌上好的酒宴，胡小天對此是從不拒絕的，過去都會和小卓子、小鄧子兩人一起吃個酒足飯飽，今兒卻將兩名同伴支開，因為慕容飛煙會準時過來。

這次見到慕容飛煙，她的氣色比起之前明顯好了許多，深藍色武士服，黑色薄底靴，長身玉立，英姿颯爽。看到慕容飛煙一掃昔日的憔悴，胡小天的臉上不由得露出一絲欣慰的笑意。

慕容飛煙見到胡小天心中卻感到一陣憐惜，她深知這憐惜因何而起，雖然她還是雲英未嫁之身，從未經歷男女歡愛之事，但是也明白淨身對一個男人意味著什麼。她想要安慰胡小天，卻不知應該怎樣安慰，現在的心情真可謂是矛盾之極。

胡小天道：「飛煙來了，快請坐！」

慕容飛煙看了看這滿座的佳餚，輕聲道：「看來你在宮中活得還算不錯。」

胡小天呵呵笑了一聲，起身將房門掩上，走過去拉著慕容飛煙的手臂，邀請她坐下，慕容飛煙本想象徵性地抗拒一下，可是這念頭剛一出現在腦海中就馬上被她否決，現在的她不忍拒絕胡小天任何事，她擔心自己任何的舉動都可能會被胡小天錯誤地解讀，甚至可能會傷害到他。

胡小天為她斟了一杯酒微笑道：「放心吧，沒人會來打擾咱們。」他已經安排妥當，留給他們一個單獨相處的空間。

慕容飛煙嗯了一聲，倘若在過去，她肯定會懷疑胡小天不懷好意，可現在聽到胡小天的這番話，只是感到一陣莫名的失落，也許一切都已經完全改變了。忽然懷念起他們一起前往青雲的時候，只覺得那時候雖然落魄，卻是一生之中最為快樂的時光。

胡小天端起酒杯和慕容飛煙同乾了這杯酒道：「忽然感覺咱們之間生分了許多。」

慕容飛煙緩緩放下酒杯，主動拿起酒壺為他將酒杯添滿：「你為何會有這樣的感覺？」

胡小天道：「記得咱們過去一見面總是要鬥嘴，我無論說什麼，你都要跟我對著幹，甚至不惜拳腳相向，野蠻到了極致，現在無論我做什麼說什麼，你都是一副順從的樣子，真是不知道是你變了還是我變了。」說完之後，這廝裝模作樣地歎了口氣道：「是我變了！」表情流露出幾分黯然。

慕容飛煙最受不了他這種表情，看到胡小天失落的樣子，芳心中沒來由一陣刀割般的刺痛，她咬了咬櫻唇，主動伸出手去握住胡小天的右手道：「你沒變，在我心中你從未變過。」

胡小天望著慕容飛煙明澈美眸中真誠的目光，心中感動萬分，他低聲道：「飛煙，過去你經常罵我是個無恥下流之徒，難道現在我在你心中仍然是那個樣子？」

慕容飛煙用力搖了搖頭道：「不是，我過去雖然嘴裡那樣罵你，可我心中從未真正生過你的氣，你雖然經常在我耳邊說那些混帳話……我……我其實……」

「其實怎樣？」胡小天看到慕容飛煙霞飛雙頰，嬌羞無限，不由得心猿意馬，此時別說什麼提陰縮陽了，比起過去甚至還膨脹了許多，倘若此時站起身來，恐怕所有人都知道這貨根本就是個假太監了。

慕容飛煙有些難為情地皺了皺眉頭，小聲道：「你還是那樣討厭。」

胡小天又歎了口氣，放開慕容飛煙的柔荑道：「我知道，你現在之所以在我面前這樣說話，無非是因為你可憐我，我又有什麼資格值得你喜歡？我甚至連一個真正的男人都算不上。」

慕容飛煙聽他這樣說，以為自己無心中又傷害到了他的自尊，急得眼圈都紅了，看到胡小天黯然起身，似乎想要離開。慕容飛煙忽然鼓足勇氣，追上去，從身後緊緊抱住了胡小天的身軀，緊緊擁住，用盡全身的力氣，生怕他會從自己的身邊逃掉。

胡小天原本就是做做樣子，他也沒想到慕容飛煙會有這麼大反應，被慕容飛煙從身後抱了個滿懷，感覺軟綿綿的嬌軀包裹住了自己，好不舒服，這貨整個人頓時僵在了那裡。

卻聽慕容飛煙泣聲道：「小天……我發誓，我絕非是可憐你，其實……其實我早已喜歡上了你，無論你生也罷，死也罷，飛煙已經決定隨你而去，此次從青雲趕來京城之時，飛煙便下定決心，你若死了，我決不獨活。」

胡小天心中大為感動，他低聲道：「可是……可我現在已經成了太監，已經不是個正常男人。」這貨仍然沒有道出自己的真正秘密。

「那又如何？只要你心中有我，飛煙便待你如初，永生永世不會改變。」慕容飛煙這番話說得義無反顧，淚水已經將胡小天的後背沾濕。

胡小天原本還在猶豫是不是要將自己並未淨身的秘密說出，現在聽到慕容飛煙的這番話，哪還有絲毫的猶豫，他轉過身來，看到慕容飛煙梨花帶雨的淒美俏臉，猛然將她的嬌軀擁入懷中。慕容飛煙嬌軀一顫，感覺胡小天的懷抱溫暖而有力，自己整個人瞬間被他的融化，整個腦海轟的一聲變得一片空白，迷迷糊糊之中，不知身處何處。

又感到嬌軀被硬梆梆的一物抵住，慕容飛煙下意識地伸出手去，她本以為胡小天帶著短刀匕首之類，本想將那物推到一邊，可伸手一抓，方才意識到好像很不對頭，腦子裡還沒完全反應過來，嘴巴已經先行問了出來：「什麼？」

胡小天抓住她的柔荑，附在她耳邊道：「我的命根子。」

慕容飛煙眨了眨眼睛，仍然沒能聽懂他究竟是什麼意思，低下螓首去看，當她看清變化之後，頓時羞得俏臉通紅，張開櫻唇尖叫起來，還好胡小天對此早有預料，不等她叫出聲來，便一把捂住了她的嘴唇，豎起一根手指在嘴唇前方：「噓！」

慕容飛煙一雙美眸瞪得滾圓，她這輩子都沒經歷過這麼尷尬害羞之事，她就算再不懂男人，此時也已經完全明白了，胡小天根本就沒有淨身，這貨根本就是個假太監。芳心中先是感到驚喜慶幸，繼而又羞不自勝，再後來就有點惱羞成怒，這無恥下流卑鄙到極點的東西，居然把自己騙得這麼慘，她想要掙脫胡小天的懷抱，狠狠給這貨左右開弓兩個大嘴巴子作為懲戒，可嬌軀軟綿綿的沒有任何力量，不知是不是身體還未完全康復的緣故？其實胡小天現在的力氣和過去已經有了天壤之別，老太監權德安傳給他十年功力，單從內力而言，他比起慕容飛煙都要強橫許多。

他低聲道：「你不要叫，我將這其中的經過慢慢告訴你。」

慕容飛煙點了點頭，胡小天鬆開她的身軀，看到慕容飛煙嬌羞難耐的模樣，心中愛意更濃，又展臂將她抱住。

慕容飛煙沒想到他居然又敢來，心中原本非常抗拒，可胡小天的擁抱似乎擁有某種魔力，讓她瞬間喪失了一切的反抗能力，慕容飛煙好不容易方才掙脫開他，小聲道：「你這無賴……就會欺負我……」

胡小天深情道：「怎麼捨得，你為我出生入死，我又怎麼會欺負你？只要我這一生但有一口氣在，我都會好好待你，就算為你犧牲這條性命也不足惜。」

慕容飛煙聽得感動，不由得淚水又簌簌而落，素來堅強的她，今日卻顯得格外脆弱，緊緊擁住胡小天道：「我不要你有事，我只要你好好活著！」

胡小天這才放開了她，牽著她的手回去坐下，將自己這段時間驚心動魄的經歷一一告訴了她。

慕容飛煙聽完也感覺這件事實在是太過匪夷所思，不過她無法否認，自己因為胡小天告訴她的這個消息心情起了天翻地覆的變化，瞬間感覺到整個世界重新變得美好起來，有些事即便是你嘴上不承認，可心裡卻是默認的，儘管慕容飛煙無論胡小天怎樣都不會嫌棄他，可有選擇的前提下，當然要一個完整的男人要比一個太監好得多。

欣喜過後，她不禁又為胡小天感到擔心，低聲道：「這麼說，權公公可能在籌畫一個大陰謀，他想要利用你。」

胡小天並未將權德安傳給自己十年功力的事情告訴她，歎了口氣道：「即便是明明知道被他利用，目前也只能被他利用，我們胡家滿門的性命全都握在他的手上，我現在還不知道他究竟想讓我做什麼？總之這老傢伙很邪門，似乎想下一盤很大的棋。」

慕容飛煙深有同感地點了點頭道：「你讓我和展鵬加入神策府的事情，也是他在暗中授意了？」

胡小天道：「自然是他。」

慕容飛煙道：「昨天我已經接到了通知，我和展鵬都通過了初選。」

胡小天道：「不管有什麼陰謀，咱們走一步算一步，他有張良計，我有過牆梯，只要發覺形勢不對，咱們就馬上逃離京城。」

慕容飛煙道：「目前看來逃走並不現實，你還是安心留在皇宮裡面當你的太監，只是……」

「只是什麼？」

慕容飛煙一雙妙目朝他襠下瞄了一眼，瞬間又變得俏臉通紅：「只是你萬一不小心暴露了，又當如何？」

胡小天道：「你當我隨隨便便見什麼人就會暴露？你放心吧，老傢伙教了我一

手提陰縮陽的本事，只要我練成之後，就能做到收放自如。」

慕容飛煙將信將疑地眨了眨眼睛，提陰縮陽她也聽人說過，可收放自如？到底是怎樣的，有機會還真想見識一下呢，馬上慕容飛煙又被自己的這個想法弄得嬌羞難耐，她發現自己被胡小天這個無恥之徒徹底給帶壞了。

胡小天也不敢停留太久，起身道：「我得走了，出來太久，容易引起他們的疑心。」

慕容飛煙點了點頭道：「我先走，對了，有件事我還未告訴你，高遠也在京城，他堅持要留下來營救你呢。」

想起那個患難與共的小子，胡小天的心中又湧現出一絲溫暖，他微笑道：「有機會跟他見個面。」

慕容飛煙和胡小天約好以後的見面方式，然後迅速離開了玉淵閣。

胡小天等了一會兒方才出門，在門外遇到了從市集回來的小卓子和小鄧子，胡小天將他們支開，是為了方便和慕容飛煙單獨會面，他們下午說好了去市集瞭解一下當季蔬果的價格，跟奸商打交道是必須要多一個心眼的。

三人正準備前往市集，卻看到一個身穿宮服的太監迎面走了過來，遠遠招呼道：「胡公公！請留步！」

胡小天並沒有見過此人，不過從對方的穿著打扮來看應該都是皇宮中人，於是笑道：「這位公公有何指教？」

那太監笑瞇瞇向胡小天作了一揖道：「胡公公，您不認得我了，真是貴人多忘事，胡公公高升去了司苑局，就把咱們尚膳監的老弟兄都給忘了。」

胡小天向兩旁看了看，小卓子和小鄧子也是一頭霧水，兩人也未曾見過這個太監。

那太監道：「我叫何月喜，過去啊是在尚膳監洗涮房做事的，三位公公在牛馬房，後來你們高升去了司苑局，我也就補了你們的缺，去了牛馬房，三位公公雖然不認得我，我對三位卻是一直仰慕得很呢。」

胡小天呵呵笑了一聲，眼前這位倒是口齒伶俐，八面玲瓏。

何月喜道：「實不相瞞，我現在跟隨張公公做事，就是過去負責牛羊房的張公公，承蒙張公公眷顧，帶我出宮採辦，剛剛在牛市遇到翡翠堂的曹老闆，聽說幾位公公都在這裡吃飯，所以張公公差我過來，讓小的請胡公公過去相見。」

胡小天這才知道何月喜是張德福的人，要說張德福也算得上是他的恩人，如果不是張德福，他在入宮的時候就逃不過驗明正身這一關，而且張德福是權德安的人，張德福找自己可能只是一個幌子，或許真正找他的人是權德安。

胡小天道：「張公公現在何處？」

何月喜道：「牛市那邊，我帶了車馬過來。」

牛市距離這邊的市集大概有三里多地，胡小天想了想，決定和小卓子小鄧子分頭行事，讓他們兩個前往市集瞭解當季蔬果的行情，自己則乘坐何月喜的馬車前往牛市去見張德福。

馬車並沒有進入牛市，而是來到牛市以北的街道，在名為桂花巷的小巷前停下，何月喜道：「胡公公，要勞煩您走兩步了。」

胡小天點了點頭，走下馬車，看到小巷入口處桂花樹開得茂盛，迎面秋風送來陣陣桂花的香氣，沁人肺腑，胡小天已經有日子沒有嘗試過如此愜意，要說心情之所以愉悅還因為向慕容飛煙吐露了藏在心底深處秘密的緣故，做男人總是要有點尊嚴的，至少現在慕容飛煙已經明白，自己還是個貨真價實的男人，想想慕容飛煙對自己的一片深情，胡小天不由得一陣感動，一個女人連自己是太監都無所謂，這才是人間真情，得妻如此夫復何求。誰說這世上沒有柏拉圖式的真愛，我們就是。

不過胡小天也明白，真要是變成了太監，自己也未必能夠保證還有這份激情，慕容飛煙能夠做到柏拉圖，他可做不到，歸根結底自己還是一個低級趣味的俗人。

小巷走入盡頭，何月喜滿臉堆笑道：「胡公公，就在這裡了！」他推開院門。

胡小天走入其中，卻發現何月喜並沒有跟著自己進來，心中不由得生出一絲疑竇：「你怎麼不進來？」

何月喜道：「胡公公，張公公吩咐過，讓我將您請來之後就在外面守著。」

胡小天點了點頭，看來張德福找自己過來果然有事情相商，搞不好就是權德安的授意。胡小天舉步走入院落之中，一陣秋風吹過，淡黃色的桂花宛如飛雪般飄然落下，帶著幽香的餘韻飄灑在胡小天的肩頭。他伸手彈去肩上的桂花，轉身又向院門看了一眼，卻聽到院門蓬的一聲從外面關上了。

院內響起腳步聲，四名健壯的男子從裡面一窩蜂湧了出來，分別佔據四角。胡小天暗叫不妙，自己居然陰溝裡翻船，中了何月喜的圈套，要說這何月喜也實在是奸猾，居然利用張福全來哄騙自己，理由編得如此可信，必然之前下了不少的苦功來瞭解自己。

胡小天第一個念頭就是逃離此地，可不等他來到門前，已經聽到房門被上鎖的聲音，顯然是何月喜從外面將房門給鎖上了。此時從後院又衝出一名大漢，五人全都是身材魁梧，健壯過人，一個個虎視眈眈地望著胡小天，目光之中充滿凜冽殺機。最後走出的這人滿面虯鬚，緩緩從腰間抽出一柄鋼刀。

胡小天呵呵笑道：「各位是不是找錯人了？」從對方並不掩飾本來面目的情況來看，此事非常不妙，這五人殺氣騰騰，顯然是想將自己置於死地，根本沒想留下活口。胡小天雖然得蒙權德安傳給他十年內力，但是他現在連最基本的提陰縮陽都沒有修煉成功，更不用說什麼空手奪白刃的本領了。

望著五人鋼刀在手，不斷向自己逼近而來，胡小天不由得有些膽寒，他向周圍

看了看，發現門旁靠著一根門栓，一伸手將手臂粗細的門栓抓了起來，大聲道：「你們知道我是誰嗎？光天化日之下膽敢對我不利，倘若此事敗露出去，你們一個少不得抄家滅族的下場。」

幾名大漢同時笑了起來，為首那名大漢道：「在這裡，任你叫破喉嚨也無人救你。」

此時兩名大漢已經率先揮刀殺到，揮舞手中鋼刀照著胡小天劈頭蓋臉就砍了下去，顯然沒有打算留下任何的活口。胡小天在兩人逼近自己之時，並沒有決定迎上去招架，他缺少實戰經驗，也沒有能夠同時擋住兩人進攻的把握，搶先向一側躍起，試圖在兩人圍攻自己之前跳出他們的包圍圈。

足尖在地上一蹬，雙膝向下一曲，然後全力彈射而起，胡小天這一跳竟然離地飛出兩丈有餘，這貨雖然知道自己今時不同往日，可也沒能想到自己一下能跳起來這麼高，幾乎都飛過圍牆了，沒等他反應過來，身體又因為重力作用一個倒栽蔥向下摔去，胡小天嚇得連媽都叫出來了。

向下望去，正看到一名歹徒仰著臉向他看來，這名歹徒顯然也沒料到胡小天的彈跳力如此高，抬起頭只顧著欣賞，短時間內忘了要砍人了。他忘了胡小天可不敢忘，這種時候不是你是就是我亡，胡小天居高臨下雙手揚起那門栓照著下方歹徒的天靈蓋猛擊了過去。對方意識到應該躲避的時候已經來不及了，胡小天出手的速度實在太快，倉促之間那名歹徒只能舉起鋼刀去擋。

胡小天居高臨下的一擊，虎虎生風，那名歹徒尚未將鋼刀完全舉起，門栓就已經問候在他腦袋上，噗的一聲，竟然將碩大頭顱砸得稀巴爛，白紅相間的腦漿迸射得到處都是。

胡小天愣了，根本不相信自己隨手揮出的一棒會有這麼大的威力。

四名歹徒全都被他給嚇傻了，誰也沒想到他們今天謀殺的對象竟然是一個如假包換的武功高手，其中一人率先反應過來，轉身就朝大門跑去，試圖奪路而逃，可大門被何月喜從外面給反鎖了。原本是提防胡小天逃走，卻想不到作繭自縛斷了他們自己人的後路。

為首的那名大漢還算是有些膽色，咬牙切齒道：「一起上！」

三名同伴經他一吼，全都清醒過來，挺起鋼刀向胡小天圍攏而去。

胡小天揚起手中的門栓照著其中一人丟了過去，門栓宛如風車般旋轉起來，照著其中一名歹徒砸了過去，那廝早已有了準備，向側方讓了一步，躲過門栓，可他背後的那名同伴卻沒那麼好的運氣，被門栓砸中面門，整個人被巨大的力量帶得倒飛而起，撞在土牆上方才止住飛行的勢頭，滑落在地上手足抽搐，身下流出一灘鮮血，顯然是不活了。

胡小天從地上慢慢撿起一把鋼刀，他只要一出手就滅掉一條人命，現在才算是真正認識到權德安的十年功力帶給了他怎樣的改變，脫胎換骨，沒錯，老母雞變鴨，殺氣騰騰。

倖存的三名歹徒看到此情此景，一個個嚇得魂飛魄散，哪還再敢戀戰，一個個轉身就逃。

胡小天也不追趕，他真正關心的是設下圈套的何月喜，來到院門前，抬腳就踹了過去，匡的一聲，兩扇門板被他踹得飛了出去。何月喜並未走遠，一直都在外面聽著動靜，他是等著落實胡小天的死訊，然後回宮覆命。突然看到兩扇大門飛了出來，這廝嚇得咋舌不已，定睛望去，卻見煙塵瀰漫中，胡小天手握鋼刀一步步走出門外，嚇得何月喜慘叫一聲，轉身就逃。

胡小天恨極了這廝，豈容他從眼皮底下溜掉，向前跨出一大步，然後借勢騰躍而起，他對自己目前憑空得來的這十年功力顯然缺乏準確的估計，這一跳足足飛出了三丈多高，從何月喜頭頂飛了過去。

何月喜沒命地往前跑，可突然發現前面多了個背影，竟然是胡小天的，嚇得他又慘叫一聲，轉身向後。

胡小天這次留了幾分力氣，一個箭步竄了上去，揪住何月喜的衣領，向右側甩去，何月喜宛如斷了線的紙鳶一樣飄了起來，撞在土牆上，然後灰頭土臉地跌倒在地上，等他剛剛用雙臂撐起身體，想要爬起再逃，胡小天已經趕上來打掉他的帽子，一把揪住他的髮髻，一巴掌搧了過去，打得何月喜兩顆門牙從嘴唇中和著鮮血飛了出去，這貨被打得七葷八素，慘叫道：「胡公公饒命……胡公公……」

啪！就是一個大嘴巴子抽了過去，何月喜被打得眼冒金星。

胡小天冷笑道：「混帳東西，居然敢打著張公公的旗號設計害我？」

何月喜顫聲道：「小的知錯了，胡公公饒命……」

胡小天一把將他的褲子扯了下來，卻發現這廝的話兒好端端長在那裡，根本就不是太監，胡小天心中暗罵，老子本以為這皇宮裡的假太監只有我一個，卻沒有想到還有其他人像我一樣。

何月喜看到秘密被他揭穿，嚇得魂不附體：「胡公公，我根本就不是宮裡人，我找上你……是因為收了別人的銀子，所以……所以才……」

胡小天充滿殺機道：「到底是受了何人指使，你老老實實告訴我。」

「王公公……王德勝……」

胡小天聞言大怒，他還以為設計謀害自己的是胡家的仇人，卻想不到居然只是司苑局的一個小太監，就在出宮之時小卓子還在提醒自己這件事，沒想到王德勝下手如此陰狠，居然串通外人意圖謀害自己的性命，對於這種卑鄙陰狠的小人，豈能容留他活在世上，胡小天一刀刺了下去，這一刀透胸而入，將何月喜捅了個透心涼。何月喜吭都沒吭出來，便一命嗚呼。

胡小天擦淨手上的血跡，將何月喜拖到了院子裡，可回到那裡，心中卻是一驚，院落中竟然躺著五具屍體，他剛剛明明只殺了兩個，其餘三人逃向了後院，卻不知因何屍體會躺在這裡。

身後忽然傳來一聲低沉的歎息聲：「斬草不除根，必然後患無窮，你有沒有想過，假如他們三人有任何一個逃了出去，你今日殺人之事必然要敗露。」

胡小天雖然沒有轉身，卻已經從聲音中判斷出了來人的身分，正是司禮監提督權德安。胡小天點了點頭道：「我是正當防衛，即便是敗露也沒什麼。」

「正當防衛？你現在的身分說出去誰會相信？你以為皇上會容留一個可以在舉手抬足之間殺死三人的太監在自己身邊？而這個小太監還是胡不為的親生兒子。」

聽到權德安的這番話，胡小天不由得出了一身的冷汗，慢慢轉過身去，卻見權德安佝僂著身軀站在大門處，雙手抄在衣袖中，身上的宮服一塵不染，彷彿眼前的這場血腥殺戮跟他毫無關係。

胡小天卻知道，這剛剛逃走又被殺的三人全都是權德安出手所致，薑畢竟是老的辣。胡小天雖然也有斬草除根之心，可是他畢竟沒有把握，想要在何月喜覺察到之前將他抓住，問出這件事的主謀，就無法兼顧將那其餘幾名殺手全都制住。權德安在這裡出現絕非偶然，或許他此前已經在跟蹤自己。

胡小天不由得想起自己剛剛和慕容飛煙在玉淵閣內纏綿的情景，卻不知有沒有被這老太監看到，真要是被他覺察到其中的事情，恐怕麻煩就大了，胡小天倒不是擔心權德安會對自己不利，他處心積慮地將自己送入宮中，條件一讓再讓，分明是想利用自己做某件大事。可慕容飛煙對權德安似乎並沒有太大的價值，假如權德安認為慕容飛煙的存在已經影響到他的大計，說不定會對慕容飛煙痛下殺手，以他高深莫測的武功和陰狠毒辣的手段，真要是決定這麼做，絕不會有任何的猶豫。

胡小天提醒自己在權德安的面前務必要鎮定，千萬不可讓他看透自己的真正心思，臉上露出一個陽光燦爛的笑容道：「您老來得剛好，我正不知道該如何處理這幾具屍體呢。」

權德安道：「斬草除根，毀屍滅跡才是了卻麻煩最乾脆的辦法。」說到這裡他陰測測地一笑：「其實以你的頭腦根本不用我來教你。」

胡小天道：「剛才的話您都聽到了？」一語雙關，像是在問權德安是否聽到何月喜的招供，又像是在試探權德安是否聽到了他和慕容飛煙的對話。

權德安道：「咱家只聽該聽的事情。」

胡小天內心一沉，權德安話裡有話，難道他當真已經覺察到了自己和慕容飛煙剛才在玉淵閣發生的事情？

權德安道：「劉玉章並不清楚你我的關係，你對他最好不要提及。」

胡小天點了點頭，恭敬道：「慕容飛煙和展鵬已經通過了神策府的初選。」

權德安道：「我知道了，他們的事情咱家自會關照，小天，你現在的主要精力還是要投入到修行之中，我看你剛才的表現好像仍然沒有太多的進展。」

胡小天道：「練拳不練功到老一場空，您老雖然送給了我十年的內力，我也算是有了不少的內功，可是我不懂拳法招式，如同一個三歲孩兒，即便是你給我萬貫家財，我也不知如何使用。」

權德安聽他比喻的有趣，唇角泛起淡淡的笑意：「你啊，就是敗家子，早知如此，咱家根本無需消耗這麼大的精力，提陰縮陽你練了就快兩個月，卻不見你有絲毫的進展，別忘了你身在宮中，萬一事情敗露，你該如何自處？」

胡小天一副心狠手辣的樣子：「一個發現我的秘密我幹掉一個，一百個發現我幹掉一百個。」

「若是皇上發現了呢？」

「呃……」胡小天不敢說，並不代表心裡不敢想，大不了老子連他一起幹掉，為了保住命根子，老子豁出去了。

權德安道：「也罷，我本以為傳給你十年功力，你便能夠輕易練成提陰縮陽的功夫，現在看來已成奢望，我也不知何處出了問題。」

胡小天道：「要不是我天資愚笨，要麼就是您的這個功法有些問題，您在淨身以前應該並未接觸過這個提陰縮陽的功法吧？」胡小天是明知故問，假如權德安在淨身成為太監之前便學會了這套功法，那麼他焉能捨得把命根子給切掉？大可提陰縮陽混過淨身這一關，自然也就沒有了今日的權公公。

權德安皺了皺眉頭道：「也許你根本就不是童子之身，也許你根本就沒有學武的天分，所以進展才會如此緩慢。」

胡小天道：「天地良心，我這輩子還沒有跟任何一個女人嘿咻過！」

老太監當然聽不懂嘿咻是什麼意思，一臉迷惘地望著胡小天。

胡小天道：「嘿咻就是做那種事，我絕對是原封未動的美少年，問題肯定是出在你的功法上面，你自己都未曾練過，又怎麼能夠知道這功法是不是有用，而且你都不懂，又怎麼能指導我？」

權德安冷笑道：「聽起來你好像在嘲諷咱家。」

「不敢，只是就事論事。」

權德安道：「好！好！好！咱家就教你一套玄冥陰風爪！」

胡小天聽到這爪法的名字就感覺到有點陰風陣陣，吐了吐舌頭道：「聽起來很是拉風啊。」

權德安冷哼一聲道：「你看仔細了，這爪法只有七式，但是其中卻蘊含著七七四十九式變化。」他說話間已經開始演練。

雖然日頭高照，秋風不停送來桂花香氣，可是這院落中卻顯得陰風陣陣，地上是六具血仍未冷的屍體，院落中彌散著一股濃重的血腥味道，權德安將玄冥陰風爪從頭到尾演練了一遍。

胡小天目不轉睛地看著，這算是他第一次正式學習武功招式，之所以集中精力是為了不去看地上死狀奇慘的六具屍體，當然其中也有和權德安賭氣的成分，你說我沒天分，我便練給你看看，到底問題出在誰的身上。

讓權德安瞠目結舌的是，一遍玄冥陰風爪打完，胡小天這邊已經能夠依葫蘆畫瓢，比劃得煞有其事，等他再打了第二遍，這廝居然將招式記了個純熟，權德安雖然嘴上不說什麼，可心中卻已經默認，胡小天的天分肯定沒問題，應該是自己教給他的那個提陰縮陽的功法出了問題，這小子雖然奸猾，可有句話說得不錯，你自己都未曾練過，又怎麼知道這功法有用？

胡小天本來還想從權德安那裡多學點東西，可權德安卻對再教他武功沒什麼興趣，只說貪多嚼不爛，催促他早點回去，千萬不要耽擱了回宮。

胡小天看到時間已經不早，也只能作罷，臨行之前又朝何月喜的屍體看了一眼，何月喜應該不敢欺騙自己，小太監王德勝設下圈套，意圖謀害自己，究其原因，應該是自己頂了他的肥缺，奪人錢財，害人性命。要說自己並沒有想搶他的差事。可既然王德勝今天能夠買凶謀害自己，他若見到自己完好無恙，必然會再生歹念，看來對此人必須要先下手為強了。

胡小天去市集和兩名小太監會合之後，對今天發生的事情隻字不提，回宮的途中他已經暗下決心，一定要在王德勝對自己下手之前，先行將這廝剷除。

回到司苑局，首先回到自己房間內洗了個澡，換了身衣服，雖然之前的那身衣服並沒有染上明顯的血跡，可凡事還是小心為妙。這邊剛剛換上衣服，外面就響起敲門聲，卻是史學東過來找他。

胡小天拉開房門讓史學東進來，史學東道：「恭喜賢弟，賀喜賢弟！」

胡小天知道這廝向來沒什麼正行，一邊整理衣服一邊道：「何喜之有？」

史學東道：「外面有一位漂亮的宮女找你呢！」

胡小天以為這廝在騙自己，切了一聲道：「大哥，不是因為我沒帶你出宮就對我懷恨在心，所以變著法子的逗我玩兒？」

史學東道：「天地良心……」話未說完已經聽到外面傳來一個嬌柔悅耳的聲音道：「胡公公在嗎？」

史學東聽到這軟糯的聲音如同頃刻間喝了二兩酒一般，興奮道：「我就說沒有騙你，真的是很漂亮，我來宮中這麼久，還沒有見過這麼漂亮的宮女，你可以懷疑我的話，但是絕不可以懷疑我的審美觀。」

胡小天看到這貨心急火燎的樣子，不禁有些好笑：「我說東哥啊，你到底割乾淨了沒有？」

史學東一聽他說這件事，頓時如同泄了氣的皮球一般：「乾淨，比他媽女人都乾淨，只是……」這貨似乎有些難言之隱，欲言又止。

胡小天也沒對他太過關注，緩步來到門外。卻見一名身穿紅裙的宮女亭亭玉立地站在院落之中，雖然沒有史學東形容的天下無雙的美麗，可也算得上是一等美女，膚色白皙，一雙大眼睛水汪汪的頗具神采，看到胡小天出來，瞬間瞇成了月牙兒，笑得頗為恬靜：「胡公公好，我叫葆葆，平日裡在凌玉殿伺候林貴妃。」

胡小天來到皇宮內已經有不少日子了，對宮內的情況也瞭解了大概，這位林貴妃叫林菀，乃是當今皇上的寵妃之一，胡小天來司苑局之後對林貴妃的印象開始變得深刻，主要是這位林貴妃頗為挑嘴，平日裡總會產生一些奇思妙想，皇妃動動嘴，太監跑斷腿，胡小天因為她的嘴巴，沒少折騰。不過平日裡都是太監過來傳話，貼身宮女前來司苑局還是第一次。

胡小天笑道：「不知葆葆姐姐有何吩咐？」他雖然是司苑局的採買，葆葆卻是林貴妃的貼身宮女，在皇宮裡面有個不成文的規矩，宮女太監的地位和伺候的主人有著直接的關係，皇上身邊的太監地位肯定超然，除此以外，皇上寵幸哪位後宮佳麗，誰身邊的奴僕的地位自然也就水漲船高。

葆葆格格笑道：「也沒什麼大事，只是貴妃娘娘忽然想吃楊梅了，所以差我過來看看。」

胡小天一聽這根本就是給自己出難題，楊梅六七月份最多，現在已經是九月了，康都地處江北，那玩意兒又不宜儲存，哪還找得到，這位貴妃娘娘也是個想當然的角色。他笑道：「楊梅結實的季節已經過了，其實當季也有不少好吃的蔬果，不如我帶姐姐去裡面看看。」

葆葆道：「我也知道這要求可能難為了胡公公，只是貴妃娘娘這兩日身子都不舒服，食欲不振，從昨兒到今幾乎都沒吃過什麼東西，好不容易才想起一件想吃的東西，我這個做下人的怎麼都得過來試試。」俏臉之上呈現出失落之色。

此時史學東湊上來道：「今兒剛有一批西疆進貢朝廷的烏樵果，也是極為難得，而且口味和楊梅類似，胡公公不如帶葆葆姑娘去看看。」

胡小天瞪了這貨一眼，真是多嘴，這話初聽透著殷勤的意思，可仔細一琢磨，這其中就有著不小的問題，首先西疆進貢的貢品，按理是皇上先品嘗的，司苑局還沒有來得及給皇上送過去，即便是林貴妃得寵，也必須要有個先後，而且史學東說口味和楊梅類似，分明是這貨偷吃過了。

其實在司苑局這種事情並不稀奇，皇上沒吃過的，小太監嘴饞提前偷吃幾顆也沒什麼，但是一旦說出去，這麻煩可就大了，輕者責罰，重則治你個不敬之罪。

史學東也意識到自己說走了嘴，慌忙低下頭去。

葆葆笑道：「這位公公看來一定是吃過了。」

史學東大驚失色，慌忙道：「小的怎麼敢，只是看樣子很像。」

葆葆不依不饒道：「我剛剛明明聽到你說味道很像呢。」

史學東恨不能抽自己兩個嘴巴子，多嘴惹禍。

胡小天冷冷道：「這裡什麼時候輪到你說話了，給我退下去！」

史學東知道胡小天是幫他解圍，趕緊灰溜溜退了下去。

葆葆顯然被那個烏椹果勾起了興趣，笑盈盈道：「胡公公，不如你就帶我去見識見識吧？」

事到如今，胡小天也不方便拒絕，當下點了點頭道：「我之前就說要帶姐姐去挑選呢。」

司苑局雖然負責蔬果的採買和儲存，但是並不負責將蔬果分派給皇宮各處，通常的程序是，尚膳監開出單子給他們，他們這邊準備好，然後下午送往尚膳監，具體的清洗和分派都是尚膳監進行。

大康地大物博，幾乎每天都會有各地進貢的蔬果，司苑局在收到貢品之後會進行統計，再將單子送往尚膳監，到底什麼可以送給皇上吃，什麼不能吃，最後是御膳房做決定，所以很多貢品根本送不到皇上那裡，還有不少就乾脆壞在了司苑局的庫房之中。小太監偷吃貢品的事情早已是公開的秘密，反正有些東西爛了也是扔掉，皇宮內的浪費也相當驚人。

為了便於儲存這些蔬果貢品，司苑局內特地挖掘了一個地窖，即便是如此，仍然無法徹底杜絕浪費，地窖幾經擴建，後來不知哪位司苑局的太監想出了一個主意，在司苑局設立了一個小小的酒坊，將那些多餘的貢果用來發酵釀酒。因此司苑局的地下又多出了儲存果酒的酒窖，現在的司苑局地下幾乎全都是空的。

平日裡儲存蔬果的地窖有專人看守，因為幾乎每天都會有東西送往御膳房，至於酒窖反倒無人問津了，小酒坊雖然繼續製作，可釀出的果酒在皇宮內似乎並不怎麼受歡迎，皇上也只是偶然想起，將這些封存的果酒作為禮物賜給大臣。

胡小天帶著葆葆來到了蔬果地庫，這次進來的烏椹果倒是有幾筐，負責管庫的太監將成色最好的選了一筐，其餘的全都擱置一邊，在庫房待久了也就明白了皇上及後宮嬪妃的口味，這種烏椹果口味過於酸澀，往往是無人問津的。即便是偶然有人要吃，也就是圖個新鮮。

第六章

慢性毒藥的心理戰

「你按照我說的做，自然不會有危險，每隔七天我就會給你解藥，可你要是不聽，膽敢加害於我……嘿嘿……」

胡小天發出一聲陰測測的冷笑。

一時間讓他上哪兒去找毒藥去，無非是輔助消化的藥丸罷了，不過恐嚇葆葆，給她製造一些心理壓力已經足夠了。

胡小天在司苑局眾太監的眼中儼然已經成了劉公公面前的紅人，事無鉅細幾乎都交給他去辦，所以眾人對他都是相當的客氣。胡小天隨手抓了一顆烏榿果交給葆葆，葆葆嚐了嚐，感覺入口酸澀無比，一雙秀眉都顰了起來，她咂了咂嘴巴道：「好酸啊！」

胡小天笑道：「感覺怎樣？」

葆葆道：「哪裡像楊梅，簡直比山楂還要酸。」

胡小天讓管庫的太監裝了一小籃，交由葆葆帶走，又順手抓了兩個青芒，人家既然來了，總不能讓她空著手回去。

葆葆笑靨如花道：「胡公公，你人真好。」

胡小天笑道：「姐姐不用跟我如此客氣，大家都是為皇宮做事，幹得都是伺候人的活兒，與人方便，與己方便，你說是不是？」

葆葆點了點頭，感覺這小太監實在是精明多智，拎著盛滿水果的竹籃，轉身離開了庫房，走出地庫之前，她似乎又想起了什麼：「胡公公，可林貴妃想吃的是楊梅啊，我若是拿著這些東西回去，她會不會覺得我在敷衍她？」

胡小天道：「姐姐只需回去將情況說明，我想林貴妃也是通情達理之人，應該不會為難你。」

葆葆道：「對了，我聽說你們司苑局有不少的果酒，卻不知有沒有楊梅酒？我雖然找不到楊梅，如果能帶些楊梅酒回去，想必在林貴妃面前也能夠交差。」

胡小天對這些事情還不算特別的熟悉，問過庫房的太監方才知道，酒窖裡應該有楊梅酒，只是鑰匙在劉玉章的手裡，劉玉章現在仍然在午睡，葆葆等了小半個時辰，方才等到劉玉章醒來，胡小天討了鑰匙，親自前往酒窖去給她找楊梅酒。

葆葆提出要跟著胡小天去酒窖見識見識，胡小天暗忖乾脆將好事做到底，於是帶著葆葆開門進入了酒窖。

胡小天也是第一次進入這座地下酒窖，酒窖共計分成三層，楊梅酒就儲存在第一層，所以不難找到，胡小天又叫來幾人幫忙，方才給葆葆倒了一罈楊梅酒。葆葆一雙美眸左顧右盼，對這酒窖的內部結構頗為好奇，她小聲道：「這酒窖好大，是不是皇宮內的好酒全都藏在裡面？」

胡小天笑道：「這裡都是一些尋常的果酒，真正的好酒都存在皇室酒窖。」

葆葆道：「謝謝胡公公了。」這才心滿意足地離去，胡小天看到她一手拎著籃子一手抱著楊梅酒，擔心她路上勞累，特地給史學東安排了一個美差，讓史學東幫忙將葆葆送往凌玉殿。

等到眾人離去之後，胡小天按捺不住心中的好奇，他緩步走下酒窖的二層，發現二層比起一層還要寬闊許多，底層最大，長約五十丈，寬也有近二十丈，裡面儲存的全都是歷朝歷代留存下來的果酒，都用木桶盛放，分門別類碼放得整整齊齊，

每個木桶上方都標有銘牌，上面刻著字，標明了釀酒的時期，入庫儲存的時間。

如果不是親眼看到這一切，實難想像在司苑局的地下居然還有一座如此規模的酒窖。胡小天提著燈籠環視了一周，重新回到地面上的時候，發現劉玉章已經在酒窖的門外等著了，胡小天笑道：「劉公公，我正要去給您送鑰匙呢。」他將手中的鑰匙遞給劉玉章。

劉玉章卻搖了搖頭道：「不必還給我了，你收著吧，以後酒窖就交給你來看管。」

胡小天聞言大喜，別的不說，單單是下面的葡萄酒就夠他美美喝上一輩子了。當然胡小天還存了一個心思，雖然在司苑局他已經有了半間房，可真正要修煉武功，那狹窄的房間是舒展不開手臂的，雖然皇宮地方很大，但是周圍耳目眾多，總不能在人前展示他學來的武功。酒窖不失為一個練功的好地方，自從在桂花巷遭遇刺殺之後，胡小天越發認識到武功在當今年代的重要性。過去他的身邊尚有慕容飛煙保護，可現在凡事只能依靠自己，必須要通過不斷的練習來壯大自身。

每次進入酒窖，他都會帶著史學東前往，讓史學東負責守住門口，自己則來到酒窖的底層，這段時間最常修煉的就是玄冥陰風爪，權德安教給他的這套爪法已經被他練得純熟。

酒窖內儲存的葡萄酒很多，年份悠久，胡小天權力在手，免不了要監守自盜，和幾個心腹偷喝了不少。偶爾胡小天也會在酒窖內過夜，這裡冬暖夏涼，舒適宜人，空間又寬敞，比起他的半間房要舒適許多。

葆葆取了楊梅酒之後，沒過兩天就又尋上門來，只說林貴妃喝了楊梅酒之後讚不絕口，上次帶走的那一罈已經喝完了，於是又差她過來再來要一些。

胡小天雖然沒見過這位林貴妃，可是心中感到有些驚奇，上次給她至少送去了十斤楊梅酒，這才不到五天的功夫居然喝了個乾乾淨淨，這位林貴妃的酒量還真是不同凡響。不過對於這位皇帝寵妃的請求，胡小天也不敢拒絕，原本打算讓葆葆在外面等著，卻想不到這宮女居然主動提出要隨他前往酒窖中看看。

胡小天何許人物，馬上就感覺到葆葆的舉動有些奇怪，她似乎對酒窖本身的興趣更大，卻不知她前來要酒的背後是不是還有其他的目的。當時胡小天也沒有點破，帶著葆葆來到酒窖前，打開酒窖。

兩人一前一後走入酒窖，很快就來到一層存放楊梅酒的地方。胡小天將燈籠交到葆葆的手中讓她幫忙拿著，葆葆卻道：「胡公公可否帶我去下面看看？」

胡小天心中微微一怔，他的懷疑果然被證實，葆葆此次前來醉翁之意不在酒，胡小天微笑道：「姐姐，我們司苑局是有規矩的，其實我帶你進入酒窖已經壞了規矩。」

葆葆拋給胡小天一個嫵媚的眼神，柔聲道：「胡公公，其實葆葆沒有其他的意思，我入宮之前，家裡有個釀酒作坊，祖上也曾經傳下來一個酒窖，我從小就和兄弟姐妹們在酒窖中玩耍，所以來到這裡，忽然勾起了對過去的回憶，想起了我的家人，胡公公……我只是睹物思人，絕無他想，還請胡公公滿足我這個奢望……」說到這裡，一雙美眸竟然湧出晶瑩的淚光。

胡小天憑直覺已經意識到葆葆絕不是個簡單的宮女，要得起嫵媚，玩得起可憐，只是她似乎沒搞清楚針對的對象，老子是一個太監啊，你跟我玩這套，根本打動不了我。不過胡小天也想看看她究竟在搞什麼花樣，拿捏出一副被她感動的樣子，點了點頭道：「也好，我陪姐姐到處看看。」

葆葆欣喜非常，居然衝上來在胡小天的額頭上親了一記，嬌聲道：「胡公公，打我第一眼見到你，就知道你是個好人。」

胡小天心想宮女都是這麼色誘太監的嗎？難道不清楚美人計這一招也要分清對象的？

胡小天重新拿過燈籠，帶著葆葆一起走下地窖，他不時提醒葆葆小心腳下，其實是暗自提防這宮女有什麼異常舉動。其實酒窖格局大都差不多，無非是這間酒窖規模稍大了一些。

來到三層，葆葆環視著這規模龐大的酒窖，美眸之中淚光盈盈，看來頗有點觸景生情的味道。

胡小天故意道：「姐姐是不是想起了家鄉呢？」

葆葆點了點頭，抬起衣袖拭去眼角的淚水，卻忽然目光盯著右側，尖叫著撲入胡小天的懷抱中：「老鼠！」胡小天被她弄了個猝不及防，手中的燈籠不慎落在了地上，熊熊燃燒起來。

葆葆緊緊抱住胡小天，玲瓏有致的嬌軀緊貼在胡小天的懷中，似乎受了驚嚇一般瑟瑟發抖。胡小天倒沒發現什麼老鼠，他擔心的是燈籠起火將酒窖點燃，還好燈籠失落的地方是在空曠處，沒多久就已經燃燒殆盡，整個地窖陷入一片黑暗之中。

胡小天輕輕拍了拍葆葆的香肩，將她從懷中分開，這倒不是因為胡小天是個不欺暗室的君子，而是這貨害怕抱著這麼一位妙齡少女萬一把持不住，起了生理反應，那麼他沒有淨身的秘密就藏不住了。

胡小天道：「姐姐別怕，我在這裡，沒事情的，我這就帶你上去。」

葆葆在黑暗中嗯了一聲，伸出手去，抓住胡小天的手臂，胡小天讓她將手放在自己的肩頭，低聲道：「樓梯應該在咱們的左邊。」

葆葆又應了一聲，胡小天向前走了一步，忽然感覺到腦後風聲颯然，心中暗叫不妙，一低頭，身軀向前猛衝了過去，雖然反應及時，後心仍然被狠拍了一掌，打得胡小天眼冒金星，他並沒有急於反擊，順勢向前翻滾，藏身在酒桶旁邊，一聲不吭，剛才的那一掌分明是葆葆所發。

黑暗中聽到葆葆裝腔作勢地叫道：「胡公公，胡公公你在哪裡？」胡小天屏住呼吸一言不發，葆葆向前走了幾步，地窖的底層伸手不見五指，她本以為一掌就將胡小天拍暈，可向前探了探腳，並未踢到胡小天的身體，頓時感覺情況有些不對。

葆葆可憐兮兮道：「胡公公，你在哪裡？我好怕，你不要將我一個人丟在這裡。」她一邊說話，一邊取出火摺子，在唇前吹了一下，黑暗中光芒乍現。

葆葆俏臉之上表情冰冷而凝重，她借著微弱的光芒向前方望去，並沒有看到胡小天的身影，表情變得越發錯愕，故作惶恐道：「胡公公，你在哪裡？我好害怕……」

胡小天躲在酒桶後面看得真切，心中暗罵這宮女陰險狡詐，剛剛在老子背後突然出手，想把我給拍暈了，這會兒卻又在裝無辜，倘若不是被我提前察覺，可能此時已經被你所害。

葆葆顫聲道：「胡公公，你不要嚇我……」她一邊說，一邊小心翼翼向胡小天藏身之處摸索而來。

胡小天暗下決心，你對我不仁，休怪我對你不義，辣手摧花也是你逼我的。葆葆越走越近，距離胡小天藏身的地方不過咫尺，她的聲音卻突然變得嬌滴滴的：

「胡公，你好壞，故意嚇人家……」

胡小天透過酒桶的縫隙，卻看到葆葆的身後一道黑影悄聲無息地向她靠近，倏然之間，那黑影揚起一把雪亮的匕首照著葆葆的後心狠狠一刀插落下去。

胡小天萬萬沒有想到，這酒窖除了他和葆葆之外還有第三個人在，剛才他進入酒窖的時候一直留意周圍的動靜，而且門外讓小卓子他們把守，按理不會有人跟進來，除非那人原本就埋藏在酒窖之中。

那黑影出手極其乾脆利索，手起刀落，匕首眼看就要刺入葆葆的後心，葆葆在生死關頭突然覺察到了危險的來臨，嬌軀一擰，宛如靈蛇一般向右滑行，饒是如此，仍然沒能夠躲過對方的攻擊，匕首劃過她的左肩，葆葆手中的火摺子隨手扔了出去，一個三百六十度的空翻拉遠和對方的距離。

火摺子在空中劃過一道弧線，朝胡小天藏身處的這片酒桶飛來，胡小天一看這還了得，真要是火落在酒桶之上，整個酒窖非得燒起來不可，他用衣袖包住右手，一把將火摺子穩穩抓住。

在電光石火的瞬間，葆葆抓起足有上百斤重的酒桶照著那偷襲她的刺客全力扔了過去。

那刺客躬身躲過，酒桶從他的頭頂飛出，落在地上，發出蓬的一聲巨響，鮮紅色的酒漿飛濺得到處都是，一股濃烈的酒香在地窖中彌散開來。火摺子已經被胡小

天熄滅，那點微弱的亮光瞬間消失，整個酒窖中重新歸於一片黑暗。

葆葆肩頭受傷不輕，鮮血染紅了她的半邊衣襟，倉促之中她並未看清對方是誰，還以為是胡小天潛藏在暗處偷襲自己，輕聲歎了口氣道：「胡公公，你竟然敢私藏兇器加害於我，信不信我將此事奏明皇上，你免不了是個千刀萬剮的下場。」

胡小天心中暗罵，干老子鳥事，你害我在先，誰料到螳螂捕蟬黃雀在後，現在被人所傷，活該你倒楣，我還沒找你算帳呢，你卻膽敢先對我信口雌黃。他決定仍然藏身不出，靜觀其變。

葆葆說話的真正目的卻是要吸引胡小天的注意，胡小天雖然沒上當，可那名潛在的殺手卻已經悄悄循聲向葆葆靠近。

葆葆傾耳聽去，對方腳步挪動的聲音雖然輕微，但是並沒有瞞過她的耳朵，在對方距離她還有一丈左右，葆葆猝然發難，揚起右手，咻！咻！咻！竟然連續射出三支袖箭。

黑暗之中那殺手聽風辨器，手中匕首連續抵擋，噹噹兩聲，他竟然將三支袖箭全都擋住，可葆葆射出的三支袖箭目的只是為了牽引他的注意，在射出袖箭的同時合身撲上，一掌印在那刺客的胸前，蓬的一聲，打得對方一聲悶哼，那殺手旋即劃出一刀，插在葆葆的小腹之上，葆葆雖然及時收腹，仍然被他匕首所傷，雙手抓住對方的手腕，試圖阻擋對方匕首繼續刺入自己的身體，對方的右手已經準確無誤地扼住她的咽喉。

強大的力量扼得葆葆就要窒息過去，他手臂舉起帶著葆葆的身軀離地而起。

就在這生死懸於一線的時候，胡小天從黑暗中衝了出來，舉起手中的酒桶狠狠砸在那刺客的後腦上，刺客和葆葆全力相搏，根本騰不出手來對付後方的胡小天，被酒桶砸了個正著，一頭栽了下去，隨之跌倒的還有葆葆。倘若胡小天再晚出來一刻，她只怕就要性命不保了。

胡小天從懷中掏出一根蠟燭，又取出先前的那支火摺子一吹，點燃蠟燭，看到地上躺著兩個人，男子黑衣蒙面，是被他剛剛用酒桶砸昏過去的那個。

胡小天扯下那人臉上的黑布，當他看清對方面容之時不由得一驚，卻想不到這躲在酒窖中發動襲擊的男子竟然是王德勝。

葆葆捂著咽喉，臉色蒼白地看著胡小天，她的身上血跡斑斑，受傷頗重，這會兒都沒能緩過氣來，嬌噓喘喘道：「你……你……」

胡小天冷冷看了她一眼，伸手將趴在地上的王德勝翻過身來，卻發現一隻匕首插在王德勝的心口位置，直至末柄，原來剛才王德勝被他擊倒之時手中還拿著匕首，摔倒的時候，匕首不巧反轉插入了他自己的胸膛。胡小天摸了摸王德勝的脈搏，再探了探他的鼻息，這貨顯然已經死了。

葆葆顫聲道：「你殺了他……」

胡小天抬起雙眼冷冷望著葆葆，目光中殺機隱現。

葆葆此時方才知道眼前的小太監絕非尋常人物，面對如此場面仍然表現出這樣的鎮定。她低聲道：「貴妃娘娘知道我來找你，司苑局的太監幾乎都看到我跟你一起走入酒窖。」她說這番話已經露出了心底的怯意，顯然是害怕胡小天將她滅口。

胡小天道：「那又如何，剛才你在背後偷襲我的時候，是否想到了這些？」他的目光朝王德勝的屍體看了一眼道：「我就說王德勝潛伏在這裡意圖殺我，結果失手將你捅死了。」

葆葆咬了咬嘴唇，暗暗積攢力量，準備做最後的反撲，可是在已經受傷的情況下很難說能有勝算。

胡小天道：「你告訴我，來這裡究竟是抱著什麼目的？」

葆葆道：「我……」她正準備殺胡小天一個措手不及，可看胡小天警惕戒備的樣子根本沒有任何機會。此時樓梯處傳來腳步聲，卻是史學東和小卓子看到兩人進入酒窖許久未歸，擔心他們出了什麼事情，所以下來看看。

胡小天也聽到了腳步聲，擔心下面的情景被兩人看到，慌忙喝道：「何事打擾？」

史學東和小卓子聽到胡小天的聲音馬上停下腳步道：「沒事，就是看到公公去了這麼久還沒出來，所以有些擔心。」

胡小天道：「不用擔心，我和葆葆姑娘說話呢，你們去外面候著，不可讓任何人進來。」

「是！」

胡小天原本的確有將葆葆殺了滅口的打算，可是葆葆的那番話也有道理，現在同伴前來，他便暫時打消了這個念頭，畢竟看到他和葆葆一起走入酒窖的人實在太多，真要是將她殺了滅口，自己肯定會受到盤查，今天的事情未必能夠掩飾得住。

葆葆的目光落在王德勝的屍體上，低聲道：「他究竟是誰？」

胡小天道：「王德勝！」

葆葆一雙美眸透著迷惘，似乎對這個名字相當陌生，看來她過去應該和王德勝沒有打過交道。

胡小天忽然想起一件事：「你可能不認識他，可他的哥哥是王德才，那可是簡皇后身邊的紅人……」

葆葆方才知道這死去的刺客居然還有這樣的來歷，她的內心也不由得忐忑起來，王德才的確是簡皇后的心腹，倘若他弟弟死的事情被張揚出去，此人未必會善罷甘休，簡皇后如果願意為他出面，恐怕這件事還會掀起一場軒然大波。雖然她已經深陷此事之中，但是這裡畢竟是胡小天的地盤，所以她並沒有表達意見，而是將目光投向了胡小天。

胡小天來回走了兩步，迅速下定了主意：「皇宮這麼大，幾乎每天都會有人失蹤，有些事，只要是咱們不說，別人肯定是不會知道的。」他向葆葆看了一眼，等待她的決定。

葆葆幽然歎了一口氣道：「我也不喜歡麻煩。」眼前的形勢對她似乎越發不利，胡小天絕不好對付。

胡小天道：「你雖然不想麻煩，可是卻將這麼大的麻煩留給了我，這屍體又當如何處置？」

葆葆道：「這有何難，深埋在酒窖之中就是了。」

胡小天緩緩點了點頭道：「今天的事情一旦洩露出去，下場怎樣你應該知道。」

葆葆道：「你放心，我絕對不會洩露出去，一定為你保密。」

胡小天呵呵笑道：「需要保密的人是你自己才對，你打著貴妃娘娘的旗號來找什麼楊梅，真正的目的是什麼？」

葆葆道：「我都對你說了，現在咱們既然同在一條船上，我因何還要騙你。」

胡小天才不相信她會將實情全都和盤托出，肯定仍然瞞著自己，胡小天也不多問，葆葆心裡有鬼，諒她也不敢出去胡說八道，費盡心機前來酒窖，今次仍然沒有達到目的，她肯定不會就此善罷甘休，先留下她一條性命倒也無妨。

胡小天來到她近前，從懷中掏出一顆藥丸遞給她道：「你吃了！」

葆葆望著他手中那顆褐色的藥丸，一時間拿不準胡小天是不是要毒害自己，不敢接過去。

胡小天道：「別怕，只是幫你止血的藥丸而已。」

葆葆咬了咬嘴唇，無論胡小天說得多好，她也不敢吃，可胡小天突然捏住她的鼻子，將那顆藥丸強行塞了進去，然後捂住了她的嘴巴，葆葆拚命掙扎，力量卻比不過胡小天，這會兒她含在口中的藥丸已經融化，藥液順著她的喉頭滑下，感覺喉頭熱辣辣的，疼痛似乎減輕了一些，她低聲道：「你給我吃的究竟是什麼？」

「毒藥！」

「你……」

「慢性毒藥，你要是按照我說的做，自然不會有什麼危險，每隔七天你過來，我就會給你解藥，可你要是不聽，膽敢加害於我……嘿嘿……」胡小天發出一聲陰測測的冷笑。一時間讓他上哪兒去找毒藥去，無非是一些輔助消化的藥丸罷了，不過恐嚇葆葆，給她製造一些心理壓力已經足夠了。

葆葆雖然對他是否下毒存有疑慮，可心中仍然不免感到害怕，顫聲道：「你好歹毒。」

胡小天看了看她的身上仍然在流血不止，低聲道：「你傷得不輕，這麼久不回

去貴妃娘娘一定會擔心你吧？」

葆葆道：「不妨事，娘娘一向對我放心得很。」她忍痛道：「你去他身上翻翻看看，他是怎麼進來的。」

胡小天其實早就存有搜查王德勝的心思，但是礙於葆葆在場，他歎了口氣道：「還是算了，人都死了，何必為難他。」他將燈籠掛在牆上，又道：「我幫你檢查一下傷口。」

葆葆搖了搖頭，雖然知道胡小天是個太監，可是她受傷的地方都是一些不方便讓男人看到的，太監畢竟也是從男人變過來的。

胡小天道：「你身上血跡斑斑，現在不方便離開，等到天黑之後，我再讓人護送你返回凌玉殿。」

事到如今，葆葆也只能聽從他的安排，胡小天平日裡在酒窖內練功，所以留了替換衣服在這裡，他取了衣服出來，看到葆葆的左肩仍在出血，低聲道：「你若是不想流血而死，還是讓我幫你處理一下傷口。」

葆葆咬了咬嘴唇終於點頭答應，轉過身去，脫下宮裝，露出欺霜賽雪的肩頭。胡小天看到她的左肩之上有一道被匕首劃開的血口，大約有兩寸多長，傷痕頗深，幾可見骨，裡面的嫩肉外翻，如果單單是塗抹金創藥，顯然無法解決。

胡小天道：「麻煩，傷口很深，必須要清創縫合。」說到這裡，他又想起一個很棘手的問題，他並沒有帶任何的手術工具來皇宮內。更何況這裡是酒窖，上哪兒去找能用的針線。

葆葆道：「不用縫合！」她從腰間取出一個黑色的木匣，低聲道：「這裡面有金創藥，還有墨玉生肌膏，你先用金創藥幫我處理下傷口，然後用墨玉生肌膏將切開的皮肉黏在一起。」

胡小天愕然道：「這也行？」

葆葆點了點頭，光潔的額頭上遍佈冷汗，她傷得的確不輕，顫聲道：「快點……」

胡小天接過木匣，目光不由自主落在葆葆的胸前，卻見她外裳半褪，露出裡面紅色的抹胸，晶瑩如玉的肌膚盡收眼底，甚至連胸前起伏都清晰可見，這貨看得出神，連葆葆都感覺到肌膚宛如被灼傷了一樣，留意到這廝色授魂與的目光，芳心中又羞又急，怒斥道：「看什麼看？你這個死太監！」

胡小天道：「明明知道我是太監，還怕被我看？」這貨說得振振有辭，不過好像理由並不成立。可在皇宮之中，誰也不把太監當成真正的男人看待，即便是後宮嬪妃中，也有不少人讓太監伺候沐浴更衣，對此並不避諱。

金創藥是乳白色，墨玉生肌膏卻是黑色，如同膏藥一般，胡小天也不知道這東西究竟有沒有效，按照葆葆的指點，將乳白色的金創藥塗抹在她肩頭的傷口之上，

說來奇怪，原本還在流血的傷口塗抹金創藥之後，馬上就止住了血，再將切口對齊，用墨玉生肌膏將切口黏住，胡小天儘量對合整齊，須知美女對於自身的肌膚都是愛惜的，倘若以後留下太大的疤痕豈不是天大的遺憾。不過胡小天對這種治療方法還是頭一次見到，如果按照他的處理方法肯定就是清創縫合了，在這個時空中，很多醫學上的認識和過去不同。

墨玉生肌膏黏性奇大，果然將傷口給黏在了一起，從這一點上來說，也起到了縫合傷口的作用，只是胡小天仍然有些沒底：「這玩意兒有效嗎？」

葆葆點了點頭道：「放心吧，我一直都是這樣處理傷口。」

胡小天心想老子有什麼好放心的，你是死是活干我屁事，如果今天不是太多人看見，說不定老子早已將你滅口。可這貨也知道自己的弱點，辣手摧花的事情還真不太捨得幹。

目光又不由自主溜到了葆葆的胸前，要說這抹胸下的一對東東體量好像不算太大，不過溝壑還是頗具規模。

葆葆敏銳察覺到這廝的歹念，想要站起身來，卻不意又觸痛了腹部的傷口，痛得嗯了一聲，胡小天雖然幫她處理了後背的傷口，可是小腹上還有一處刀傷。這處刀傷在肚臍以下，因為部位、敏感的緣故，葆葆剛才並沒有好意思讓他幫忙處理。

胡小天道：「你還是乖乖躺下吧，我用膠帶幫你把小腹上的傷口也黏上。」

「膠帶？」

胡小天扯著膠帶一樣的墨玉生肌膏，這玩意兒可不就跟黑膠帶一模一樣嗎？墨玉生肌膏，名字還真是雅致。

葆葆本想拒絕，可實在是腹痛難忍，她左肩受傷，手臂痛得幾乎抬不起來，眼前能夠求助的也只有胡小天了，自己都慘到這份上了，哪還顧得上矜持，再說胡小天畢竟是個太監啊，太監又不是男人，讓他看一眼也不會少塊肉。有了這樣的想法，就坦然了許多。

這會兒功夫胡小天居然又變出一張毛毯來，鋪在地上，讓葆葆躺在上面，葆葆躺在毛毯上，一雙美眸緊緊閉上，雙腿蜷曲緊繃，還真是有些緊張。

此情此境，怎麼看怎麼覺得曖昧，胡小天暗自提醒自己，是療傷，不是幹那事兒。不過要說這葆葆躺下的時候還真是性感呢，峰巒起伏，曲線玲瓏，要說她是不是有點緊張呢，這胸膛起伏的幅度咋就那麼大呢？

葆葆眼睛瞇起一條縫，看到胡小天居高臨下地盯著自己，好半天都沒有動作，不禁啐道：「我說你看夠了沒有？」

胡小天道：「有什麼好看？我是在幫你檢查傷口。」

雙手在葆葆小腹上輕輕一扯，葆葆痛得尖叫一聲，嬌軀半坐起來。

胡小天道：「還好肚子沒被穿透。」

葆葆痛得都快哭出來了：「你……輕一些……痛……好痛的……」

胡小天道：「把腿放平，你這樣撐著，我很不方便啊！」

葆葆咬著嘴唇重新躺了下去。

在胡小天用墨玉生肌膏將葆葆腹部傷口進行黏合的時候，葆葆的疼痛終於到了忍耐的極點，她痛得幾乎抽搐起來，一雙美腿來回蠕動，到最後竟然一下將胡小天的右腿給夾住了，死死夾住，絕不放鬆，似乎要將所有疼痛都轉移到胡小天的身上。

胡小天心想這雙腿還真是有勁兒，得虧是自己，換成別人會不會連腿都被她給夾斷了，忍著疼痛，終於將葆葆腹部的傷口給貼好。再看她的時候，居然已經痛得暈了過去，胡小天伸手拍了拍她的面頰，發現她毫無反應。於是想分開她的兩條美腿站起身來，卻發現她仍然沒有放鬆，好不容易才將她的玉腿分開，胡小天站直身子伸了個懶腰，看了看王德勝的屍體。

趁著葆葆昏死過去，自己剛好去搜身，胡小天將王德勝從頭到腳翻了一遍，只是在這廝的懷中搜到了一張手繪地圖，除此以外再沒有什麼值得重視的東西。

胡小天將地圖藏好，看到葆葆仍然沒有醒來，於是又生出了搜她身的想法，胡小天先去摸了摸她的胸前，不是趁機揩油，絕對是擔心她在裡面藏什麼寶貝，可觸手處軟綿而不失彈性，手感不錯，就順便再多摸兩下，權當是收點利息。

最後搜查到葆葆的雙腿，摸到右腿內側，突然摸到一根硬梆梆的東西，胡小天嚇了一跳，難不成這宮女也有假，跟自己是一樣的貨色？掀開長裙一看，方才發現卻是她在大腿內側綁了一柄短劍。胡小天伸出手去，解開她大腿上的繫帶，將短劍取了下來。

可就在這時候，葆葆突然甦醒過來，她看到胡小天正掀開自己的裙子，頭鑽入裙底不知幹些什麼，芳心中又羞又怒，抬腳照著胡小天的面孔就踢了過去，胡小天此時的反應幾乎可用神速來形容。

葆葆剛有動作，這廝就已經覺察到，身體一個後仰，竟然避過了葆葆的突然一擊，他的右腿彎曲，全身的力量都以右腿來支撐。

葆葆羞怒之間，竟然從地上一躍而起，飛起一丈有餘，雙足向胡小天的胸膛猛踩而去。

胡小天臨危不亂，左手在地上一拍，身體借著這一拍之力，向後方閃電般退出兩丈。葆葆雙腳再次踩空，嬌軀向前探伸，雙拳攻向胡小天的面門。

胡小天仍保持著後仰的姿勢，雙掌對準葆葆的臂膀輕輕向上一托，就化解了葆葆的這次攻勢，然後化掌為爪，雙手鬼魅般從葆葆分開的中門，直接探到了她的胸前，準確無誤地落在她的雙峰之上。玄冥陰風爪，胡小天在這方面下的苦功不小。

葆葆這一連串的攻勢又牽動了傷口，痛得她動作走形，身體差點摔倒，若非胡小天這對爪子支撐，她肯定已經平趴在地上了。

胡小天也是手下留情，這一爪終究沒狠心抓下去。輕輕一推，將葆葆推到一邊，自己向後退了兩步，一手背在身後，一手握著那柄短劍，平伸向前方道：「你不要誤會，我剛才是取這柄短劍的。」

葆葆剛才跟他這幾招比拚落盡下風，明白自己根本不是胡小天的對手，唯有忍辱負重咬了咬櫻唇道：「你這淫賊竟敢辱我……」

胡小天叫苦不迭道：「天地良心，我一個太監哪有那個心思，別說是你，就算是天下無雙的美人脫光了躺在我面前，我一樣不為所動。」

「你……太監……卑鄙無恥！下流！」葆葆罵完方才覺得心裡舒服了一些。

胡小天終於發現做太監的好處了，揩油也能揩得如此理直氣壯。

葆葆指了指那柄短劍道：「把短劍還給我！」

胡小天道：「還是我先幫你收起來，以免你誤傷他人。」

他朝毛毯的方向看了一眼：「葆葆姑娘，你還是儘快將那身衣服換上，我送你回宮。」

葆葆雖然想奪回自己的短劍，可是從剛才胡小天出手的情況來看，自己肯定是沒指望打贏他，只好暫且壓下這個念頭，恨恨點了點頭道：「你出去！」

胡小天道：「我對葆葆姑娘並不放心，你躲到酒桶後面換衣服即可。」

葆葆對他實在是無可奈何，只能撿起地上的衣服，躲到遠處酒桶後面換了，不知為何她對這個小太監充滿了防備，生怕換衣服的時候這廝會突然跑過來，連她自己都覺得自己的想法非常可笑，迅速換了衣服出來。看到胡小天仍然在原處等著，她咬了咬櫻唇道：「你當真放我走？」

胡小天道：「你要是實在不想走，我不介意把你關在酒窖裡面。」

葆葆呸了一聲，她向樓梯走去。走了兩步，又回過頭來：「你最初餵我的藥丸是什麼毒藥？」

「你沒必要問那麼清楚，只要乖乖聽話，我自會定期給你解藥。」

兩人一前一後來到酒窖大門處。

此時夜幕已經降臨，外面也是繁星滿天。小卓子和小鄧子兩個仍然恪盡職守，老老實實守在大門外，看到胡小天兩人進去這麼久才出來，幸好兩人一個是宮女一個是太監，否則這麼久，什麼事情都發生了。不過即便是宮女太監，皇宮中也有假鳳虛凰的事情發生。

胡小天將酒窖鎖了，讓兩人將葆葆送往凌玉殿。離去之時不忘給葆葆帶上一罈楊梅酒，又叮囑兩名小太監，若是途中遇到盤查，只說葆葆是不小心摔倒弄髒了衣服，所以才換上了太監的衣服。胡小天之所以這麼說，是因為看到葆葆雖然穿著太監的服裝，嬌軀仍然玲瓏有致，尤其是峰巒起伏的胸膛，一眼就能夠看出她是個女的。葆葆一旁聽著，不由得暗暗心驚，胡小天果然心思縝密，任何的細節都被他考慮到了。

送走葆葆，用完晚飯之後，胡小天帶著鐵鍬再度回到酒窖之中，王德勝的屍體尚未處理，屍體旁邊還防著我一個木匣，葆葆走得匆忙，將金創藥和墨玉生肌膏都留下了。他先找了個空桶將王德勝的屍體塞了進去，然後借著燈光，取出從王德勝身上搜尋的那幅地圖，卻發現地圖上繪製的地形圖似乎和地窖有關。再聯想起小卓子和小鄧子兩人始終在外面把守大門，王德勝不可能從正門進入，也就是說，這酒窖之中或許有暗道存在，葆葆借著要楊梅酒的名目兩次前來酒窖，或許也抱著同一目的。

胡小天仔細觀察那幅地圖，總算從上面密密麻麻的標記中看出了些許端倪，他找到地圖上可能標繪的酒桶位置，發現那酒桶有被移動的痕跡，胡小天挪開酒桶，用短劍的手柄敲了敲下方的青石板，發出空空的聲音，倘若沒有這個地圖，從幾千個酒桶下面找到密道肯定沒有那麼容易。胡小天心中暗喜，將短劍插回到自己的腰間，用力將青石板掀開，下方現出一個兩尺直徑的洞口，不用問，王德勝就是從這個洞口中爬上來的。

胡小天過去從未想到過酒窖下面還別有洞天，他舉著燈籠向裡面看了看，確信洞口不深，這才小心爬了進去，洞口狹窄只能容納一個人通過，開始的時候必須要躬身爬行，爬了大約十餘丈之後，就可以低頭前進，再走十多丈，地洞又寬闊了許多，胡小天的身材都可以直立前進。

在曲曲折折的地洞中走了大約有一里多路，土洞變成了石洞，周圍的環境也漸漸從乾燥變得潮濕，胡小天感覺應該是不斷上行，再往前方，出現了三個不同的洞口，胡小天停下腳步，又將那張地圖拿出來看，左邊一個似乎通往一個池塘，平心而論，王德勝的畫功實在是拙劣，如果不是在上面畫了幾條小魚，胡小天根本認不出這圈圈是個池塘。

強烈的好奇心驅使胡小天繼續往前一探究竟，進入洞口之前，他特地在外面牆壁上用匕首做了標記，以免回來的時候找不到回頭的路。沿著左側洞口開始下行，越走越是潮濕，行了一里多路，地下已經出現了水面，胡小天舉起燈籠向前方照去，卻見前方大約十丈已經到了盡頭，路面上全都被水覆蓋。可再看地圖，不但有池塘似乎還有房子，怎麼並不一樣？

胡小天暗忖，難道這水中還藏有另外一個出口？這貨決定下水一探究竟，把衣服脫了放好，燈籠插在岩壁之上，穿著褲衩，手中僅拿著一把匕首走入水中，方才走了兩丈左右，水已經沒到了他的胸口。

胡小天游到通道的盡頭，摸了摸石壁，深吸了一口氣然後向下潛去，和他預想中一樣，潛入水下一丈左右就發現了一個洞口，進入洞口，向前方又游出一丈，就

已經出了地下水洞，胡小天緩緩向上浮起，當他的頭露出水面的時候，忽然發現自己就在一個小湖之中，頭頂繁星滿天，夜色深沉宛如黑天鵝絨一般，水面上蕩漾著若有若無的薄霧，胡小天所在的地方生有不少荷花，荷花已經殘敗，水中的荷葉大都開始枯萎，遠方一座長橋宛如飛虹一般橫亙於湖面之上，在小湖周圍，沿岸迴廊和宮殿建築中透出點點燈光。

皇宮中唯有一處的水域如此廣闊，那就是位於皇宮北方的瑤池，在遠處湖心的地方還有一座湖心山，下半邊隱沒在薄霧和夜色中，亭台樓榭沿著山勢而建，燈火通明，隱隱傳來絲竹之聲，遠遠望去有若仙宮。

胡小天在黑暗中辨明了方向，那裡應該是縹緲山的所在，據說是皇城的最高點，山上還有靈霄池，這座縹緲山乃是皇宮中的禁區，即便是普通的皇室成員，沒有得到允許也不得進入其間。

遠處傳來划水之聲，胡小天循聲望去，卻見一艘蘭舟正在小湖中蕩漾，船頭的一串宮燈隨風搖曳。

胡小天不敢出聲，藏身在枯荷中一動不動，沒多久就看到那艘蘭舟已經蕩漾到了自己的面前。他看得清楚，船上坐著兩名女子，兩人都是國色天香，其中一人赫然竟是今天在酒窖中受傷的葆葆。

胡小天心中暗歎，當真是有緣千里來相會，想不到兜了一圈會在這裡遇上。

葆葆已經換回宮女的衣服，坐在船頭臉色顯得有些蒼白，蕩舟的那位卻是貴妃打扮，胡小天心中大感好奇，不是自己看錯吧，到底誰是主人誰是奴婢，居然位置倒過來了。

葆葆輕聲歎了口氣，身後蕩舟的那位宮裝美女停下搖船，從舟內小桌之上端起一壺茶倒了一杯，雙手奉送到葆葆的面前，柔聲道：「妹妹，你感覺怎樣了？」

葆葆接過那杯茶喝了一口，一雙美眸仰望著繁星滿天的夜空道：「姐姐，算起來我隨你入宮也有兩個月了，可事情卻仍然沒有任何的進展呢。」

胡小天原本對葆葆的目的就極為好奇，今天沒有問出結果，卻想不到陰差陽錯，自己從地洞裡鑽出來居然遇到她們兩個躲在這裡偷偷談心事。不用問，葆葆身邊的那位美女就是皇上的寵妃林菀了。

林菀道：「乾爹只是說皇宮中藏有密道，可是這皇宮這麼大，我們應該從何處查起？這段時間能找的地方幾乎都找過了，可仍然不到皇宮的十分之一，以我們的能力也只能做到這樣了。」

胡小天心中一動，從兩人的對話不難知道，葆葆前往司苑局根本不是為了找什麼楊梅，真正的目的還是為了尋找地下密道。她們應該找了很長一段時間了，可惜毫無頭緒，自己卻誤打誤撞從王德勝的身上發現了密道的地圖，呵呵，正所謂，踏破鐵鞋無覓處，得來全不費功夫，有些東西還是要有緣人才能得到。

葆葆道：「姐姐，為何從不見皇上來凌玉殿？」

一句話問到了林菀的傷心事，她幽然歎了一口氣，垂下頭去，一雙美眸黯然神傷地望著水面，沉思良久方才道：「我最近一次見他還是在他的冊封大典上，自從他繼承大統，我來到這凌玉殿，他便一次都沒有來過，甚至連問候也沒有一個。」

葆葆道：「他是不是發現了什麼？」

林菀搖了搖頭道：「不可能。」

葆葆看到林菀的表情，似乎不忍心就這個話題繼續談下去，後宮三千佳麗，大康皇宮之中又何止三千之多，皇帝的興趣又怎麼可能專注在一個人的身上。她輕聲道：「那個姓胡的小太監似乎有些來頭。」

林菀道：「以後還是不要太冒險了，你若是出了什麼差錯，我又該如何向乾爹交代。」

葆葆道：「我看那酒窖中一定有古怪，說不定那姓胡的小太監就知道密道在哪裡。」

林菀道：「乾爹只是讓我們見機行事，並沒有讓我們冒險，葆葆，你這次受傷不輕，短期內不要再去找他。」她重新操起船槳，蘭舟漸行漸遠，胡小天再也聽不清兩人的話，看到那小船在東南角靠了岸，二女先後走上岸去，胡小天這才沿著原來的途徑重新游入水洞。

返回地洞之後，他晾乾了身子，將衣服穿好，當晚就在土洞中找了個隱蔽的凹處，挖了一個坑將王德勝深埋了。

爬回酒窖，將一切按照原來的位置擺好，確信毫無異樣，這才出了酒窖。

可能是折騰了一天身體疲憊的緣故，這一覺睡得頗為踏實，直到第二天日上三竿方才醒來，胡小天來到司苑局之後，地位比起尚膳監牛羊房又有提升。洗漱之後來到外面，看到史學東正和幾人抬著一筐時令鮮果放在院子裡。

胡小天道：「幹什麼這是？」

史學東笑道：「胡公公，我正準備去喊你呢，這是馨寧宮要的水果，點名了要您給他們送去。」

胡小天眨了眨眼睛，馨寧宮？豈不是簡皇后的住處？自己和這位皇后可從來沒打過什麼交道。為什麼會指名道姓地找自己過去？胡小天馬上想到了王德才，昨天被自己誤殺的王德勝是王德才的親弟弟，而這個王德才又是簡皇后身邊的紅人，難道這件事的背後主事者是王德才？

史學東來到他身邊，將馨寧宮所列的單子遞給他道：「這是皇后娘娘列的單子，您過過目，我剛剛已經讓人點了兩遍，應該不會錯了。」

胡小天接過單子並沒有看，低聲道：「誰送單子過來的？」

史學東道：「人已經走了。」他附在胡小天的耳邊神神秘秘道：「是個姓王的太監。」

胡小天一聽，心中更加泛起了嘀咕，姓王？難道是王德勝的哥哥？這王德才該不是假傳旨意吧，憑什麼你讓我送我就送？簡皇后跟我素昧平生，怎麼可能指名道姓的讓我送？謹慎起見自己還是別走這一趟，他向史學東道：「東哥，我今兒還得外出採辦，不如你替我……」話沒說完呢，卻看到劉玉章佝僂著背走了過來。

胡小天連同幾名太監慌忙上前請安。

劉玉章點了點頭道：「小天，你把這些水果給馨寧宮送過去，儘快啊。」聽他也這麼說，胡小天自然不好再推卻，他讓小卓子和小鄧子兩人抬了這筐水果，直奔馨寧宮。

後宮嬪妃的宮室多數都設立在瑤池岸邊，但是馨寧宮卻是一個例外，位於皇宮東側，蓬萊殿以北。走入馨寧宮的院落，道路兩旁古木參天，樹下茵茵綠草叢中點綴著五彩繽紛的小花，走入一道門，首先看到的就是一座五彩池，池水清澈見底，遊魚歷歷可數。四名漂亮的宮女正在那兒往五彩池中投放魚食。看到他們進來，為首那身材高挑的宮女道：「將水果放這兒就行。」

胡小天指揮他們兩個將水果放好，正準備告辭離去，卻聽那宮女道：「你們誰是胡小天？」

小卓子和小鄧子兩人齊刷刷向胡小天望去，不用說所有人都看出來了。

胡小天笑瞇瞇道：「我就是，這位漂亮姐姐如何稱呼？」

那身材高挑的宮女聽他誇自己漂亮，禁不住用手中錦帕掩住嘴唇，輕笑道：「你嘴巴真甜，跟我來吧。」說完又補充道：「你一個人過來啊！」

胡小天眨了眨眼睛道：「跟你去做什麼？」

那宮女道：「你們這麼辛苦送東西過來，總得給些打賞是不是？」她一轉身，擰動楊柳細腰，婷婷嫋嫋向二道門走去。

胡小天總覺得今天的事情有些怪異，可來到這裡，又不能不去，他悄悄向小卓子使了個眼色：「你們兩個在這裡等我，我去去就來。」

胡小天跟在那宮女的身後走入了二道門，繞來繞去，似乎到了另外一個院子裡。馨寧宮的院子雖然不大，可勝在精緻，看得出一花一木全都通過精心修剪。那宮女引著胡小天沿著曲折的道路又過了幾重門，來到一座宮室前，停下腳步，向他嫣然一笑道：「你自己進去吧。」

胡小天道：「姐姐，皇后在裡面？」

那宮女甜甜笑道：「進去就知道了！」

第七章

飛上枝頭變鳳凰

胡小天心中暗歎，果然是十年河東十年河西，
他們初次相逢之時，怎麼也想不到這小丫頭居然是皇族後裔，
更想不到幾個月後她老爹當了皇帝，她也變成了公主。
小母雞飛上枝頭變鳳凰啊，說錯，人家本來就是隻鳳凰。

胡小天不由得頭皮有些發緊，該不會設了一個這麼明顯的圈套讓自己入局？這兒畢竟是皇后的地盤，真要是想坑自己，隨便編織一個罪名，自己就算跳進黃河都洗不清。胡小天想起了林沖誤入白虎堂，一雙眼睛充滿警惕地望著那宮女，臉上卻仍然陽光燦爛道：「姐姐不跟我一起進去？」

那宮女搖了搖頭道：「都說是請你一個人進去了。」

胡小天聽到一個請字，才稍稍放下心來，暗忖皇后再怎麼厲害也不過是個女流之輩，總不能見面就對自己動粗，老子的玄冥陰風爪也不是吃素的，葆葆武功也算不弱了，還不是讓老子抓得尖叫連連，皇后怎麼著？真想殺我，老子一樣抓爆你。

胡小天發現藝高人膽大這句話絕對是正確的，換成過去，武功沒練成之前，自己是沒有這樣膽色的。胡小天向那宮女笑道：「那我先進去，回頭再跟姐姐說話。」

這貨小心翼翼走入馨寧宮中，偌大的宮室之中並沒有看到有人，胡小天清了清嗓子道：「司苑局胡小天叩見皇后娘娘千歲千千歲！」他的聲音在宮殿中迴盪，並沒有人應聲。

胡小天心中不由得有些發虛，又道：「皇后娘娘既然不在，小天就先行告退了。」他轉身欲走。

前方帷幔之後忽然傳來一個低沉的聲音道：「過來吧！」

胡小天停下腳步，原來皇后娘娘躲在帷幔後面，莫非是想跟我藏貓貓？哥實在是沒這個雅興。胡小天躡手躡腳走了過去，剛剛走過帷幔，冷不防後方衝上來四名小太監，將胡小天的雙臂給摁住，胡小天心中大駭，老子就說有圈套，看來果然如此。他正準備奮起反擊，卻聽到一個悅耳的聲音道：「把他給我捆起來！」

胡小天聽到這聲音無比熟悉，定睛一看，卻見帷幔後一個身穿湖綠色裙子的小女孩笑盈盈走了出來，肌膚勝雪眉目如畫，正是胡小天在前往青雲上任的路上救起的小姑娘七七，幾個月不見，這小丫頭明顯長高了不少，雖然如此，即便是她化成灰胡小天也認得。

胡小天本想反抗，可看到是她馬上就打消了這個想法，自己之所以能夠保住性命，按說都是因為七七的緣故，這妮子雖然刁鑽古怪，可現在看來心腸應該還不算太壞，更何況今時不同往日，如今的七七已經貴為天之驕女，當今大康皇上的掌上明珠，大康公主。自己反抗只會將自己學會武功的秘密暴露，胡小天認定七七並不是真心要加害自己，所以放棄了反擊的想法。

四名小太監一擁而上，用繩索將胡小天捆住，然後將他倒吊在房樑之上。

七七得意洋洋，揮了揮手道：「你們都去吧，這裡沒你們的事情了。」

胡小天因為被倒吊起來，所以看到的景物全都顛倒過來。待到那四名小太監全都退了出去，這貨方才叫道：「公主殿下，你玩夠了沒有？」

七七來到他的面前，一把抓住他的領子，一雙美眸恨恨盯住胡小天的眼睛：「你不是很威風嗎？動不動就吼我，動不動就威脅我，不如你再威脅我一次試試？」

胡小天心中暗歎，果然是十年河東十年河西，他們初次相逢之時，怎麼也不會想到這個小丫頭居然是皇族後裔，更加想不到在幾個月後她老爹當了皇帝，她也搖身一變成為了公主。小母雞飛上枝頭變鳳凰啊，說錯，人家本來就是隻鳳凰。

七七道：「我就說過終有一天我會讓你後悔。」

胡小天瞪著一雙眼就是不說話。

七七道：「你怎麼不說話？」

胡小天乾脆把眼睛也閉上了。

七七怒道：「好你個胡小天，跟我裝啞巴。」她用力一推胡小天的肩膀，胡小天在房樑上晃來晃去，看起來跟柳樹上的吊死鬼似的。

七七覺得有趣格格笑了起來，連續推了幾次，胡小天仍然裝啞巴，這小丫頭玩心太重，是個蹬鼻子上臉的角色，老子就是不理你，悶死你。

七七看到胡小天就是不搭理自己也感覺有些沉悶，停下對他的晃動，衝著他道：「你這人好沒良心，如果不是我在父皇面前說情，你們胡家早就被滅門了。」看到胡小天還不說話，她咬牙切齒道：「好，你不說話，我就再用七日斷魂針射你。」

胡小天一聽這可不得了，嚇得趕緊眼睛睜開了：「誰沒良心啊，當初是誰辛辛苦苦把你送到燮州？是誰捨生忘死把你從狼群中救出來？又是誰恩將仇報，用毒針射我？」

七七一雙亮晶晶的眼睛望著胡小天，笑靨如花道：「原來你不是啞巴啊，會說話啊。」

「你才啞巴呢？老子認識你算我倒了八輩子的楣。」

七七似乎被胡小天的這句話給嚇到了，伸手捂住嘴巴：「呵！你居然要當我老子？胡小天啊胡小天，你還真是膽大妄為，你知不知道我是誰？你知不知道這句話就是犯上不敬，就憑你這句話我就能奏明父皇將你們胡家滿門抄斬。」

胡小天道：「愛咋地咋地，我現在生不如死，大不了你把我腦袋也砍了，十八年後，我還是一條好漢。」他算準了七七應該不會拿自己怎樣。

七七笑盈盈道：「真看不出來，你居然有些骨氣。」

「我有的是骨氣！」

七七道：「有腳氣都沒用啊，識時務者為俊傑。」

胡小天道：「你到底想怎樣啊，我現在都慘成這樣了，你還纏著我陰魂不散，我他媽是不是上輩子招你惹你了？」

七七聽到他爆粗非但沒有生氣，反而感到非常新奇，眨了眨美眸道：「胡小天，告訴你一個秘密，不知為了什麼，看到你倒楣，我就打心底高興。」

「變態！」胡小天低聲罵道。

七七忽然抽出一支短劍，抵住胡小天的咽喉道：「大膽狂徒，你居然敢罵我？以為我當真不敢殺你嗎？」

胡小天閉上雙目道：「但求一死，但求速死，但求成全！」

七七道：「你越想死，我越不讓你死，我就是要折磨你，看著你生不如死。」

胡小天實在對這個古怪刁蠻的公主無可奈何，知道越是搭理她，她反倒越來勁，乾脆閉上眼睛，要殺要刮悉聽尊便，總之老子就是不搭理你。

七七正準備變著法子折磨胡小天的時候，忽然聽到小太監在外面來報，卻是皇后找公主過去。

胡小天這才知道自己進來的地方根本就不是馨寧宮，分明是小公主跟那幫宮女太監串通一氣把自己給帶到了這裡，這間宮室應該是小公主的住處。

七七應了一聲，伸手在胡小天的額頭上敲了一記：「木頭一樣，一點都不好玩。我去母后那裡請安，你呀，安安生生在這裡吊著吧。」

她離去之後，胡小天暗暗用力，權德安傳給他的十年功力雖然並未融會貫通，可是也是相當驚人，區區繩索又怎能將他困住，雙膀用力向外一分，蓬的一聲將繩索崩斷，胡小天落在了地上，他揉了揉有些痠麻的雙臂，被倒吊了這麼半天，腦袋也有些充血，看到帷幔後茶座上放著一壺香茗，不管三七二十一，拿起來就喝，想起剛剛七七的作為，胡小天心中暗罵，想折磨我？老子只是可憐你未成年，不然嘿嘿……

此時門外忽然傳來腳步聲，胡小天心中駭然，沒想到七七這麼快就回來了，趕緊藏身在帷幔之後。

那腳步聲越來越近，胡小天心中已經拿定了主意，你做初一，我做十五，今兒不給你這個刁蠻公主一點教訓，你是不知道我的厲害，當然他也算準了七七只是玩心太重，並不是當真要害他，不然她也不會讓權德安出面幫忙。

湖綠色的倩影剛剛走過帷幔，胡小天便衝了上去，一手摟住她的香肩，玄冥陰風爪已經扣住了她的咽喉。

胡小天摟住對方的時候已經覺得不對，七七雖然身材不矮，可畢竟是個未成年的小姑娘，記得過去是片平坦的飛機場啊，緣何這胸部突然就發育得如此飽滿。

綠衣少女被這猝然發生的狀況嚇得花容失色，不過她馬上就鎮定了下來，一雙美眸不怒自威，眉宇之間充滿了凜然不可侵犯的氣度。

胡小天意識到自己抓錯了人，看來被七七倒吊了這麼久多少也影響到了他大腦的判斷力。他也沒想到怎麼會有一個陌生少女走入這座宮室中，所以才會鬧出這場

烏龍，可無論怎樣事情都已經做錯。

一個人的衣服可以隨便穿，但是氣度卻是偽裝不來的，正所謂穿龍袍不像太子。單從眼前這位綠衣少女那份高貴的氣度，就能夠判斷出她一定也是皇家的金枝玉葉，其實這並不難猜，能夠隨便出入後宮的肯定不是普通人家的閨女。只是胡小天目前判斷不出她是貴妃還是公主，右手搭在她脖子上低聲道：「敢叫我就掐死你！」這貨也是騎虎難下了，總不能現在放開人家，跟她說是在開玩笑。

那綠衣少女顯得頗為驚訝，在皇宮之中這麼大膽的奴才她還是第一次見到。一雙清澈見底的美眸眨了眨，明顯在告訴胡小天，她不會呼救。

胡小天低聲道：「我認錯人了，剛剛那個瘋丫頭把我吊起來打，我以為你是她……」他這才將右手放鬆了一些，綠衣少女粉頸之上已經被他捏了五個清晰的指印，這貨下手也夠狠的。

綠衣少女喘了口氣，小聲道：「你好大的膽子，不要性命了嗎？」她的目光看到地上斷裂的繩索，想起胡小天剛剛的話，大概猜到究竟發生了什麼。

胡小天道：「我絕無加害之心。」

綠衣少女道：「你這樣對我，還敢說絕無加害之心。」

胡小天正想說明，卻聽到外面傳來七七的說話聲，他頓時慌了神，綠衣少女見他如此慌張，不禁有些想笑，櫻唇露出淺淺的笑意，就足以顛倒眾生，笑過之後又覺得不妥，趕緊收斂笑容。

胡小天道：「得罪了！」他捂住綠衣少女的嘴唇，向後方撤去，試圖找個藏身之處，可他對這裡的環境又不熟悉，又能去哪兒藏起來。他找來找去，目光落在了瑤床之上，倒不是想往床上躲，而是想鑽到床下躲起來。

綠衣少女看出了他的意圖，嗯嗯有聲，似乎想說什麼，然後用眼神給胡小天遞了一個信號。胡小天順著她的目光望去，卻見裡面還有一道門，於是帶著綠衣少女走了進去，進入之後方才看到這是一間書房，房間四壁全都擺得是滿滿的書架，靠西牆的地方有一道木梯通向上方閣樓，胡小天押著那綠衣少女爬到了閣樓之上。

剛剛藏好，就聽到七七已經帶著幾名宮女太監走了進來，看到地上斷裂的繩索，七七明顯吃了一驚，她愕然道：「那小子呢？喂！你們居然把他放走了？」

幾名宮女太監慌忙就跪了下來，解釋道：「小公主，剛剛我們都跟您一起去見皇后，我們也不知道他會逃走。」

七七顯得意興闌珊，跺了跺腳道：「一點都不好玩，本來想狠狠戲弄戲弄這個小太監，卻被皇后給攪和了。」

一名小太監為她獻計道：「小公主，不如我們前往司苑局再將那小太監抓過來，讓小公主好好玩個夠。」

胡小天聽到這裡心中暗罵，玩你媽個頭，老子又不是玩具，有什麼好玩的？綠衣少女嘴巴雖然被他掩住，可下面的對話卻聽了個清清楚楚，一雙美眸望著胡小天不由得露出幾分笑意，顯然是同情這小太監倒楣的遭遇。

七七扁了扁嘴：「不玩了，待會兒姑姑會過來找我，讓她看到就不好了。」

一名太監道：「安平公主說好了過來的，卻不知怎麼還沒到。」

胡小天聽到安平公主四個字，內心不由得一震，他最早聽說這位公主的名字還是從周王龍燁方的嘴裡，知道安平公主是周王龍燁方的同胞妹妹，卻沒有想到會和她在這樣的一種情形下相見。他的手從安平公主的嘴唇上移開，向她做了個別說話的手勢，其實胡小天此時已經有了聽天由命的準備，真要是安平公主現在大叫，他也只有束手被擒了。

安平公主一雙美眸望著他，目光如同夜空中的星辰那般溫柔，似乎並沒有責怪他的無禮。在這位溫柔如水的公主面前，胡小天感覺有些汗顏了，別人越是寬容高尚，越是映襯出自己的卑鄙齷齪，對比實在是太鮮明了。不過這安平公主和七七都是皇族嫡系，怎麼差距就這麼大呢。

七七顯然是個閒不住的丫頭，在下面不停踱步，念叨道：「姑姑怎麼還不來。走，咱們出去看看。」

一群人再度出門。

胡小天暗自鬆了一口氣，這才意識到自己仍然抱著安平公主，趕緊鬆開雙手，向她深深一揖道：「小的冒犯了公主，還請公主降罪。」

安平公主已經將剛才的事情聽了個明白，輕聲道：「算了，也不怪你，七七那丫頭頑劣慣了，估計真是把你給惹急了。」

胡小天道：「多謝公主不殺之恩。」人家根本就沒說要殺他，胡小天這麼說等於是只當對方已經原諒了自己。

安平公主道：「趁著她出去，你趕緊走吧。」

「是！」胡小天轉身走下樓梯。

安平公主在身後又叫住他：「你等等。」

胡小天以為她又反悔，只能停下腳步，卻聽安平公主道：「還是我送你出去，就算遇到了她，我跟她解釋，就說是我放你走的。」

胡小天心中一暖，真是善解人意，處處為人著想，都是公主，你看人家這溫柔賢淑的性情，簡直是集天下女性美德於一身。再看安平公主傾城傾國的容顏，心中越發欣賞，若是能將這樣一位美貌公主勾搭上手，也不失為人生一大樂事。

安平公主當然不知道他腦子裡的齷齪想法，幫他的出發點很簡單，無非是覺得這個小太監被欺負得可憐，想幫助他逃脫七七的魔爪罷了。

走出門外，發現外面並沒有人在，安平公主向胡小天招了招手，胡小天迅速跟了出去。走出這個院子方才知道，他所在的並非是馨寧宮，而是儲秀宮，現在就是

七七住在這裡。

兩人一前一後，沿著宮牆之間的小巷行走，安平公主知道胡小天不想和七七再打照面，所以專門挑選冷清的小路。胡小天對皇宮內的道路不熟，繞得暈頭轉向，走入大道的時候已經來到馨寧宮前。

安平公主停下腳步向胡小天道：「你去吧，千萬別再被那丫頭給遇上了。」

胡小天再次向她躬身行禮，他快走了幾步，回身有些不捨地望向安平公主，卻見安平的倩影已經在綠樹掩映處消失不見。胡小天有些悵然若失，心中暗歎，美女！果然是秀外慧中的絕世美女。這貨搖了搖頭，準備離去的時候，忽然聽到一個聲音道：「小公主，他原來逃到這裡來了！」

胡小天轉身望去，卻見七七帶領著一幫宮女太監正從遠處的路口走了出來，胡小天此驚非同小可，現在他才不管七七什麼公主身分，轉身就逃，倒不是因為胡小天怕她，而是因為七七這小丫頭還是個小孩子性情，保不齊她會想出什麼餿主意折騰自己，三十六計走為上。

胡小天拔腳便逃，這貨原來逃跑的速度就不慢，自從得了權德安十年功力之後，跑路起來更是秒殺一大片，一會兒功夫就將七七和那幫宮女太監遠遠甩下。

七七追了幾步已經累得上氣不接下氣，雙手扶著膝蓋嬌噓喘喘道：「臭小子，跑得了和尚跑不了廟，我就不信抓不住你。」

身後響起安平公主溫柔的聲音道：「七七，你帶著這麼多人在這裡做什麼？」

七七一雙美眸瞪得溜圓，轉過身去看到姑姑，稚氣未脫的臉上頓時洋溢起春光燦爛，她笑道：「我在這裡迎接姑姑啊。」

安平公主道：「迎接我？我看不像，興師動眾的好像是在抓人呢。」

七七道：「什麼都瞞不過你，剛剛被一個小太監給氣著了。」

「哪個小太監敢有這麼大的膽子？」

一旁宮女多嘴道：「司苑局的採買太監胡小天！」

聽到胡小天的名字，安平公主一雙美眸忽然閃過一絲錯愕非常的光芒，她輕聲道：「胡小天？我怎麼未曾聽說過……」

胡小天回到司苑局，小卓子和小鄧子兩個早就被打發了回來，看到他安然無恙的回來了，兩人趕緊迎了上去詢問胡小天得了什麼賞賜。

胡小天當然不會將今天的遭遇告訴他們兩個，正準備回去換身衣服的時候，忽然看到史學東慌慌張張跑了過來，遠遠就叫道：「大事不好了，劉公公摔倒了。」

胡小天慌忙帶著一幫太監趕了過去，原來劉玉章剛剛出門的時候不小心絆了一下，腳踝崴到了，再想起來，足部疼痛難忍，就再也站不起身來。剛巧史學東在附近，所以過來求援。

一幫小太監看到劉玉章坐倒在地，爭先恐後地想去扶他，卻被胡小天喝止。目前還不知道劉玉章受傷的情況，所以盲目攙扶可能會讓他的傷情加重。

胡小天先走過去小心掀開了劉玉章的褲管，看到他的左腳已經腫得跟饅頭似的。

劉玉章痛得滿頭大汗，顫聲道：「我看應該是斷了。」

胡小天道：「公公不必心急，我們都在這裡。」他讓人去找了一扇門板，小心將劉玉章抱了上去，又讓小卓子小心護住他的傷腿，儘量避免移動。

聞訊趕來的其他太監，已經有人前往太醫院去請太醫。

胡小天記著權德安的話，讓他在入宮初期千萬不可顯示自己的醫術，所以他也多了個心眼兒，為劉玉章初步檢查之後，判斷他只是普通的骨折，不過以劉玉章的年齡，恐怕需要相當一段時間來癒合了。

劉玉章痛得苦不堪言的時候，有客人到了，卻是簡皇后的貼身太監王德才。劉玉章目前這種狀況當然不能去見客，他忍痛向胡小天道：「小天，你幫我去見見他……問問他什麼事情……」

胡小天應了一聲，轉身出門，來到門外，看到外面站著一個身穿深紫色長袍的太監，那太監身材不高，背身站著，雙手負在後面，腰間繫著藍色腰帶，雙目望天，表情頗為倨傲。

聽到胡小天的腳步聲，王德才轉過身來，他上下打量了胡小天一眼。

胡小天拱手道：「這位想必是王公公吧？在下胡小天奉劉公公之命特來相迎。」

王德才勉為其難地向他拱手還禮道：「有禮了，劉公公現在身在何處？」

胡小天滿臉堆笑道：「劉公公身體不適，現在不便見你，王公公有什麼事情和我說也是一樣。」

王德才眯起眼睛看了看胡小天，充滿不屑之意，在他看來，這個小太監還不夠資格。

胡小天道：「王公公既然不願說，那麼在下只好告退，等劉公公身體方便的時候，你再過來吧。」他可沒把對方放在眼裡。

王德才道：「你站住！」

胡小天停下腳步，以背影對這王德才道：「王公公還有什麼指教？」

王德才道：「我弟弟去了哪裡？」

胡小天唇角泛起一絲冷笑：「卻不知王公公的弟弟是哪一位？」

王德才道：「王德勝！」

胡小天道：「原來他是你弟弟，劉公公之前派他守了園子，具體在哪裡我也不甚清楚，不如我將他的同伴叫來，王公公細細詢問如何？」他一番話說得毫無破綻，其實沒有人比胡小天更清楚王德勝的下落，昨晚王德勝已經被他失手誤殺，連屍體都被他深埋在了地洞之中。不過胡小天又想起一個極其重要的問題，王德勝既然知曉了地洞的秘密，他會不會將這一秘密告訴他的同胞哥哥，假如王德才也清楚這件事，那麼以後的麻煩還真是不小呢。

王德才望著胡小天的目光中充滿狐疑，他向胡小天走近了一步：「不知你何德何能，居然有本事接替我兄弟的位置。」

胡小天微笑道：「王公公的話請恕我聽不明白，在下沒什麼長處，除了公道一些，沒有私心雜念，不會中飽私囊，不懂得唯利是圖，說起來的確是沒有任何的本事呢。」

王德才咬牙冷笑：「好一張伶牙俐齒，不愧是胡不為那老狗的兒子。」

胡小天聽這廝當面侮辱自己父親為老狗，頓時怒火中燒，他冷笑道：「王八蛋，你敢再說一遍。」

王德才道：「我說胡不為那老狗是你爹……」話還沒說完，卻見眼前一晃。胡小天已經一拳砸在他的鼻樑上，王德才被胡小天這一拳打得橫飛出去，撲通一聲摔落在兩丈之外的地面上。

周圍小太監們不少，全都被胡小天突然出拳打人的場面給驚到了。

胡小天之所以發飆打人，一是因為王德才侮辱他老爹，還有一個原因，他想試探王德才究竟會不會武功。昨晚王德勝出手偷襲葆葆的時候，能夠看出王德勝武功不弱，胡小天出手並沒有用盡全力，只是用了三成力氣，倘若王德才身懷武功，應該能夠反應過來，並招架住他的這次攻擊。可王德才似乎全無反應，在胡小天的面前沒有任何的抵抗能力。

王德才被打倒在地，他憤然從地上爬了起來，鼻樑處有些淤青但是並未出血，當然這和胡小天留力有關，王德才怒吼道：「混帳奴才，你居然敢打我。」他試圖朝胡小天衝去，卻被史學東、小卓子、小鄧子一幫胡小天的心腹太監擋住。

胡小天懶洋洋道：「你們是不是都看到王公公摔到了？」

司苑局的那幫太監同聲道：「看到了！」

胡小天笑瞇瞇道：「是否願意為我作證？」

「願意！」

王德才臉色鐵青，他真正領教了何謂強龍不壓地頭蛇的道理，司苑局是胡小天的地盤，在這裡耍橫顯然討不到什麼好去，王德才恨恨點了點頭道：「好，我記住你了！」說完他轉身向外面走去。

史學東率領一幫小太監齊聲哄笑起來。

胡小天回到劉玉章的身邊，此時劉玉章疼痛稍稍緩解了一些，他低聲道：「小鬍子……外面發生了什麼事情？」

胡小天恭敬回應道：「馨寧宮的太監王德才過來，說是要找他的弟弟，結果沒留神摔了一跤，摔得好不狼狽，所以大家才會發笑。」

劉玉章道：「腿摔斷了沒有？」這老太監也不巴結好事兒。

胡小天搖了搖頭。

劉玉章歎了口氣道：「到底是年輕啊，咱家摔一跤，把半條命都摔走了。」

胡小天笑道：「劉公公吉人天相，用不了太久的時間就能夠完全康復。」

劉玉章道：「傷筋動骨一百天，年輕人都是如此，更何況我這個行將就木的老頭子，只是咱家這一受傷，司苑局的事兒只怕就管不了了。」

胡小天道：「公公放心，小天一定會盡心盡力為公公做好事情。」

劉玉章點了點頭：「你做事我當然放心，對了……你剛剛說王德才來找他弟弟，我這兩天好像也沒有見到王德勝呢。」

胡小天道：「公公，小天和此人並無來往，所以更不會去關注他的事情。」

劉玉章道：「讓人去找他過來，我有些話要當面跟他說。」

胡小天心想王德勝已經見閻王了，讓我去哪裡找他？您老要是想當面跟他說話，只怕要等到百年之後了。可當面還是答應了下來，這時候太醫過來了，胡小天一旁看著太醫為劉玉章診病，果然不出他的所料，劉玉章的左腿摔骨折了，太醫幫他打夾板固定之後，又給了一些膏藥，給出的康復日期也是最少百日。

劉玉章摔斷腿的事情還是給司苑局帶來了很大的影響，最直接的影響就是宮裡又派來了一位掌印太監，胡小天第二天一早一如往常那般去外出採買。他和權德安約好了在距離翡翠堂不遠的李家弄相見，司苑局更換掌印太監的消息，胡小天就是從權德安那裡得知。

胡小天對這件事還是頗為關注的，畢竟誰來繼任司苑局的掌印太監和他未來的處境息息相關。

權德安道：「明天就會有新任掌印太監接替劉玉章的位置。」

胡小天道：「權公公，劉玉章平時也不太過問司苑局的事情，都說他在皇上面前深得寵幸，怎麼這麼短的時間就要換人？」

權德安冷笑道：「誰也不可能永遠得到寵幸，劉玉章是老好人，他在宮裡雖然沒得罪過什麼人，可是他所在的位子卻礙了很多人的眼睛。無論他是不是受了傷，這個位子他都待不久。他也不是傻子，小天，你可能不知道吧，是劉玉章自己主動請辭的。」

胡小天愕然道：「怎會這樣？」

權德安道：「你知不知道，當今皇宮裡面，什麼人的權勢最大？」

「當然是皇上。」

「太監裡面呢？」

胡小天笑著看了看權德安，在他看來，權德安曾經護送小公主，挽救皇族於危難之中，現在身居司禮監都督之職，太監裡面最有權勢的毫無疑問就是他了，說起來老太監也是押對了寶跟對了人。

權德安卻緩緩搖了搖頭道：「陛下登基之後，身邊最親近的人卻並不是我。」他的話中帶著淡淡的失落。

胡小天心想這老太監應該是失寵了，所以才會感到心裡不平衡，他對皇上最親近的那個人產生了濃厚的興趣：「那皇上最寵信的是哪一個？」

權德安道：「你以後就會知道。」他尖銳的手指在石桌上輕輕敲擊了一下，深邃的雙目凝視胡小天的面龐道：「據我所知，內官監已經委派魏化霖前往司苑局繼任劉玉章的位置，此人為人貪婪，心胸狹隘，你在他手下只怕討不了好去。」

胡小天倒吸了一口冷氣，這好日子還沒過上兩天呢，怎麼就突然要變天了。

權德安道：「這兩天在司苑局有什麼發現？」

胡小天抿了抿嘴唇，他在猶豫是不是應該將自己的發現實情相告。

權德安一雙白眉皺起，似乎覺察到胡小天有心事。

胡小天道：「昨兒七七曾經將我騙到儲秀宮，還讓一幫小太監將我給捆了起來。」

權德安聽他說起這件事，一雙白眉舒展開來，微笑道：「她還是咽不下過去被你欺負的那口氣，你放心，她不會為難你的，只是在宮中煩悶，找些樂子罷了。」

胡小天道：「權公公，我倒不是擔心她戲弄我，而是擔心，那啥……您應該懂得。」

權德安道：「那就躲著她。」

胡小天咬了咬嘴唇。

權德安道：「我看魏化霖前往司苑局之後，你短期內未必有好日子過，出宮採辦的事情估計會有變化。」

胡小天道：「難道他敢不給您老面子？」

權德安道：「我就是不想他知道咱們之間的關係，一朝天子一朝臣。劉玉章對你委以重任，魏化霖去了應該不會用你。」

胡小天心中頓時鬱悶了起來，他想來想去，終於決定還是將最近發生的事情實情相告，看了看周圍。

權德安從他的神情中早已察覺到他肯定有事情要說，淡然道：「有事情你就說，千萬不要瞞著咱家。」

胡小天點了點頭道：「權公公，其實……其實我殺了一個人……」

權德安一雙白眉頓時皺了起來，他萬萬想不到胡小天說的會是這件事，右手習

慣性地撚起蘭花指：「哪個？」

胡小天這才將自己誤殺王德勝的事情說了一遍，可他也沒有將所發生過的事情全都以實相告，隱瞞了一些關鍵部分，比如宮女葆葆的出現，只說自己在酒窖中偷偷練功，王德勝便不知從何處突然跳出來想要加害於他。

權德安聽他說完，原本不苟言笑的面孔顯得越發深沉凝重，低聲道：「你是說司苑局酒窖的下面隱藏著一條密道？」

胡小天點了點頭道：「不錯。」他發現權德安對地道的興趣顯然超過了王德勝被殺之事，內心稍稍踏實了一些，看來皇宮之中死一兩個太監真算不得什麼大事。

權德安四根乾枯的手指交叉疊合在一起，若有所思道：「你確信不是宮廷水道？」

胡小天道：「確信，應該是一條人工開鑿的密道。」

權德安道：「跟何處相通？」

胡小天道：「我雖然發現了密道，可是只下去走了一小段，生怕迷失道路，所以並沒有繼續探察出口在哪裡。」他分明是在說謊，其實他已經查清一條密道直接通往後宮瑤池，可如果把底牌都交給權德安，那麼自己對老太監的利用價值豈不是減弱了許多。胡小天將這一點看得很透，一旦自己失去了利用的價值，老太監絕對會棄之如敝履。

權德安緩緩點了點頭，他很快就做出了決定：「你儘快搞清密道的出口所在，將地形詳圖畫好儘早交給我。」

胡小天道：「權公公，我看這件事可能有些麻煩。」

「有何麻煩？」

胡小天道：「魏化霖接替劉公公的位子，他未必會用我，而且極有可能會將酒窖的鑰匙收繳回去，到時候只怕我連酒窖都進不了，又如何幫您查出密道的出口所在？」

權德安道：「那就儘快回去查，今晚就查清楚。」他似乎並沒有明白胡小天的意思，胡小天真正的用意是想權德安利用他在宮廷中的影響力，阻止魏化霖前往司苑局接替劉玉章的位置。

「權公公，其實那個王德勝還有個哥哥，現在是簡皇后身邊的紅人，今天他登門找我的晦氣，我看他已經懷疑上我了。」

權德安道：「這些小事你根本不必跟咱家說，應該怎樣做你心裡明白，魏化霖的事情已經成為定局，你可以在他到任之前將酒窖內部的秘密全部查出。倘若他到任之後，處處針對於你，咱家自會安排你離開司苑局，給你另謀一個逍遙去處。」

胡小天道：「只是那屍首怎麼辦？」他是故意提起這件事，且看權德安對這些事如何處理。

權德安冷冷看了他一眼，從懷中取出一個墨綠色的小瓶遞給了胡小天。

胡小天喜孜孜接了過去，充滿好奇道：「什麼東西？」

權德安道：「化骨水。」

胡小天聽到這三個字有些不寒而慄，可隨機又拿起那個小瓶在眼前看了看：「就這麼一小瓶，能夠化去這麼大一具屍體？」

權德安道：「你只需在屍體上滴上一滴，化骨水遇到屍體後便馬上化為膿血，盞茶功夫屍體就會化得乾乾淨淨。」

胡小天倒吸了一口冷氣：「這麼厲害？」

權德安道：「用它的時候一定要小心，倘若被黏在身上，你跟屍體也是一樣的下場。」

胡小天嚇得吐了吐舌頭：「這麼歹毒的東西還是您老自己留著吧。」嘴上這麼說，這貨卻仍然將化骨水收好，毀屍滅跡，關鍵的時候還真是很必要的。

和權德安見面之後，胡小天的心情頓時就有些不好了，魏化霖接替劉玉章的位子就意味著他在司苑局的好日子到頭了，倘若魏化霖當真將他的出宮買辦的權力沒收，那麼他以後豈不是沒機會出宮透氣了？

胡小天原本以為權德安可以統管後宮太監，現在卻發現有很多事情他也無能為力，他身為司禮監的都督，居然無法左右司苑局掌印太監的人選，看來皇宮太監隊伍中，權德安並不是一手遮天的存在。胡小天不禁有些失望，可他也明白權德安老謀深算，之所以不肯出力還有一個原因，那就是自己沒將密道的詳細情況告知於他，看來想讓權德安這隻老狐狸為自己辦事，必須得有所表示了。

慕容飛煙和展鵬已經順利入選神策府，最近這段時間，他們全都進入神策府進行新人培訓，胡小天想見他們的願望也只能暫時落空。

回到司苑局，首先來到劉玉章的房間內探望，順便將出門時候買來的補品送來。當然這些根本不用胡小天破費，只需對曹千山透露一聲，那貨就巴巴地準備好了，胡小天當然不會說這些是那群蔬果商人的心意，到了他手裡，就全都變成了他自己的心意。只可惜這樣的好日子看來沒幾天了，明天魏化霖就會過來，一旦他接管了司苑局，恐怕自己再沒有現在這般逍遙了。

房間內，有兩名小太監正在收拾東西，劉玉章已經決定出宮養傷，他在京城內是有宅子的，事實上宮廷內有一定權勢和官職的太監都在宮外擁有自己的府邸，皇宮雖好，可在這裡畢竟是奴才，只有在自己的府邸中才能真正感受到翻身農奴把歌唱的幸福。

胡小天將補品放到劉玉章榻邊的雞翅木茶几上，恭敬道：「劉公公這是在做什麼？」

劉玉章道：「小鬍子，咱家已經向陛下請辭，明兒我就出宮休養。」

胡小天其實早已知道這個消息，卻故意裝出一副愕然的樣子：「公公為何要走？您留在司苑局也好有人照顧，如果公公擔心他們做得不夠仔細，小天願將採辦的事情交給其他人去做，由我來伺候公公。」

聽到胡小天這番情真意摯的表白，劉玉章多少有些感動，他緩緩點了點頭道：「小天哪，你的心意我領了，可咱家去意已決。」他伸出手去握住胡小天的手臂，歎了口氣道：「從陛下年幼之時，咱家就在他身邊伺候，後來陛下落難，咱家留在宮中日夜期盼，終於守得雲開見月明，等到陛下登基的一天，我本以為，我這副老骨頭還能夠多撐一些時候，還能多伺候陛下幾年，可今天這場意外卻讓我明白，老了就是老了，力不從心吶！」

胡小天卻知道事情應該沒那麼簡單，剛才在和權德安見面的時候，權德安就透露出劉玉章之所以請辭，背後並不是那麼簡單，事實上早有人惦記上了他的位子，這次的意外只是給了那些人一個絕好的藉口罷了。

劉玉章道：「明兒來接替我的是內官監的少監魏化霖，這個人可能並不好相處。」

胡小天道：「無論誰來，小天都會本本分分做事。」

劉玉章點了點頭，想說什麼，卻欲言又止，在心底歎了口氣，他在皇宮中度過了大半輩子，對於人情冷暖世態炎涼看的自然是極為透徹，已經預料到自己走後，胡小天的日子會不好過，此前他對胡小天實在太好，雖然出發點只是為了報答胡不為曾經對他的幫助，可在多數人眼中，胡小天無疑是他的心腹，魏化霖是不可能對胡小天委以重任的。對於胡小天的未來，劉玉章生出一種愛莫能助的感覺，他在心中想到，這孩子聰明伶俐，或許能夠依靠他自己的本事做好司苑局的事情。

胡小天能夠察覺到劉玉章的心情也不好受，恭敬道：「劉公公呢，您老先歇著，我去看看今天的事情做完了沒有。」

劉玉章點了點頭，等胡小天走到門口的時候，他又想起了一件事：「找到王德勝了沒有？」

胡小天道：「已經讓人去找了，只是不知為何現在仍然沒有下落。」

劉玉章道：「再讓人去找，好端端的怎麼會突然就不見了。」

胡小天應了一聲，來到了外面。

史學東神神秘秘來到胡小天身邊道：「小天，事情好像有些不對。」

「有何不對？」

史學東附在他耳邊道：「我聽人說劉公公明日就要回家養傷，你說這司苑局會不會派別人過來統管？」

胡小天道：「已經定下來了，說是內官監的少監魏化霖過來接替劉公公。」

史學東道：「你跟魏化霖熟不熟？」

胡小天搖了搖頭，史學東不禁有些心急，他將胡小天拽到了一邊：「小天，這位魏公公會不會像劉公公一樣照顧你？」

胡小天道：「未來的事情誰會知道？你操那麼多心幹什麼？」

史學東道：「咱們不是兄弟嗎？我不替你操心，還有誰會替你操心？」他真正擔心的卻是胡小天一旦失勢力，自己也沒有好日子過。

胡小天想起權德安叮囑過的事情，他向史學東道：「我有些事情要去酒窖去辦，你幫我好好守在外面，任何人不得擅入。」

史學東點了點頭，跟著胡小天來到酒窖前，胡小天拿出鑰匙開了酒窖的大門，正準備進去的時候，卻聽身後一個銀鈴般的聲音道：「胡公公！」

胡小天轉身望去，叫他的卻是小公主七七，胡小天的腦袋嗡的一下就大了。這七七真是陰魂不散，居然來到這裡找自己，他慢慢轉過身去，卻見七七穿著一身小太監的服飾，她年齡尚幼，胸部還未發育，看起來活脫脫就是一個俊俏的小太監，沒有任何的破綻。胡小天留意到她的身後並沒有其他人跟著，這才放下心來。只要不是興師動眾地來找他問罪，那就不怕。

史學東沒見過七七，只是覺得這個小太監好生標緻，好像在司苑局並沒有見過。

七七道：「胡公公好。」

胡小天道：「找我有事？」

七七上前一把就抓住他的胳膊：「進去說！」

胡小天道：「這兒說……」胳膊上已經被七七用手狠掐了一把，連扯帶拽將他拉入酒窖。

史學東也覺得有些莫名其妙，這哪兒冒出來的一個小太監，好像跟胡小天很熟啊，可胡小天剛剛不是說不讓別人進去嗎？難道就是為了見他？酒窖的大門從裡面掩上了，聽到胡小天的聲音道：「不要讓任何人進來。」

七七拖著胡小天走入酒窖，胡小天被她連掐帶扭好不疼痛，用力甩開她的手臂道：「放手，你給我放手，再掐我我跟你翻臉了啊！」

七七一雙烏溜溜的美眸瞪著他道：「跟我翻臉？翻啊，要不要我幫你翻？將你整張臉皮全都翻過來。」

胡小天道：「公主殿下，您是金枝玉葉，犯不著跟我這個小太監一般見識，過去我或許得罪過你，可現在事情都已經過去了，你權當我是個屁，把我給放了行不？」

七七聽他說得噁心，皺了皺眉頭道：「胡小天，你說話真是噁心，一點涵養都沒有。」

胡小天道：「我都慘成這樣了，要涵養還有什麼用？」

七七道：「你別這麼看我，搞得跟我苦大仇深似的，我早就不怪你了，怪你的話早就把你給殺了。」

「您還不如把我殺了呢，讓我入宮當太監是不是你的主意？」

七七道：「我可不知道，知道的時候你已經入宮了，胡小天，我今兒過來不是找你算帳的，我是想跟你商量商量，要不我奏明父皇，把你調到我宮裡當差如何？」

胡小天心想你饒了我吧，你根本就是個不定性的孩子，喜怒無常，搞不好什麼時候脾氣上來把我給喀嚓了，去你那裡當差，除非我嫌自己的命太長。

七七看到胡小天沒搭理她，一雙美眸翻了翻：「別跟我擺架子，我是念在咱們過去舊情的份上，我可不是知恩不報的人。」

胡小天道：「公主的心意我領了，不過當初我也沒打算救你，如果你不是偷偷用七日斷魂針射我，我肯定把你扔在蘭若寺。我從來就不是什麼好人，所以你也千萬別把我當成恩人看待，千萬別覺著欠我什麼。」

七七點了點頭，轉身向樓梯走去。

胡小天趕緊跟了上去：「公主，這下面黑燈瞎火的，而且骯髒不堪，您可是金枝玉葉，千萬別弄髒了衣服。」

七七望著他眼睛轉了轉，她生性多疑，倘若胡小天不阻止她，她說不定還沒興趣下去呢，可胡小天這麼一說反倒激起了她的好奇心，她繼續向樓梯走去。

胡小天只能打著燈籠跟了上去，七七一直走到了底層，望著一排排的酒桶，她自語道：「想不到除了皇宮酒窖之外，還有那麼大的一處酒窖。」她的鼻翼翕動了一下：「咦，怎麼有股子血腥味道？」

胡小天內心一驚，這孩子屬狗的嗎？鼻子怎麼這麼靈？他向周圍看了看，自己應該將凶案現場收拾得非常乾淨，按理說不會有破綻，不過為了以防萬一還是勸她儘早離去才好。

胡小天道：「公主，咱們走吧，這裡空氣污濁，實在不適合久待，以免影響到你的身體，你身嬌肉貴的，真有什麼閃失，我可擔待不起。」

七七嗤之以鼻道：「有什麼稀奇，走就走！」她轉身準備離去的時候，卻聽到上面傳來一陣腳步聲。

胡小天不禁有些吃驚，明明叮囑過史學東守好大門，不可讓任何人進來，卻想不到他沒有做到。

第八章

鋒芒畢露

短短三天內已經有三條人命死在他的手裡，
雖然每次都是逼不得已，可三人全都死在他手裡卻是不爭的事實，
想想葆葆也知道他殺人，胡小天越發感覺這皇宮內並不安全，
倘若任何一個環節出現問題，恐怕他想要脫身很難。

走下來的卻是兩名太監，一名三十多歲的太監走在前方，他身穿深紫色長袍，內穿黑色綢緞長褲，黑色官靴。身材雖然不高，可是神情頗為倨傲，臉色有些發黃，臉上的表情非常冷漠，他身後跟著一名二十多歲的太監為他掌燈。

胡小天不認得這兩人，七七看到有人來，連忙將頭低垂了下去，生怕別人將她認出。

胡小天上前攔住那兩名太監的去路：「兩位公公，你們走錯地方了吧，這裡是司苑局的酒窖，有什麼事情還請去上面說。」

那名中年太監冷冷看了他一眼，手指輕輕撫摸了一下自己的下頜，脖子還小姑娘一樣扭了兩下：「好大的口氣，司苑局的酒窖，咱家就來不得嗎？」

胡小天聞言不善，暗自揣測此人的來歷。那掌燈太監怒斥道：「大膽！居然敢對魏公公無禮！」

胡小天聽到這句話馬上就明白了，眼前這位傲得跟二五八萬似的太監十有八九就是司苑局新任掌印太監魏化霖。這閹貨不是明天才來接任嗎？怎麼今天就等不及了？胡小天暗叫不妙，魏化霖來者不善，先是七七過來，然後又輪到這廝，看來今晚自己想前往密道一探究竟的計畫要完全泡湯。

魏化霖環視這間酒窖，最後目光回到胡小天的臉上：「你是胡不為的兒子吧？」

胡小天低下頭一言不發。

魏化霖緩緩上前一步，瞇起雙目道：「你們兩個小太監偷偷躲在酒窖裡，居然做些假鳳虛凰的苟且之事，玷污皇室清白，當真是罪不容恕，咱家不可輕饒你們！」說話的時候他的手竟然握住了腰間的劍柄。

胡小天雖然低著頭，可是目光卻始終關注著魏化霖的一舉一動，看到他居然將手落在了劍柄之上不禁暗自心驚，這魏化霖難道想殺掉他？胡小天護著七七向後退了幾步，低聲道：「魏公公，小的不知魏公公大駕光臨，得罪之處還望贖罪，我們這就離開。」

魏化霖桀桀笑道：「現在離開不嫌太晚了嗎？」

胡小天心中一沉，大聲道：「魏公公什麼意思？」

魏化霖道：「咱家本想讓你多活幾天，可既然你選了一處這麼好的地方，提供了一個這麼好的機會給我，咱家若是不給你這個面子，豈不辜負你的一片心意。」

鏘的一聲，魏化霖腰間長劍已經出鞘，劍刃宛如靈蛇一般來回抖動。

胡小天怎麼都不會想到魏化霖居然在見到自己第一面的時候就敢殺他，不知魏化霖是受了何人指使？更不知道自己和他有何仇怨。胡小天護著七七連連後退，低聲道：「說話！」

眼前之際，唯有七七亮出真實身分方才能夠鎮住魏化霖，扭轉局面。卻想不到

七七竟然一言不發，胡小天不由得有些心急，難道這小妮子居然被這殺氣騰騰的太監給嚇傻了？

魏化霖望著這兩名小太監唇角帶著淡淡笑意，似乎對除掉兩人已有十足的把握。這倒不是魏化霖托大，他位居內官監十大高手之一，尤其是一手劍法出神入化，足尖在地上一頓，身軀鬼魅般向前衝去，瞬息之間已經拉近了彼此間的距離，內力貫注長劍，抖得筆直，撕裂空氣發出尖銳的呼嘯聲，直奔胡小天的胸膛而來。

胡小天正準備做出避讓，七七卻在此時衝上前去，舉起右手，手中一個黑色的木盒赫然出現。

魏化霖看到那黑色的盒子顯然吃了一驚，他想要後退，此時卻已經晚了。

七七按下暴雨梨花針的機括，蓬的一聲，成百上千支鋼針宛如天女散花一般向魏化霖周身籠罩而去，魏化霖武功雖然高強，可是這暴雨梨花針卻是天下間最厲害的暗器之一，又是在這麼短的距離下發射，最為關鍵的一點是，魏化霖根本就沒有想到這小太監居然會有這麼厲害的暗器，他實在是太過輕敵。

魏化霖雖然竭力做出躲閃的動作，可一張面孔仍然被射得如刺蝟一樣，他慘呼一聲摔倒在地上。

那名在後方掌燈的太監怎麼都不會料到局面會發生這樣的變化，一時間嚇得呆在那裡。胡小天卻在第一時間內反應了過來，宛如獵豹一般向那名掌燈太監衝去。

那太監看到胡小天朝自己衝了過來，方才反應了過來，他慘叫一聲，伸手去腰間拔刀。

胡小天豈能給他這個機會，他第一時間就做出決定，今天一定要殺人滅口，不然這件事必然會轟動皇宮，玄冥陰風爪第一次用於實戰，胡小天的右手以不可思議的速度卡住了對方的頸部，用力一捏，便傳來對方喉結碎裂的聲音。那太監的手還未碰到刀柄，就已經被胡小天捏斷了脖子。燈籠跌落在地上，熊熊燃燒起來。

七七望著地上滿臉都是鋼針，血流滿面，慘不忍睹的魏化霖，非但沒有害怕，目光中反而流露出說不出的興奮。舉目望向胡小天，胡小天閃電般的出手讓她不禁驚豔了一下，不知胡小天何時學會了這麼一手狠辣的武功，殺人滅口如此乾脆。更離譜的是，他竟敢一直瞞著自己，在儲秀宮將他五花大綁的時候，他居然還裝著不懂武功，這死太監的心機實在是太深了。

七七正在腹誹之時，魏化霖忽然直挺挺從地上站了起來，揚起手中長劍，滿臉是血，猙獰如同鬼魅，七七驚慌之中竟然將暴雨梨花針失落在地上。

胡小天從後方衝了上來，雙手抓住魏化霖的腦袋，用力一擰，喀嚓一聲，將魏化霖的頸椎擰斷。

魏化霖剛才並沒有完全斷氣，只是憑藉著一股怨氣方才支撐著站起身來，其實他根本無法對七七造成傷害，胡小天擔心出事，所以下手格外狠辣。魏化霖重新倒

在地上，七七驚魂未定地拾起了暴雨梨花針，對準魏化霖的面孔連續扣動機括，直到將針盒內的鋼針全都發射一空方才解恨。

胡小天一旁看著，看到魏化霖一張臉被射得如同摔爛的番茄，根本看不到原來的模樣，心中也覺得不忍，真是搞不清這七七年齡這麼小，為何心腸這麼狠毒。

七七將空空的針盒扔到了地上，整理了一下衣服，走過去，抬腳又在魏化霖的屍身上狠狠踢了一腳。此時方才意識到胡小天目瞪口呆地望著她，她怒道：「你看我幹什麼？」

胡小天道：「你殺人了！」

「那又怎樣？」

胡小天道：「他是司苑局新任掌印太監魏化霖。」

七七冷笑一聲：「你是不是害怕了？」

胡小天心想老子現在害怕還有用嗎？跟你這個變態公主在一起居然接連幹掉了兩條人命，此事應當如何善後？他向七七道：「你等著！」轉身就向上走去。

七七雖然剛才殺人的時候膽大，可真要是讓她跟兩個死人待在一起，她卻是不敢：「等等我！」

胡小天來到酒窖門前，先是聽了聽外面的動靜，看到七七跟了過來，向她做了個噤聲的手勢，然後拉開大門走了出去，按照胡小天的想法，先看看魏化霖帶了多少人過來。來到門前，看到仍然只有史學東一個人站在那裡。史學東見他出來，慌忙道：「小天，如何？魏公公有沒有為難你？」

胡小天向周圍看了看，低聲道：「他還帶什麼人過來的？」

史學東道：「就是兩個人，他亮明身分，還不讓我聲張，我不敢不讓他進去。」

胡小天點了點頭，心中稍稍安定，他向史學東道：「你繼續守著，不管什麼人都不許進來，也不許提起魏公公的事情。」

史學東只是點頭，目前發生的一切已經把他弄得一頭霧水，他實在弄不清這幫人到底在搞什麼？

胡小天重新回到酒窖，看到七七就站在門口等著自己，他將酒窖的房門插上，拉著七七回到酒窖底層，七七道：「又到這裡做什麼？又髒又臭，我該回去了。」

胡小天苦笑道：「你要是回去，我怎麼辦？」

七七道：「你想怎樣？」

胡小天道：「事到如今，唯有你認了這件事，就說這魏化霖意圖謀害你，你為了自保不得已動用了暴雨梨花針，我拚死護衛你，所以才協助你殺了他們兩個。」

七七道：「人明明都是你殺的，我為何要代你受過？」

胡小天心想這妮子實在是太不厚道，明明是你用暴雨梨花針射死的好不好。

七七道：「就算我承認人都是我殺的，內官監的那些人相信了我，因為我的身分他們不敢動我，你以為他們會怎麼對付你？」

一語驚醒夢中人，胡小天原本還期望能用這個方法將這件事蒙混過去，可現在經七七提醒，想要撇開干係根本不可能，就算內官監的那幫人不敢對付七七，他們一定會將這筆帳算在自己頭上。

七七看到胡小天表情複雜，知道他此時已經一籌莫展，微笑建議道：「不如你去儲秀宮聽差，至少我能保住你的性命。」

胡小天拉住七七的手臂道：「公主，此時非同小可，畢竟是兩條人命，依我之見，咱們只當這件事沒有發生過。」

七七眨了眨眼睛，似乎明白了他的意思，低聲道：「你是說，咱們將他們毀屍滅跡，然後將這件事推個一乾二淨。」

胡小天點了點頭道：「我剛剛問過，只有他們兩個來到這裡，而且看到他們進來的只有一個人，那個人也不知道內情，我可以保證他不會提起任何事。」

七七道：「你是不是打算將他們的屍體藏在酒桶裡？」

胡小天道：「這件事無需你操心，總而言之，你只當今晚從未來過這裡，從未見過這兩個人就是。」

七七點了點頭，隨即又搖了搖頭道：「你怎樣毀屍滅跡，咱倆可是同謀共犯，這種時候你不讓我參與，是不是太不夠意思。」

胡小天真是有些哭笑不得了，不知皇家兒女是不是全都有點不正常，七七面對屍體毫不害怕，居然還表現出極其濃厚的興趣，胡小天一不做二不休，既然你想參與，那好，老子就讓你全程參與。

胡小天當下找了兩個空酒桶，將兩具屍體脫光衣服塞了進去，然後分別朝裡面滴了一滴化骨水，他也是第一次使用這玩意兒，對化骨水的效用沒有什麼把握，可當化骨水滴在屍體上之後，馬上屍體就開始起了變化，不一會兒工夫已經化了乾乾淨淨，酒桶之中，只剩下小半桶黃色的屍水。

七七原本還饒有興致地看著，可真正看到眼前變化的時候，頓時超出了她的心理承受能力，扭過頭轉向一邊嘔吐了起來。等她吐完，送給胡小天兩個字：「你這個死變態！」

胡小天和七七離開酒窖已經是一個時辰之後的事情，七七輕盈的步伐明顯有些沉重，臉色蒼白毫無血色，不是害怕，是被噁心的。經過史學東身邊的時候，她也不說話，只是低著頭就走。

胡小天望著七七遠去，方才長舒了一口氣。史學東在酒窖門前守了這麼久，發現只有胡小天和七七出來，他有些奇怪道：「魏公公呢？」

胡小天道：「你要牢牢記住，無論任何人問你，只說咱們沒見過魏公公，不然

很可能會招來殺身之禍。」

史學東聽他說得如此鄭重，慌忙點了點頭，低聲道：「兄弟，你說什麼，我便聽什麼，總之咱們兩兄弟在這皇宮之中患難與共，生死相隨。」他也是見多識廣之輩，聽到胡小天這樣說，心中也已經明白了個差不多，看來魏化霖和那個跟班太監十有八九是讓胡小天給幹掉了。想到這裡不由得有些心驚肉跳，此事若是暴露，不但胡小天性命不保，只怕連他也要人頭落地。胡小天拍了拍他的臂膀，也覺得雙腿有些發軟，就在酒窖前坐下，此時已經是夕陽西下。

小卓子這會兒走了過來，看到他們兩個問道：「胡公公，剛剛聽說魏公公來，你見到沒有？」

胡小天看了史學東一眼，史學東搖了搖頭道：「什麼魏公公？鬼影子都沒一個，我和胡公公躲在這裡聊天呢。」

小卓子也湊了過來，低聲道：「你們聽說沒有，說內官監派魏公公過來接替劉公公的位子，明兒他就正式上任了。」

胡小天道：「管他誰來啊，總之咱們做好自己的本份就是了。」胡小天雖然連殺兩人，可是心中並無任何內疚之感，當時的情況分明就是你不殺敵，必被敵人所殺，魏化霖來到就想趁機除掉自己，胡小天都不知道他為何會對自己如此仇恨，要說今天幸虧七七在場，不然他還真沒有把握對付魏化霖。雖然利用權德安送給他的化骨水將兩人化了個乾乾淨淨，魏化霖畢竟不同於王德勝，他貴為內官監少監，是皇宮內顯赫一方的人物，他的失蹤勢必會在皇城內引起一場軒然大波。

胡小天當晚上半夜先去伺候了劉公公，雖然不說滴水之恩要湧泉相報，可劉玉章對他的知遇之恩胡小天也是銘記於心的。

等到夜深之時方才重新回到酒窖。將酒窖清理之後，又爬到密道之中，將王德勝的屍體挖出給化了，再將三人的衣服全都燒掉，至於他們的隨身物品和刀劍，選擇深埋在地下。

昨晚這一切，確信毫無破綻，胡小天方才鎖好酒窖回到自己的房間內。史學東那邊應該沒什麼問題，他也不清楚酒窖內到底發生了什麼。真正的變數還是七七，這個刁蠻小公主喜怒無常，性情讓人難以捉摸，不知她會不會嚴守秘密？其實最穩妥的辦法是在酒窖中將她一併滅口，胡小天不是沒有想過，可這年頭稍閃即逝，他發現自己對七七還是信任的。

想想短短三天內已有三條人命死在了他的手裡，雖然每次都是逼不得已，可這三人全都死在他手裡卻是不爭的事實，想想葆葆也知道他殺人的秘密，胡小天越發感覺到這皇宮內並不安全，倘若任何一個環節出現問題，恐怕他想要脫身很難。

這一夜胡小天輾轉反側，始終無法睡著。反正也無法入睡，乾脆就從床上爬起，首先來到酒窖前面看了看，發現並無異常，然後又來到劉公公的房門外，看到

裡面的燈仍然亮著，劉玉章今天上午就會離開皇宮。

胡小天傾耳聽去，聽到房間內傳來劉玉章的咳嗽聲，這才敲了敲房門。裡面傳來劉玉章的問話聲，房門並沒有關，胡小天推門走了進去，微笑道：「劉公公感覺好些了嗎？」

劉玉章這一夜也沒有睡好，看到胡小天這麼早又過來問候，心中不免有些感動：「小天，你怎麼不多睡一會兒？」

「睡不著！」這句話是實話實說，畢竟連殺了三條人命，胡小天能睡踏實才怪，他挨在床邊坐下：「想起劉公公今日就要離開，小天心中真是不捨。」

劉玉章充滿感慨道：「打我第一眼看到你這孩子，就知道你重情義，咱家沒有看錯你。」

胡小天道：「小天自從來到司苑局，得蒙劉公公處處關照，小天心中早已當公公是我的親人一樣，公公此次離宮，不知咱們何時才能相見？」

劉玉章道：「小天，你也不必太過傷心，以你的聰明才智，在宮中出人頭地只是早晚的事情，我走後，你切記要低調做人，這宮裡面人心叵測，勾心鬥角，為了爭寵上位，無所不用其極，咱家老了，離開這裡之後，便不能幫你什麼了，一切都得靠你自己。」

胡小天道：「劉公公放心，小天知道應該如何去做。」

劉玉章道：「陛下自從登基後，性情改變了許多，這宮裡的爭鬥也一日強似一日，在皇宮中求生存，須得記住要明哲保身，不該你管的事情，千萬不要過問。」

胡小天又點了點頭，比起老謀深算的權德安，劉玉章更像是一個慈祥的老人，他對自己的關心並沒有任何的目的，只是出於當初對老爹的感激。在感情上，胡小天和劉玉章反倒更接近一些。

胡小天道：「若是以後我還能經常出宮採辦，我一定會經常去看您。」

劉玉章微笑道：「我家裡的大門任何時候都會向你敞開。」

此時外面忽然傳來一陣嘈雜聲，胡小天起身道：「劉公公，我去看看。」

沒等他走到門前，房門已經被推開了。卻見門外站著十多名太監，手中都打著燈籠，燈籠上印著內官監的字樣。無論對方是誰，這樣連門都不敲，就推門而入實在是太不禮貌了，畢竟劉玉章目前還是司苑局的掌印太監，又是當年撫養皇上成人的有功之人。

劉玉章怒道：「什麼人如此無禮？」

十多人分成兩隊，一名身穿紫色長袍，外披黑色外氅的年輕宦官從隊伍之中走了過來，他相貌生得極其秀美，眉目如畫，粉面朱唇，倘若不知道他的身分是個太監，還會以為他是女扮男裝。

胡小天心中暗讚，這貨莫不是個人妖，怎生得如此標緻，比女人都要嫵媚。

劉玉章卻認得來人，正是內官監提督姬飛花，也是目前皇上身邊最寵幸的宦官。此次決定以魏化霖前來接替劉玉章的位子，便是姬飛花在背後起到了作用。

姬飛花笑了起來，他的笑容嫵媚之極，一舉一動居然流露出女人才有的嫵媚風華，只是聲音仍然帶著閹人明顯的特徵：「劉公公不必生氣，這幫下人不懂事，心急探望劉公公的病情，居然忘記了敲門。」

這理由實在太牽強了一些，劉玉章傷了這麼久，現在才來探望居然還說心急。

劉玉章臉上沒有絲毫笑意，冷冷道：「姬提督是無事不登三寶殿，這麼早來司苑局，是不是著急趕咱家離開呢？」劉玉章此次請辭也屬於無奈，內心中自然有著不小的怨氣。

姬飛花仍然笑盈盈道：「劉公公這是哪裡的話，我此次前來，一是為了探望劉公公，二是想來找一個人。」

劉玉章皺了皺眉頭道：「什麼人？」

姬飛花道：「昨兒下午的時候，魏公公帶人前來司苑局探望劉公公，卻不知為何一去不返，至今都沒有他的任何消息。」

劉玉章聞言一怔，隨即又搖了搖頭道：「咱家從未見過什麼魏公公。」

姬飛花道：「那就怪了，魏公公他們兩個大活人難道就憑空消失了不成？」

劉玉章聞言怒道：「姬飛花你什麼意思？難道你是說魏化霖被我藏起來了？」

姬飛花呵呵笑道：「劉公公何必動氣，我只是找人，劉公公沒見過便沒見過。」他一雙眼睛在劉玉章的腿上溜了一下，然後落在床前胡小天的臉上：「你有沒有見過魏公公？」

胡小天搖了搖頭：「沒有，從來都沒見過。」

劉玉章冷冷道：「姬飛花，要不要我提醒你，這裡是司苑局？」

「劉公公，司苑局也是皇宮的一部分，難道這裡我來不得？」姬飛花的話裡軟中帶硬，他顯然沒有將眼前這位勞苦功高的老太監看在眼裡。

劉玉章怒道：「我司苑局什麼時候歸你內官監管理了？要不要我抓著你去皇上那裡說理去？」

姬飛花用衣袖掩住嘴唇發出一聲桀桀怪笑，一雙妖嬈動人的眼眸倏然之間迸射出陰冷的光芒，宛如刀鋒般投向劉玉章：「劉公公既然想跟我去皇上那裡說理，好啊，那麼咱們就去皇上那裡說理，來人，請劉公公！」他身後的兩名太監大踏步走了出來，徑直奔向劉玉章的床前。

胡小天一看這還了得，且不說劉玉章左腳骨折，即便是他這麼大的年齡也禁不起這幫人的折騰，胡小天慌忙攔在劉玉章身前，怒道：「我看你們誰敢過來？」

姬飛花緩緩在太師椅上坐了，眼睛看都不看胡小天的方向，陰陽怪氣道：「劉公公果然教導有方，手下的小太監都分不清尊卑貴賤，這膽子還真是不小呢。」

胡小天護在劉玉章身前，心想這姬飛花也太囂張了，劉玉章畢竟將當今皇上一手撫養成人，即便是司苑局的地位比不上內官監，可是劉玉章的身分地位並不比姬飛花差，論資歷還不知要比他深厚多少，可姬飛花竟公然來到司苑局要人。

劉玉章怒道：「小天，你讓開，咱家倒要看看，他們哪個敢拿我！」

姬飛花緩緩搖了搖頭道：「劉公公誤會了，您老人家德高望重，又深得皇上的寵幸，放眼這皇城內外誰敢拿你？剛明明是劉公公要跟我去皇上那裡說理去。」

此時司苑局內休息的小太監聽到動靜，一個個紛紛出來，看到眼前的陣勢都被嚇了一跳，不知到底發生了什麼。

姬飛花剛才其實只是虛張聲勢，他向手下人低聲耳語了幾句，手下太監出門大聲道：「你們全都聽著，誰見過魏化霖魏公公？」

一幫小太監面面相覷，魏化霖昨日的確來到了司苑局，也有幾人看到了，不過誰也不敢在這時候說，至於最後魏化霖進入酒窖，卻沒有幾個人看到，畢竟酒窖位置偏僻，平日裡小太監們很少去那邊，當時只有史學東為胡小天守門，他當然不會出賣胡小天。

姬飛花道：「劉公公，若是我沒有確切的消息，也不會到你這裡來找人，你若是堅稱魏化霖不在這裡，可否讓我仔細找找？」

劉玉章緩緩點了點頭道：「說來說去，你還是要搜查司苑局，姬飛花，內官監何時有這麼大的權力了？好！好！好！我讓你搜！小天，你帶他們去搜，把所有的房門全都打開，讓他們搜個遍。」

胡小天點了點頭，姬飛花向他的副手李岩揮了揮手，李岩將十多名太監分成三組，開始在司苑局中搜查。

胡小天早已將魏化霖和他的手下化成了水，雖然如此他的內心仍然不免忐忑，姬飛花一行來者不善，應該是得到什麼消息了，不過他們肯定不會想到魏化霖會死在自己的手裡。

劉玉章雖然和姬飛花抗爭了幾句，到最後仍然服了軟，看得出姬飛花在皇宮中的權勢非同一般，應該在皇上面前更為得寵。

那幫人搜查了近半個時辰，最後方才搜查庫房和酒窖，此時天色已完全放亮。

胡小天打開酒窖，心中越發感到緊張，腦海中始終在想，自己做完收拾的時候是不是疏漏了什麼？他忽然想起如果說還有痕跡，那麼就是七七發射的暴雨梨花針，當時成百上千根鋼針全都發射出去，未必能夠保證所有鋼針全都射在了魏化霖的身上，萬一有一兩根錯失目標射在酒桶上，或者是遺漏在地上，豈不是麻煩？

帶著那幫人正要走入酒窖的時候，忽然聽到一個聲音道：「權公公到！」

胡小天內心一震，旋即湧現出一陣驚喜，權德安居然在這個關鍵時候出現，看來事情好辦了，他肯定不是湊巧而來，在這裡現身或許就是為了姬飛花而來。

權德安身邊只帶了一個小太監，佝僂著肩背，緩步走入司苑局的院子裡，一邊走一邊不停的咳嗽，這個衰弱的老人看起來似乎一陣秋風就可以將他吹倒，但是當他走入院中的時候，所有人都停下了動作，目光投向他的身上。

劉玉章聽到這咳嗽聲仍坐在床上，原本端坐於太師椅上的姬飛花卻有些坐不住了，唇角的微笑不知何時已收斂，不等權德安走入房內，姬飛花就已迎了出去。

走在朝氣蓬勃的晨光中，權德安給人的感覺卻仍然是暮氣沉沉，似乎他的到來讓所有人的心情都變得沉重了一些，每個人的表情都顯得肅穆了許多。皇宮內有權勢的太監不少，可是救過皇上性命的卻不多，為皇上繼承大統立下汗馬功勞的更是只有一個。權德安便是那唯一的一個，雖然他在皇上登基之後，便淡出了宮廷，多數時間都在承恩府內辦公，可是他在宮廷內的影響仍在。

姬飛花雖然敢對劉玉章不敬，但是在權德安面前，他還不敢如此放肆。主動出門相迎，晨光之下，他那張足可以媲美女人的漂亮面孔更加顯得燦若朝霞，明豔照人，雙手一抱拳，恭敬道：「屬下不知權公公到來，有失遠迎，還望公公恕罪。」他之所以如此恭敬，皆因他當初是由權德安一手帶入宮中，雖然如今地位已經和權德安可以平起平坐，但是在這位深不可測的前輩面前，仍然保持著表面上的恭敬。

權德安的右手抵在唇前，用力咳嗽了兩聲方才道：「姬公公這麼早？」

姬飛花眉開眼笑道：「屬下特地前來探望劉公公。」

權德安點了點頭，環視了一下姬飛花的那幫手下，輕聲道：「探個病也需要那麼興師動眾？」他緩步走入房間內，姬飛花使個眼色，所有人馬上停下了進一步的舉動，等待他的號令行事。

跟隨權德安前來的小太監將補品放在劉玉章的床邊，劉玉章看到權德安到來，趕緊欠了欠身子，權德安上前扶住他的肩膀道：「老哥哥，您趕緊歇著。」權德安和劉玉章兩人過去都是在龍燁霖身邊貼身服侍的太監，可謂是相知甚深，不過兩人的性情卻截然不同，劉玉章沒有野心安於現狀，心中想著的只是伺候好主子，對於政務從來都是不聞不問，始終都是與世無爭，正是這種性格讓劉玉章在皇宮內部並沒有什麼超然的地位。權德安卻是司禮監提督，皇城宦官中最有權勢的人物之一。熱衷權勢，做事雷厲風行。只是在皇上登基之後，權德安做事為人低調了許多。

今天過來表面上是前來探望劉玉章，其實連劉玉章自己都不明白，他和權德安雖然共處多年，但是彼此性情不合，劉玉章認為此人城府太深，還在龍燁霖面前提醒他要提防此人，平時對權德安也是敬而遠之。權德安表面上對他客氣，可私下裡跟他也沒有什麼交往。

胡小天心中明白，權德安此來應該不是為了劉玉章，十有八九是衝著自己，衝著司苑局酒窖的秘密，雖然昨天見面的時候，權德安並沒有表示要做什麼，可是對於自己目前的困境，權德安肯定不會袖手旁觀，他費盡心機將自己送入皇宮，其心必有所圖。司苑局的變動不但影響到了自己，更影響到了他未來的計畫，權德安此次出面也是不得已而為之。

劉玉章道：「老了！只是歲了下腳，就已經骨折，咱們這些人現在連自己都照顧不好，又怎麼去照顧皇上。」說話之間流露出深深的失落。

權德安當然能夠明白他內心的失落，看到劉玉章如今的處境，他有種兔死狐悲的感覺，劉玉章的今天或許就是他的明天，龍燁霖自從登基之後，已經明顯在疏離他們這幫老人，這不僅是周睿淵一幫臣子在皇上面前諫議要讓後宮宦官遠離朝政的原因，更有年輕一代迅速上位，新人已在不知不覺中取代了他們這些老人的地位。

權德安拍了拍劉玉章的手背，輕聲道：「我們雖然老了，身體雖然不比過去，可是論到對皇上的忠心，卻是沒有人能夠比得上。」

劉玉章的唇角露出苦笑，忠心？即便是一片忠心，皇上又能否看得見。

權德安緩緩站起身來，目光轉向一旁的姬飛花：「小姬啊，這司苑局什麼時候歸內官監管轄了？」放眼皇宮內外，膽敢這樣稱呼姬飛花的也只有權德安了。

姬飛花微笑道：「權公公千萬不要誤會，我帶人過來主要是為了探望劉公公的傷情，還有一個原因就是順便找找魏化霖。」

權德安道：「魏化霖不是你們內官監的人嗎？要找也應該去內官監找，來這裡做什麼？」

姬飛花道：「權公公有所不知，昨天下午魏化霖曾經來此探望劉公公，可自從離開之後，便如同石沉大海，再也沒有他的任何消息。」

劉玉章怒道：「我根本未曾見過他，你說這話是什麼意思？難道真以為我將他藏了起來？」

姬飛花笑瞇瞇道：「劉公公無需激動，其實我也只是例行公事，上頭已經決定由魏化霖接替劉公公之職，今日便是他的上任之期。」

權德安道：「魏化霖應該不在這裡？咱家剛剛過來的路上，還看到他帶著一個小太監離開了皇宮，和我擦肩而過，咱家看他神情慌張似乎有什麼急事要辦，所以也沒有打擾他。」

姬飛花望著權德安，心中將信將疑，可即便是懷疑，他也不能公然說出來，畢竟權德安德高望重，身分和地位都要超出自己，如果公然和他翻臉，決計討不到什麼好處，他正想借機提出告辭，眼前的局面已經非常明朗，權德安出面為劉玉章撐腰，自己總不能強行搜查。

劉玉章道：「不做虧心事，不怕鬼敲門。小天，你只管帶他們去搜，剛好權公公也在，讓他做個見證，裡裡外外全都搜查清楚，倘若魏化霖在我這裡，咱家便去皇上那裡請罪，假如魏化霖沒在我這裡，你姬飛花要給我磕頭認錯！」劉玉章原本就怒火填膺，只是礙於姬飛花現在的權勢沒有發作，現在權德安來了，局勢有了轉機，劉玉章也不是尋常人物，他看出權德安和姬飛花之間也有矛盾，所以不惜將事情搞大，順便將權德安拖下水。

權德安心中暗罵，這老傢伙是不是腦子糊塗了，自己剛才那番話根本是在幫他開脫，自己哪見過什麼魏化霖？我出面是為了保護胡小天，而不是你劉玉章，原本事情已經解決，你非要將事態擴大，魏化霖失蹤？好好的人怎麼會突然失蹤？這件事十有八九和胡小天有關。他向胡小天望去，卻見胡小天表情平靜，臉上沒有一絲一毫的慌張。恭恭敬敬道：「是！小天這就帶他們過去。」

權德安看到胡小天如此鎮定，心中頓時有了回數，以這小子的聰明才智應該不會留下太大的破綻，更何況自己給了他一瓶化骨水，就算魏化霖死在他的手裡，此時也化了個乾乾淨淨，連渣也不剩一點，於是便點了點頭道：「好，那咱家就主持一個公道，咱們去查查看。」

姬飛花看到劉玉章如此態度，心中明白魏化霖十有八九不在這裡了，今天搞不好要栽跟頭，可事到如今已經騎虎難下，搜便搜，難道還怕他們兩個老匹夫不成？

胡小天帶著姬飛花和權德安一行，先去了庫房，然後又搜查了酒窖，既然搜查，姬飛花便做得非常仔細，他讓手下人，對酒桶逐一進行搜查，並不需要拆開酒桶，只是用掌心在酒桶上輕輕一拍，根據力量的回饋就能分辨出酒桶中有無藏有異常，搜到底層的時候胡小天不禁有些心驚，擔心這幫太監能夠從空氣中聞到血腥的味道，又擔心昨晚七七射殺魏化霖的時候，有鋼針沒有來得及清理乾淨。

來到昨晚發生激戰的地方，這廝四處望去，卻在一隻酒桶上看到微弱的反光，果然有幾根暴雨梨花針射入木桶之上。眼看姬飛花那幫人就要搜查道那裡，胡小天悄然向權德安使了個眼色。

權德安雖然老邁，目光卻極其敏銳，他緩緩伸出手去，冷哼一聲道：「只不過是一個普通的酒窖，也值得你們這樣搜查，真想要搜查，又何須那麼麻煩？」話音剛落，一掌已經拍擊在那只插有暴雨梨花針的酒桶之上，只聽到蓬的一聲悶響，那酒桶被權德安震得四分五裂，旋即這聲響便傳達了出去，蓬！蓬！蓬！蓬……爆裂聲不絕於耳，權德安的這一掌雖然拍在面前的酒桶上，可力量卻沿著酒桶一路傳播了出去，這一行酒桶盡數為之震裂，鮮紅色的酒漿傾灑得到處都是。

姬飛花一夥全都愣在那裡，既因為權德安的震怒而感到尷尬，又被權德安強悍的掌法所震驚。

胡小天心中大叫痛快，可臉上卻裝出一副苦不堪言的樣子：「權公公，您……這麼做……讓我如何交差？」

權德安拂袖怒道：「有什麼事情，咱家自會擔待，將這地窖中的酒桶全都砸開，咱家倒要看看這裡面到底有什麼玄機。」

姬飛花唇角的肌肉抽搐了一下，雙目陡然迸射出陰冷殺機，可殺機只是稍閃即

逝，旋即又浮現出足可和女人比拚嫵媚的妖嬈笑意：「權公公何須生氣，其實屬下一直都是奉公行事，又不想造成太大的破壞，這酒窖之中藏了這麼多酒，也非一日之功，若是在我們的手中毀去，豈不是可惜？」他說完手掌輕輕印在面前的酒桶之上，無聲無息，可是在停了一會兒之後，在這排酒窖的遠端傳來一聲沉悶的炸響。「蓬！」的一聲，最末端的酒桶由內而外爆裂開來，鮮紅色的酒漿四處噴湧，然後由遠而近，酒桶逐一炸裂。

胡小天看得目瞪口呆，咋舌不下，剛才權德安露出那一手的時候，他已經震驚的難以形容，想不到長相如同女人一樣的姬飛花也擁有如此強大的實力，且看起來似乎比權德安更勝一籌！

鮮紅色的酒漿到處流淌，濃烈的酒香醺人欲醉。

權德安和姬飛花兩人相距兩丈，面對面站著，彼此的唇角都露出一絲笑容，看似溫暖，實則充滿殺機。

權德安緩緩點了點頭道：「不壞，不壞！」

姬飛花微笑道：「多虧權公公指點，沒有公公的提攜就沒有飛花的今天！」

胡小天聽明白了，敢情姬飛花一身驚世駭俗的武功全都拜權德安所賜，如今翅膀硬了，居然敢和權德安公然對抗，這老太監根本就是養虎為患啊！

姬飛花目光在酒窖中掃了一眼，臉色倏然變得冰冷如霜，轉身道：「咱們走！」他拂袖揚長而去。

胡小天道：「噯，你還沒搜完呢！」

姬飛花在樓梯處停頓了一下，慢慢轉過身來，一雙迷人的丹鳳眼盯住胡小天，目光猶如兩支利箭試圖射穿胡小天的內心。胡小天在他的逼視之下，內心不由得打了個冷顫，下面準備揶揄的話便再沒說出口。

姬飛花唇角露出一絲嫵媚的笑意：「胡小天，我記得你了！」說完之後，仰首闊步走上了樓梯。

胡小天手提著燈籠，只覺得脊背處一股冷氣躥升了上來，掌心處全都是冷汗。

權德安緩緩走了過來，深邃的雙目中隱然流露出淡淡的悲哀，姬飛花的確是他一手提攜而起，如今卻羽翼豐滿，非但脫離了他的掌控，而且已經成為了他的對立面。權德安選擇急流勇退，和姬飛花在皇宮中勢力與日俱增有著一定的關係。

胡小天道：「我要是你，乾脆將他殺了！」

權德安歎了口氣，並沒有說話，而是默默走上了台階，殘廢的右腿顯得格外沉重，胡小天望著他蹣跚的腳步，再看到這滿地鮮紅的酒漿，忽然意識到，權德安不是不想除掉姬飛花，而是已經無能為力。

胡小天趕緊跟了上去，離開酒窖之前，權德安低聲道：「伺候好劉公公，司苑局的事情咱家自會解決。」

第九章

踏破鐵鞋無覓處

胡家失勢之後，唐鐵漢幸災樂禍了一陣子，
本以為胡家要被滿門抄斬，想不到最後皇上居然放過他們一家，
只是以胡小天入宮贖罪為結局，唐鐵漢覺得不夠解恨。
想不到踏破鐵鞋無覓處得來全不費工夫，今天居然被他遇到了這廝。

權德安的這番話等於給胡小天派了一顆定心丸，事實上也的確如此，魏化霖突然不知所蹤，司苑局掌印太監之位並沒有派來新的繼任人選，皇上發話讓劉玉章留在宮中養傷，也就是說劉玉章繼續執掌司苑局。這背後自然存在著權德安和姬飛花之間的激烈博弈，最後的結果無疑是權德安暫時占了上風。

對這一結果感到最為滿意的當然是胡小天這幫人，劉玉章並沒有什麼特別的喜悅，他既不是權德安的人，也不是姬飛花的人，此次司苑局不幸成為了兩方爭奪的對象，而自己不小心就掉入了夾縫之中。

經歷這件事之後，劉玉章整個人變得越發疏懶起來，他乾脆將手頭上的事情全都交給了胡小天打理。胡小天掌握司苑局大權之後，自然首先啟用自己人。將維護皇家林苑的事情交給了小鄧子，小卓子負責藥庫，史學東負責庫房酒窖。

胡小天認為姬飛花之所以能夠迅速找過來還有一個原因，就是司苑局內很可能有他的眼線，利用手頭的權力對司苑局內的太監進行大規模的調遣，將一些可疑人物全都調去隨同小鄧子維護林苑，留在司苑局值守的太監全都徹查身家背景，但凡過去跟王德勝走得太近的那批人全都調離管理核心。青雲縣丞的經歷讓胡小天對於官場權術已經有了初步的理解，任人唯親雖然不是什麼好事，可在目前來看是最可行也是最實際的辦法。

劉玉章對胡小天的舉動聽之任之，老了就是老了，雖然權德安此次出面，讓他可以在司苑局掌印太監的位子上繼續坐下去，可是劉玉章的內心已經感到疲憊，的確已經到了應該頤養天年的時候了，以後的司苑局就交給胡小天這幫年輕人去折騰了，雖然他手下還有副手少監，可一個個全都是唯唯諾諾之輩，沒有一個能在關鍵時刻拿主意的，相較而言，胡小天雖然年輕，卻頗具大局觀，處理事情堅決果斷，雷厲風行，讓劉玉章省心不少。經歷幾次事情越發證明了這小子的能力，劉玉章越發堅定扶植胡小天的決心。

史學東眼看著胡小天大權在握，自己這個結拜大哥也與有榮焉，可讓他鬱悶的是，至今胡小天都未曾帶他出宮買辦一次，幾乎每次胡小天出宮，這貨就得軟磨硬泡一次，這次胡小天終於答應帶他出宮，不過前提是他不得擅自離開，更不得和他父母聯繫。史學東滿口答應，胡小天為了謹慎起見，仍然多帶了兩名小太監，負責沿途看守，提防這貨中途鬧什麼貓膩。

胡小天和翡翠堂曹千山之間的合作已經非常默契，其間曹千山也曾經聽說司苑局會有變動，正琢磨著是不是要另請菩薩重燒香的時候，又傳來消息，劉玉章仍然執掌司苑局，胡小天負責買辦的職責未變，曹千山對此也非常欣喜，畢竟換人又得加大投入，胡小天雖然精明，可這個人看起來並不貪心，應該是個一心想把事情做好的人。

胡小天將一切交給曹千山負責之後也的確省下了許多的麻煩，每次出宮採買，

支配。

只需將單子交給曹千山，曹千山就會做得妥妥當當，胡小天多數的時間都可以自由

自從和七七聯手殺掉魏化霖之後，胡小天做事也謹慎了許多，最近幾天七七可能也擔心別人懷疑，並沒有過來繼續騷擾他，胡小天每次出入皇宮也都小心謹慎，生怕有人跟蹤自己。

權德安大概是也考慮到了這一層，並沒有和他再度聯絡過。魏化霖失蹤的事情雖然掀起了一些風浪，可隨著時間的推移，這件事很快就被眾人淡忘。

一切看起來又恢復了最初的模樣，此次出宮採買，胡小天讓史學東和另外兩名小太監一起前往市集采價，瞭解最新的行情波動。其實這並沒有什麼必要，曹千山在菜品和菜價的把控上很嚴，給宮廷貢菜，無異於在刀尖上行走，搞不好就會掉腦袋，曹千山也不敢大意。可信任歸信任，形式還是必須要走的，更何況胡小天想要更多的自由就得將這幫跟班支開，他有不少的事情需要單獨去做。

比如今次他和慕容飛煙見面，胡小天在翡翠堂辦完事，來到外面，看了看周圍，一輛馬車已經緩緩向他駛了過來，胡小天看得真切，駕車的正是高遠，一段時間沒見這孩子，似乎又長高了不少，他駕車來到胡小天面前，還沒說話，嘴巴已經咧開了，露出兩排潔白整齊的牙齒。

胡小天故意笑道：「小哥兒，哪裡去？」

高遠道：「馱街！三喜酒家！」

胡小天點了點頭，警惕看了看周圍，確信無人跟蹤，這才上了馬車。

胡小天並不是第一次來到馱街，上次和慕容飛煙來這裡的時候還是為了查案，在這裡還遭遇了一場凶險，若非慕容飛煙捨命保護，他也很難逃脫殺手的毒手，眼前的馱街，一如過去那般混亂而嘈雜，昨日種種情景彷彿就在眼前，恍惚間，自己好像從未離開過京城，然而他卻清醒意識到，現在的一切早已發生了天翻地覆的變化，他再不是昔日戶部尚書的公子，眾人羨慕的衙內，已經成為皇宮之中一個地位卑微的小太監。

高遠駕車來到三喜酒家，先看了看周圍的情況，才掀開車簾請胡小天下來。這孩子雖然年幼，可做事頗為警惕，有著超越其年齡的成熟。

胡小天本以為他會跟自己一起上樓，高遠卻小聲道：「三樓駿馬廳！」他要留下來繼續負責守望，看有無可疑人物從這裡經過。

胡小天舉步走入三喜酒家，在京城之中，尤其是在馱街這種地方，太監並不少見，朝廷有御馬監，御馬監內幾乎每天都有太監出沒於京城的幾大馬市，馱街雖然是一個相對混亂的地方，但是御馬監的太監也時常會來這裡，皆因這裡偶然可以遇到蒙塵遺珠，去年的時候，御馬監就曾經在這裡挑到了一批日行千里的雪花驄。

所以胡小天的這身太監服飾也沒有引起太多的關注，食客們大都以為這貨是宮

內負責採辦的太監。

事實也是如此，只不過胡小天的目的並不是採辦那麼簡單。徑直來到三喜酒家的二樓，找到了駿馬廳，房門虛掩，胡小天輕輕將房門推開一條縫，看到慕容飛煙和展鵬兩人都坐在其中。他微微一笑，這才推開房門走了進去。

慕容飛煙和展鵬其實早已在窗口看到胡小天到來，為了掩人耳目，兩人並未出門相迎，直到胡小天走入房間內，展鵬方才站了起來，他笑道：「小天兄弟，別來無恙！」

胡小天上前和他雙手相握，笑道：「好得很，不能再好！」說話間不忘向慕容飛煙看了一眼，慕容飛煙看到這廝進來便沒來由一陣心跳加速，遭遇到他火辣辣的目光之時，俏臉更是不由自主地紅了起來，她慌忙垂下頭去，生恐被展鵬看出異樣。還好展鵬的注意力全都集中在胡小天身上，並未留意到慕容飛煙表現出的羞赧。

胡小天落座之後，慕容飛煙主動起身倒酒，輕聲道：「我和展大哥已經在這裡等了半個時辰了。」

胡小天道：「最近皇宮內發生了一些事情，所以凡事都要謹慎。」

展鵬歎了口氣道：「小天，真是難為你了！」他對胡小天報以深切的同情，認為胡小天現在已經是太監之身，遭受這奇恥大辱，卻要為了家人而忍辱偷生。

胡小天道：「也算不上為難，現在處境已經好了許多，至少可以時不時出來透透氣。」

展鵬道：「我最近去探望了胡大人。」

胡小天聽到他談起家人，點了點頭。

「朝廷雖然免去了他的官職，可是目前仍然讓他在戶部幫忙，他和夫人暫時住在水井胡同。胡大人和夫人身體都好得很，他們兩人只是牽掛你的安危。」

胡小天想起爹娘，心中不由得一酸，從戶部的一把手突然變成了最底層，心理落差可想而知，老娘平日裡穿金戴銀，雍容華貴，僕婦如雲，現在卻要走入尋常百姓家，凡事親力親為，不知這樣的日子她能不能夠適應？胡小天道：「展大哥有沒有跟他們說我的近況？」

展鵬道：「說了，我說你好得很，宮內有人照顧你，衣食無憂，只是現在剛剛入宮並不方便出來，等些日子，就會過去探望他們。」

胡小天連連點頭。

展鵬也沒有全說實話，事實上他去探望胡不為夫婦的時候，胡夫人徐鳳儀是泣不成聲，胡不為如此人物也是悲不自勝，胡小天是他們唯一的兒子，如今淨身入宮，等於斷了他們老胡家的香煙，心中的悲痛和絕望可想而知。胡不為城府很深，雖然並不輕易表露自己的感情，徐鳳儀卻幾番表示，若是能夠保住兒子平安，他們兩口子縱使萬死也無遺憾，可憐天下父母心，展鵬想起當時的情景也是心中酸楚不已，這些話他當然不能照實告訴胡小天，否則肯定會讓胡小天的心情大受影響。

慕容飛煙一旁道：「其實現在你並不適合與胡大人他們相見，朝廷雖然赦免了胡大人的死罪，但是對他平日裡監視甚嚴，他的一舉一動都在朝廷的注目之下，你若是去見他們，只會引起不必要的麻煩。」她擔心胡小天過於思念家人才會這樣說。

胡小天其實對大局看得很清楚，他微笑道：「放心吧，我分得清輕重。說說你們，那個神策府怎麼樣？」

慕容飛煙道：「組建神策府的據說是文太師，可是至今文太師都未出面，真正出來主持的是他的兒子文博遠。我被編入了燕組，目前只是例行訓練，很少有機會見到文博遠，展大哥進階飛羽衛，瞭解到的實際情況應該比我更多一些。」

展鵬搖了搖頭道：「自從進入神策府之後就是訓練，並沒有分派給我們任何的任務，只說我們這些人將來會負責護衛皇上的安全，至於其他並沒有提起過。」

胡小天道：「護衛皇上的安全有大內侍衛，有御林軍，再搞個神策府出來是不是多餘？文太師？是不是文承煥？」

慕容飛煙點了點頭道：「就是這個人，他倒是有些本事，皇位更替，居然仍舊穩坐釣魚台，絲毫沒有受到影響。」

胡小天暗歎，文承煥這種人才懂得審時度勢，並沒有受到這場朝堂風雲的波及，自己的老爹和史不吹等人全都是誤判形勢，站隊錯誤，所以才落到了如今的下場。

幾人又聊了彼此的近況，因為權德安也沒有給胡小天明確的任務，所以目前只能走一步看一步，靜待老太監的下一步安排。

展鵬並沒有待太久的時間，提前離開了酒樓，有意無意留給胡小天兩人一些單獨相處的時間，其實展鵬在承恩府襲擊權德安的時候就已經看出，胡小天和慕容飛煙之間必有情愫，否則慕容飛煙又怎能捨身忘死前往救他？

展鵬離去之後，慕容飛煙明顯變得局促起來，垂下雙眸，黑長的睫毛瑟縮了幾下，雙手抓住衣襟攪動起來。

胡小天看到她忸怩的神態，心中越發覺得可愛，挪動椅子向她靠近了一些，慕容飛煙螓首低得越發厲害，小聲道：「我也該走了！」

胡小天道：「剛剛見面就走，你心中難道就沒有一點不捨的？」

慕容飛煙道：「你休要說那種混帳話，不然以後……我就再也不理你了……」話沒說完，香肩已被胡小天摟住，慕容飛煙覺得自己真是沒用，在胡小天的面前連一絲一毫的抗拒力都沒有，她想推開胡小天只不過是分分鐘的事情，可想起胡小天現在的遭遇，她又不忍心推，也不捨得推。胡小天擁住嬌軀，低頭吻上她的櫻唇。

慕容飛煙嚶的一聲，將俏臉埋入他的懷中，雙手緊緊摟住了他。

胡小天道：「也只有在你面前，我才能感覺自己活得像個男人。」

慕容飛煙聽到他這麼說禁不住笑了起來，紅著俏臉將他推開，一雙美眸晶瑩發亮：「你分明就是個假……」太監兩個字沒說出口，實在是不好意思。

胡小天道：「正因為如此，我才越發痛苦，飛煙，其實我在皇宮之中每日過得都是心驚膽戰，真要是被別人發現了我的秘密，豈不是要把我拖進淨身房，將我給徹底喀嚓了。」

慕容飛煙道：「喀嚓便喀嚓了，省得你這個壞蛋以後再禍害女孩子。」

胡小天攥住她的柔荑道：「你捨得？」

慕容飛煙紅著俏臉道：「跟我有什麼關係？」

胡小天道：「若是我被喀嚓了，你豈不是一輩子都成不了真正的女人，也沒機會幫我生小小天……」

慕容飛煙宛如被蛇咬了一樣摔開他的手臂，捂著俏臉站起身來：「誰要幫你生……」

胡小天道：「你啊，為我死都不怕，生幾個孩子難道還害怕嗎？」

慕容飛煙道：「不理你了，總是占我便宜！」她整理了一下雲鬢，舒了口氣道：「該走了，我還要去神策府，以後有機會再見吧。」

胡小天也清楚現在並非纏綿之時，點了點頭道：「我先走。」

慕容飛煙看到他要離開，芳心中又生出不捨，小聲道：「小天，你凡事都要小心。」

胡小天勾住她的纖腰，將她攬入懷中，用力擠壓她的嬌軀，直到慕容飛煙被擠壓得喘不過氣來，又低頭在她唇上輕輕吻了一記：「放心吧，我還要留著這條性命陪你遊歷天涯海角。」

慕容飛煙一雙美眸蒙上晶瑩淚光，輕輕點了點頭，摟住他的脖子，光潔的額頭抵在他的前額之上，柔聲道：「我等你，無論怎樣我都等你。」

胡小天道：「等我生孩子？」

慕容飛煙羞澀地擰動了一下腰肢，試圖擺脫他對自己隱秘處的壓迫。胡小天卻托住她的玉臀更加用力的擠壓著她。慕容飛煙終於放棄了反抗，緊緊抱住他的身軀，俏臉緊貼在他的耳邊，柔聲道：「你一定要完完整整的回來！」

完完整整這四個字說來容易，真正在宮中想要保持完完整整可並不是那麼的容易。胡小天還算幸運，至少目前他還是完整的。

離開三喜酒家，上了高遠的馬車，高遠驅車離開馱街，他向胡小天道：「天哥，不如我跟你一起去皇宮做事吧，也好有個照應。」

胡小天啞然失笑，顯然這孩子還不知道入宮意味著什麼，不是每個人都能像自

己這般幸運，胡小天道：「小遠，現在還不是時候，我還沒在宮內紮穩腳跟，等一切穩定下來，咱們再考慮這件事。還有，我爹娘如今在水井胡同，經過這次的浩劫，家道中落，他們身邊已經沒有人照顧，我想你幫我去他們身邊盡孝，不知你可否願意？」

高遠非常懂事，他點了點頭道：「天哥放心，你的事情就是我的事情。」耳邊忽然聽到一陣駿馬的嘶鳴聲，間或傳來粗魯的叱罵聲。胡小天掀開車簾望去，卻見一旁的馬圈旁，一名矮壯的漢子正在揮鞭抽打一匹小馬，那馬兒渾身泥濘，體瘦毛長，被抽打的遍體鱗傷。因為被套馬索套住脖子，雖然竭力掙脫，卻仍然無法逃脫束縛，只能承受對方的鞭撻，那小馬不停蹦跳，始終沒有放棄反抗。

高遠看到此情此景，一雙眼睛不由得紅了起來，他自小受盡欺凌，嘗盡人間疾苦，看到此情此景不禁感同身受，他怒道：「住手！」這一嗓子只是讓那矮胖的漢子停頓了一下，當他看清出聲制止自己的只是一個黑瘦的小孩子，唇角泛起不屑的笑意，繼續揚鞭抽打那匹小馬。

高遠勒住馬韁從車上跳了下去，胡小天擔心這孩子吃虧，趕緊掀開車簾走了下去。高遠眼睛紅紅的指著那馬販叫道：「你給我住手！」

馬販愣了一下，停下抽打，皮笑肉不笑道：「小娃娃，我教訓我的馬，干你什麼事情？」

高遠道：「牠只是一匹未成年的小馬，你怎麼忍心這樣虐打牠？」

馬販笑了起來，他身邊的一幫看客也都跟著笑了起來，那馬販道：「你要是覺得可憐，就將牠買走，二十兩銀子，只要你出得起錢，我現在就將牠給你。」其實這是馬市之上很常見的一種經營手法，一些馬販子會拉來瘦小羸弱的馬當眾虐打，皆因這種馬往往賣不到一個好價錢，通過這種方法可以激起某些圍觀者的同情心，湊巧的話還可以賣到一個好價錢，這種經營策略雖然有效，可畢竟陰損了一些，還有虐待動物之嫌。

胡小天一看就知道是怎麼回事，可高遠並不清楚，他聽到對方要二十兩銀子頓時一怔，他身上的確沒帶這麼多錢，雖然胡小天留給了他一筆錢，可他也不可能隨時都帶在身上。他出身窮苦，平日裡根本捨不得花錢，二十兩已是個天文數字。

圍觀百姓一聽這馬販獅子大開口，一個個紛紛搖頭，坑一個孩子實在是有些過分了。

高遠道：「你不許打牠，我……我回頭拿給你……」

那馬販哈哈笑道：「小娃娃，你身上只怕連一兩銀子都沒有吧，我的馬，我當然想打就打！」他揚起鞭子照著馬背上又是狠狠一鞭，抽得那小馬越發淒慘地叫了起來。

胡小天暗罵這馬販卑鄙，他緩步走了過去，向那馬販道：「我給你二十兩銀

子，你將這馬送給這位小兄弟吧。」

馬販看到胡小天的裝扮，已經看出他是宮裡的太監，馬販笑道：「喲，原來是位公公大人，可我說的二十兩只是給孩子的價格，對他我可只要了半價，若是公公想要，這馬可不是這個價錢了。」這幫市井馬販都是極為奸猾，他們見慣風浪，一眼就從胡小天的穿著打扮上看出他在宮內也就是個底層小太監，沒什麼地位，所以趁機坐地起價。

胡小天道：「那是多少？」

馬販伸出四根粗短的手指在胡小天面前用力晃了晃道：「四十兩銀子。」

高遠怒道：「你剛剛明明說二十兩銀子，做生意怎麼可以不講誠信？」

那馬販嘿嘿笑道：「這位公公是何等身分？花二十兩銀子買一匹馬，公公可丟不起那人。」

高遠衝上去想要跟他理論，胡小天卻伸手將他攔住，他犯不著和這種市井商販一般見識，而且現場的人越來越多，再這樣下去必然會引起太多人的關注，胡小天道：「好！」他從錢袋中摸出一錠金子遞了過去：「這應該足夠了！」

那商販看到胡小天出手如此乾脆大方，心中不由得有些後悔，早知如此就應該多要一些。

高遠狠狠瞪了他一眼，上前將他推開，想要去解開那匹小馬。

人群中卻傳來一個洪亮的聲音道：「且慢！」

胡小天聽到這聲音有些熟悉，眼角的餘光向發聲處望去，卻見有五名漢子大步走向這邊，為首一人身材魁梧皮膚黝黑，如同一座鐵塔般威風凜凜，此人卻是胡小天昔日的冤家唐鐵漢。胡小天當年在京城的時候曾經因為誤會而搶走他的妹子唐輕璇，進而引發了唐家三兄弟率眾強闖太師府要人的鬧劇，而最後以胡小天的勝出結束。

唐鐵漢乃是駕部侍郎唐文正的大兒子，他老爹只是個六品官，不敢和位居戶部尚書的三品大員胡不為相抗衡，所以才不得不吃了這個啞巴虧，唐家也將此視為奇恥大辱，一直耿耿於懷。正所謂十年河東十年河西，如今胡不為蒙難，胡家的地位一落千丈，而唐文正在這場皇權更替之中並沒有受到太大的影響，他的老友兵部尚書張志澤又深得新君信任，唐文正也因為他的保舉而得到重用，當今皇上龍燁霖喜好賽馬，御馬監的那幫太監哪懂得什麼相馬之術，這方面自然需要求助於有當世伯樂之稱的唐文正，唐文正也表現得盡心盡力，最近為皇宮輸送了不少的好馬，因此而得到了新君的嘉獎。

唐家的三個兒子早就借著父親的權力壟斷京城馬市，可是馱街這邊因為魚龍混雜，良品太少，反倒是他們的勢力很少涉及的地方，唐鐵漢也是湊巧在這裡出現。

胡小天一看到是這廝，心中暗叫不妙，正所謂不是冤家不聚頭，沒想到會在這裡遇到了他。唐鐵漢卻不是衝著胡小天來的，因為胡小天背對他的緣故，他開始的時候並沒有第一眼將胡小天認出。唐鐵漢雖然頭腦算不上精明，但是他在相馬方面頗得其父真傳，遠遠聽到那小馬的叫聲，被吸引了過來，雖然相隔遙遠，卻一眼就看出那匹體瘦毛長的小馬絕非凡品，所以才出聲阻止。

在京城馬市上討生活的幾乎沒有不認識唐氏三兄弟的，那馬販看到唐鐵漢出現，一臉笑容道：「我當是誰，原來是唐大爺來了。」

唐鐵漢一臉倨傲，大步走向那匹小馬，上下打量了一下，然後伸手放在小馬的頸肩交接的地方輕輕一摁，小馬看似羸弱，可骨骼卻異常堅韌。唐鐵漢心中暗讚，這小馬居然是一匹不可多得的寶馬良駒。

高遠看到他去摁小馬，可不樂意了，立刻上去想要解開小馬的轡繩，他大聲道：「不要碰我的馬兒！」

唐鐵漢道：「他出多少錢，我出雙倍給你。」

胡小天心中暗罵，這孫子應該是沒看到我，可那麼大人搶一個小孩子的東西也不覺得丟人。

那馬販一聽臉上頓時樂開了花：「成，成！唐大爺，八十兩銀子。」

唐鐵漢點了點頭，八十兩買一匹寶馬良駒顯然撿了大便宜。

高遠怒道：「你明明已經賣給我了，有什麼權利再賣給其他人？」

那馬販走過去，將剛剛收下的一錠金子扔還給高遠：「我他媽不賣了還不成嗎？小子，趕緊給我滾一邊兒去，別妨礙我做生意。」

高遠抓住馬韁就是不放，大聲道：「這馬是我的，你們誰也不能搶走。」

那馬販顯然不是什麼好脾氣，一把揪住高遠的衣領，將他推到一邊，高遠性情倔強，他護定了那匹小馬，衝上去抱住馬販的大腿，猛一用力，竟然將馬販掀翻在泥濘之中。

圍觀的眾人齊聲叫好，其實多數人都看不慣這馬販出爾反爾的樣子，現在居然欺負一個小孩子，自然激起了眾人心中的不平。雖然大家普遍同情高遠，但是誰也不想招惹麻煩，並沒有人上前幫助高遠。

那馬販被掀翻在泥濘中頓時惱羞成怒，揚起馬鞭想去抽打高遠。

胡小天本不想現身，可他總不能看著高遠這位小兄弟吃虧，看到馬販揚鞭想打高遠，足尖挑起地上的一個小小磚塊，然後一個凌空抽射，磚塊嗖的一聲飛了出去，準確無誤地砸在那馬販的鼻樑上，砸得那馬販滿臉開花，馬販痛得慘叫一聲，捂著鼻子躺倒在地上連續打滾。

此時眾人的眼光才被胡小天吸引了過來，當唐鐵漢看清胡小天的樣子，一張面孔頓時變得殺氣騰騰。對胡小天他可謂是恨之入骨，當年在胡家栽跟頭的事情，他引以為奇恥大辱，所以才有了後來在胡小天離京路上的中途阻殺，只可惜被慕容飛煙阻止。

胡家失勢之後，唐鐵漢好好幸災樂禍了一陣子，本以為胡家要被滿門抄斬，株連九族，卻想不到最後皇上居然放過了他們一家，只是以胡小天入宮贖罪為結局，唐鐵漢覺得不夠解恨，也曾經放言，只要讓他遇上胡小天，一定痛毆這廝一頓。想不到踏破鐵鞋無覓處得來全不費工夫，今天居然被他在馱街遇到了這廝。

看到胡小天一身太監裝扮站在人群中，唐鐵漢心中這個痛快，你也有今天。跟我作對，肯定沒有好下場。

高遠趁機上前解開那馬兒的轡繩，胡小天道：「做生意就要講究誠信，你收了我的錢，這匹馬就已經是我的了，出爾反爾就是不講信義。」如果不是因為高遠，胡小天並不想在這種時候挺身而出。

唐鐵漢一臉猙獰的笑意，他緩步走向胡小天。

高遠察覺到形勢似乎有些不對，牽著那匹小馬，向胡小天身邊走去，他雖然不知道唐鐵漢這群人是什麼來頭，可從對方的氣勢上已經感覺到來者不善。胡小天道：「你先走吧，我跟這幫老朋友有些話說。」

高遠看了看胡小天，然後搖了搖頭。

胡小天低聲道：「別管我，分頭走！」他忽然轉身就逃。

唐鐵漢顯然沒料到胡小天會有這樣的舉動，看到胡小天已經擠開人群向遠處逃去，大聲喝道：「追！」

高遠看到胡小天逃走，也牽著那匹小馬趁亂奔向自己的馬車，將小馬栓在車後，驅車向胡小天逃走的方向追趕而去。

胡小天自從得到了權德安的十年功力，體質一日強過一日，在駄街之中大步流星瞬間已經將唐鐵漢那幫人甩開，如果單單是比賽腳力，唐鐵漢那群人肯定不是胡小天的對手，可他們的坐騎都在不遠處，很快他們便趕到馬匹所在的地方，翻身上馬，縱馬向胡小天追趕而去。

胡小天專挑人群密集的地方奔走，可惜他對駄街的道路並不熟悉，跑著跑著，前方道路突然變得空曠起來，身後馬蹄聲不斷接近。胡小天轉身望去，卻見唐鐵漢率領四名手下正拚命朝著自己的方向追趕而來。

胡小天知道憑藉自己目前的腳力仍然無法擺脫這幫人的追趕，於是停下腳步，靜待他們的到來。

轉眼之間，五人已經趕到了胡小天面前，將他團在垓心。唐鐵漢居高臨下望著胡小天，表情得意非凡：「喲，我沒看錯吧，這位公公真是眼熟啊！」

胡小天笑道：「你怎麼可能看錯？就算我燒成灰你也認得。」

「不錯，你化成灰我都認得！」唐鐵漢咬牙切齒道：「胡小天，你也有今天！」

胡小天道：「唐鐵漢，冤家宜解不宜結，事情過去了這麼久，我看咱們還是放一放吧。」

唐鐵漢怒道：「你能放下，老子卻放不下，當年你非禮我妹妹，仗著你們胡家勢大，顛倒黑白，混淆是非，我早就說過，這筆帳終有一天我會跟你算清楚。」他翻身下馬，緩步向胡小天逼迫而去。

胡小天道：「得饒人處且饒人，你又何必逼人太甚？」

唐鐵漢道：「你這個閹貨，又算得上什麼人了？想讓大爺我饒了你，也好。」他抬起右腿，指著胯下道：「那便從老子的褲襠下鑽過去。」身後四名同伴全都放肆大笑起來。

胡小天微笑道：「你當真讓我鑽？」

唐鐵漢點了點頭道：「鑽！」

胡小天歎了口氣，他一步步走了過去，忽然道：「你有沒有問過你妹子，當年我究竟對她做了什麼？」

唐鐵漢一張面皮因為他的這句話而氣成了紫色，怒道：「你這個閹貨又能做什麼？」

「當年我還未淨身呢。」

唐鐵漢怒吼道：「哇呀呀，無恥閹賊，真是氣死我也。」他揚起醋缽大小的拳頭照著胡小天的面門一拳砸了下去。本以為一拳就能將胡小天打個滿臉開花，可是眼前一晃，卻突然失去了胡小天的蹤影，一拳頓時放空，再看胡小天好端端站在他的右邊，笑瞇瞇道：「其實你妹子長得也算不錯。」

「哇呀呀，老子殺了你這淫賊！」又是一拳打了過去，胡小天一個側滑再度躲過，搖了搖頭道：「你這準頭也太差了一些，真是奇怪啊，你們兄弟三個長得都跟牛糞一樣，為何妹子長得如同鮮花一般嬌嫩，究竟是不是一個娘生的？」

「閹賊！」唐鐵漢抬腳踢去。

胡小天卻在此時抬腳迎了上去，雙腿相撞，硬碰硬拚在了一起，蓬的一聲悶響。唐鐵漢感覺如同踢在了一根鐵棍上，痛得他骨骸欲裂，瘸著右腿連連後退，唐鐵漢表情駭然，實在想不到這廝怎麼突然學會了武功。

胡小天根本不給這貨反應過來的機會，在唐鐵漢後退的同時已經欺身向前，一記狠狠的窩心腿踹在唐鐵漢的胸膛之上，唐鐵漢偌大的身軀宛如斷了線的紙鳶一般倒飛了起來，足足飛起三丈多高，然後又墜落下去，一個標準的狗吃屎動作趴倒在泥濘之中。

跟隨唐鐵漢同來的四人全都愣了，他們清醒過來之後，同時縱馬向胡小天衝去，意圖用坐騎將胡小天撞到在地。

四匹駿馬撞向中心目標的剎那，胡小天騰空飛掠而起，跳出他們的包圍圈，在空中一個轉折，然後以平沙落雁的姿勢落在包圍圈外。

兩匹駿馬來不及收腳，竟然撞擊在一起，馬兒發出一聲聲驚恐的嘶鳴，馬背上的兩名騎士因為慣性而被甩了出去。

一輛馬車出現在不遠處，卻是高遠循著他們的足跡找到了這裡，他大聲道：「天哥，上車！」

胡小天原本就不想戀戰，快步跑了過去，騰空躍上馬車，身體還未站穩，高遠已經甩動馬鞭，馬車向前方全速衝去。

胡小天在車廂內坐好，向後方望去，看到唐鐵漢幾人已經被遠遠甩在了後面，不由得心花怒放，哈哈大笑起來。只可惜他的笑聲沒有持續太久時候，前方道路之上，約有十多名騎士縱馬迎來，一字型排開佇列將道路完全阻住。卻是唐家老二唐鐵成聽到消息，趕過來尋仇。

胡小天看到勢頭不妙，慌忙向高遠道：「小遠，你別管我，只管自己逃走，這邊的事情交給我來處理。」

「不！」

胡小天怒道：「聽話，我畢竟是宮裡面的人，諒他們不敢將我怎樣。」他掀開車簾從馬車上跳了下去。

高遠不肯將他一個人留下，勒住馬韁也停了下來。

胡小天看到這小子如此倔強，堅持不走，一時間拿他也沒有什麼辦法。大敵壓境，唯有先處理眼前的危機再說。

唐家三兄弟全都有勇無謀，這唐鐵成比起唐鐵漢性情更加暴烈一些，他今天和大哥一起來到馱街，只是兩人分頭去選馬，所以聽說消息晚了一些，不過還好剛巧在胡小天逃離之前將他攔住。

在距離胡小天尚有二十丈的時候，唐鐵成那幫人齊齊亮出短棍，皇城之內他們也不敢輕易殺人，今天是拿定了主意要痛揍胡小天一頓。

胡小天站在那裡，緊握的雙拳慢慢展開成為鷹爪的形狀，今天倒要看看這玄冥陰風爪究竟有多大的威力。

高遠從車內拿出一根木棍，也跳了出來和胡小天並肩而立，誓要和胡小天共同進退，這孩子雖然年幼，可是重情重義，血性十足。形勢在一觸即發之時，遠處忽然傳來一個尖細的聲音道：「住手！全都給我住手！」

遠處有三騎如同疾風般向這邊趕來，那三人全都是宮廷服飾，為首一人三十多歲的樣子，細眉長目，皮膚白皙，頷下無鬚，正是御馬監少監樊宗喜，在他的身後還跟著兩名騎馬的小太監，其中一人竟然是過去曾經在承恩府守門的小太監福貴。

樊宗喜搶在唐鐵成那群人逼近胡小天之前將他們攔住，怒道：「唐鐵成，你搞什麼？居然對胡公公不敬！」

胡小天並不認識樊宗喜，聽到他一口就叫出自己的姓氏，顯然是從福貴那裡得知，福貴背朝胡小天，手在後面悄悄擺了擺，顯然是在提醒他不要出聲，一切只管看他們安排。這小太監表面忠厚，可實際上也是權德安埋伏在皇宮的一顆棋子，正所謂人不可貌相。

唐鐵成雖然對胡小天恨之入骨，但是他對御馬監的這幫人還是非常顧忌的，別看他老子是駕部侍郎，平日裡還是要看御馬監的這幫公公的眼色行事。唐鐵成伸手攔住眾人，抱拳行禮道：「樊公公，鐵成這廂有禮了，您有所不知，此人是我唐家的仇人……」

話沒說完，遠處傳來唐鐵漢的叫聲：「二弟，千萬不要放走了那個閹賊！」

言者無心，聽者有意，雖然樊宗喜知道唐鐵漢這句話是罵胡小天的，可太監最忌諱的就是聽到閹賊這兩個字，一張面孔頓時冷了下來。

眼看唐鐵漢縱馬即將來到近前，樊宗喜的身軀倏然離馬鞍飛起，在空中接連翻轉了幾下，徑直朝著唐鐵漢俯衝而至。唐鐵漢嚇了一跳，慌忙勒住馬韁，不等他做出防備動作，樊宗喜揚起右手，一個清脆的耳光抽在他的臉上，打得唐鐵漢從馬背上重重摔落下去。

樊宗喜的腳尖在馬背上一點，再度飛回自己的坐騎，抓住馬韁，冷冷望向地面上的唐鐵漢道：「你在罵我嗎？」

唐鐵漢此時方才看清打他的是御馬監少監樊宗喜，一張面孔徹底憋成了紫色，面對樊宗喜他是敢怒不敢言，心中也明白自己說錯了話。

唐鐵成慌忙道：「樊公公，我大哥絕不是說您……」

樊宗喜冷哼一聲：「看在唐大人的份上，今天的事情咱家不跟你們計較，趕緊從我的面前消失。」

唐鐵漢從地上狼狽不堪地爬起來：「樊公公……」

「嗯……難道你們真想讓咱家將今日之事上奏皇上？」

聽到樊宗喜這麼說，唐鐵漢兄弟兩人哪還敢再多說話，慌忙帶著那群手下倉促逃離。

樊宗喜看到他們全都離去，這才將目光投向胡小天，胡小天何等機靈，今天他無疑欠了樊宗喜一個人情，慌忙抱拳行禮道：「卑職胡小天參見樊少監！」

樊宗喜微微一笑，握住馬韁身軀微微前傾道：「咱們都是宮裡人，自然不能讓外人隨便欺負，更何況你還是福貴的恩人。」

胡小天向福貴看了一眼，顯然這小子故意編織了一個謊言。除了福貴之外，宮裡很少人知道自己是權德安送進來的，這福貴表面老實巴交，看來也並不簡單。

胡小天道：「讓樊少監費心了。」

樊宗喜道：「都是自己人，不用客氣。」他的目光落在馬車後方的小馬身上，

一雙細眼瞬間眯成了一條小縫，這匹體瘦毛長的小馬顯然沒有引起他的興趣，轉向胡小天道：「咱家先走了！」

福貴也沒有多做停留，向胡小天遞來一個意味深長的眼神，跟在樊宗喜的身後絕塵而去。

胡小天上了高遠的馬車，由高遠將他送到了翡翠堂附近，前往采價的史學東等人已經回來了，都在約定的地點等著胡小天，胡小天對今天發生的事情隻字不提，內心中卻開始盤算著要給唐家兄弟一個狠狠的教訓。

好事不出門壞事傳千里，胡小天剛剛回到司苑局，就被劉玉章叫了過去，原來劉玉章已經聽說他在馱街和唐家兄弟發生衝突的事情。劉玉章叫他到身邊可不是為了責怪他，而是出於關心。

胡小天簡略將今天發生的事情告訴了劉玉章，至於他為何去了馱街，卻略去不提。

劉玉章聽完之後不由得歎了口氣道：「總之你沒吃虧就好，這件事我會跟御馬監那邊打聲招呼，讓他們敲打一下唐家。」

胡小天笑道：「劉公公，區區小事，就不勞您老費心了，今天其實就是御馬監的少監樊宗喜為我解圍，我正琢磨著準備點禮物給他送過去呢。」

劉玉章道：「樊宗喜這個人好酒貪杯，你去酒窖給他挑點好酒送過去。」

胡小天笑道：「我這算不算假公濟私？」

劉玉章聽他這樣說也不禁笑了起來：「一旦咱們將這裡當成是自己的家，何者為公？何者為私？誰又能分得清楚？」

胡小天不禁拍案叫絕，劉玉章的這番解釋真是妙不可言，既然都把皇宮當成自己家了，老子何必分什麼公私。他歎了口氣道：「只可惜那個姬飛花將酒窖弄得一片狼藉，底層的不少陳年好酒都被他毀掉了。」其實當時毀壞酒窖的還有權德安，胡小天把所有的責任都推到了姬飛花的身上。

劉玉章道：「存貨越少，越是珍貴。」

胡小天微笑點頭，正所謂物以稀為貴，劉玉章雖說得樸素，可也是這個道理。

從劉玉章那裡告辭離開之後，本想去酒窖看看，迎面卻遇到宮女葆葆。自從上次葆葆被王德勝刺傷之後，她已經有幾日未曾出現過，看到她精神抖擻的樣子更勝往昔，想必她的傷勢已經完全恢復，胡小天心中暗忖，這妮子的墨玉生肌膏看來還真是有效呢。雖然知道葆葆此來必有所圖，可胡小天仍然笑瞇瞇迎了上去，招呼道：「葆葆姐姐，怎麼今兒有空過來呢？」

葆葆嫣然一笑，風姿無限，柔聲道：「胡公公，林貴妃對上次您送的楊梅酒讚不絕口，這不，酒已經喝完了，所以貴妃娘娘又讓我過來再向您要一些。」

胡小天笑道：「好說，好說，我這就讓人帶你去取。」心中卻明白這妮子絕對

是醉翁之意不在酒。

葆葆一雙妙目盯住他小聲道：「對別人我可不放心，還是你親自去最為妥當。」

胡小天道：「可是我還有其他事情呢。」

葆葆不無威脅道：「什麼事情也不比咱們的事情重要，你總不會想我將那天發生了什麼事情全都說出來吧？」

胡小天呵呵笑了一聲，這宮女還真是一個麻煩，居然登門威脅自己，早知如此還不如那天在地窖之中直接將她滅口。胡小天雖然這麼想，可他也知道葆葆並不好對付，如果那天沒有受傷，自己還真不一定能夠對付她。

胡小天也知道這裡不是說話的地方，於是帶著葆葆前往酒窖。現在酒窖區域由史學東全權負責，看到葆葆這貨不免又是眼睛一亮，一臉的色相，胡小天不免有些納悶，這貨明明被淨過身了，為何見到美女還會露出這種神情，難不成真沒把他給切乾淨？

胡小天讓史學東守住酒窖大門，帶著葆葆走入其中。

不等胡小天關門，葆葆已經主動將酒窖的大門給插上了，胡小天道：「孤男寡女共處一室，好像有些不太方便吧。」

葆葆雲袖掩住櫻唇，似乎在偷笑，在她心中顯然沒有將胡小天當成男人，這小太監說話還真是有趣。

胡小天舉著燈籠帶她來到底層酒窖，雖然已經收拾乾淨，可是突然空曠的地窖仍然讓葆葆為之一驚，地窖中因為通風不暢，酒氣濃烈，醺人欲醉。葆葆掩住瑤鼻道：「這裡究竟發生了什麼事情？」

胡小天道：「前兩天有人在這裡打了一架，打爛了不少的酒桶，所以才變成了這般模樣。」

葆葆道：「是不是你做的好事被人發覺了？」她所指的自然是胡小天殺死王德勝一事。

胡小天冷冷望著她道：「有些事過去就過去了，人若是始終記得某些不好的事情，那麼註定不會有什麼好結果。」

葆葆向前一步，美眸盯住胡小天道：「威脅我？」

「不敢，只是實話實說！」

葆葆格格笑道：「實話實說？你何嘗說過實話，不是說給我服用了慢性毒藥嗎？那麼現在將解藥交出來吧。」她伸出右手，燈光之下皓腕晶瑩如玉。

胡小天將燈籠掛在廊柱之上，微笑道：「葆葆姑娘，為何你不考慮從此遠離司苑局，你我井水不犯河水？」

葆葆道：「那天始終有人守在外面，他究竟是從何處進入這酒窖之中？」她回

去之後將整件事從頭到尾細細梳理一遍，越發覺得這酒窖之中大有玄機，王德勝肯定不是從正門進入，剩下的就只有兩種可能，一種可能是他預先就埋伏在酒窖之中，還有一種可能，就是這酒窖裡面還有其他密道和外界相通，王德勝就是經由那條密道進入了酒窖。

胡小天在瑤池中偷聽了葆葆和林苑的對話，從中已經猜到了兩人的一些底細，葆葆絕非普通宮女，她和林貴妃也不是主僕的關係，兩人以姐妹相稱，還共有一個乾爹。

胡小天道：「我好像沒有回答你問題的必要，你三番兩次的來到司苑局，究竟受了什麼人指使？林貴妃？」胡小天搖了搖頭道：「應該不是，你所做的一切林貴妃應該一無所知吧，如果她知道這些事，卻又對你聽之任之，那麼你們的關係看來還真是不一般。」

葆葆俏臉轉冷：「你什麼意思？」

胡小天道：「若要人不知除非己莫為，我雖然很少關心你的事情，並不代表你和林貴妃的所作所為可以瞞過我的眼睛，你們表面上是主僕，背地裡是姐妹吧？」

葆葆聽他這樣說，一顆心頓時涼了半截，這等秘密他又是如何知道？

胡小天道：「你放心，我對你們的事情毫無興趣，只是我希望你也不要再找我的麻煩，大家相安無事最好，真要是搞到要翻臉的地步，對誰都沒有好處。」

葆葆道：「翻臉就翻臉，那又如何？」說話間，她已經縱身撲了上來，手中寒光一閃，一把匕首徑直向胡小天的胸口刺去。

胡小天無時無刻不在提防她的動作，葆葆啟動的同時，他已經向後撤了一步，左足為軸，身體逆時針旋轉，就勢連續揮出兩爪。

單就內力而言，葆葆肯定不是胡小天的對手，但是胡小天畢竟欠缺實戰經驗，面對葆葆的殺招，很快就轉攻為為守，落盡下風。可是他出手的速度和力量要遠比葆葆強大，雖然幾次都是後知後覺，可仍然能夠做到後發先至，化解葆葆的攻勢。

葆葆雖然祭出匕首，可是卻並不是真心想奪去胡小天的性命，所以匕首反倒成為她的束縛。反觀胡小天玄冥陰風爪使得越來越純熟，終於找到了一個機會，抓住葆葆的肩頭，嗤！的一聲，竟然將葆葆肩頭的半幅衣服給扯了下來，葆葆一聲嬌呼，顧不上刺殺這廝，慌忙掩住自己的胸部，晶瑩的肩頭卻已經裸露在胡小天的面前。

胡小天揚起手中的半幅衣衫搖了搖頭，隨即將那衣衫扔在了地上，分明在說葆葆根本不是自己的對手。

葆葆緊咬銀牙，一雙美眸迸射出凜冽殺機：「淫賊！我要了你的狗命。」

胡小天道：「我是太監嘜，就算是你想讓我淫，我也沒那個本事。」

葆葆一張俏臉漲得通紅，索性不管破裂的衣衫，足尖在地上輕輕一點，嬌軀倏然飛了起來，然後鳥兒一樣飛撲下來，匕首直刺胡小天的咽喉。

胡小天雙腿跪在了地上，腰身倒折，單手托起葆葆的手腕，另外一隻手抓住了葆葆的燈籠褲，嗤又是裂帛之聲，竟然將葆葆右腿的整條褲管給扯了下來，一條修長筆挺的美腿展露在他的面前。

胡小天望著晶瑩如玉的美腿不由得咽了口唾沫，要說還真是非常誘人呢。

葆葆氣得就要發瘋，無奈技不如人，可這會兒她根本忘記了自己前來的主要任務，衝上前去要和胡小天拚命。右手此時卻是被胡小天牢牢握在手中，揚起粉拳向胡小天的鼻樑打去，胡小天左手如勾，玄冥陰風爪果然玄妙，穩穩將她的左腕握住，用力一拉，葆葆整個人撲倒在他的懷中，胡小天一個翻身將她壓在自己的身下。

葆葆被他壓在身下，芳心中又羞又怒，她憤然道：「你起來，不然我要叫了！」

胡小天道：「這兒隔音很好，你叫破喉嚨也沒人聽到。」

葆葆忽然沉默了下去，她感覺到自己雙腿之間有些異樣，用力咬住櫻唇，一雙美眸因為驚恐而瞪得滾圓，她忽然意識到那是什麼，正想尖叫。胡小天看出她的意圖，竟然一低頭用嘴唇將葆葆的櫻唇封住。

葆葆嬌軀劇烈顫抖了一下，一雙美眸充滿羞憤交加的光芒，她在胡小天身下竭力掙扎，可越是掙扎，胡小天的反應卻越是強烈，葆葆似乎也意識到了這一變化，驚恐地不敢動彈，美眸之中淚光盈盈，兩顆晶瑩的淚珠緩緩自她的腮邊滑落了下去。

胡小天離開她的櫻唇，低聲道：「你不許叫，我放開你。」

葆葆點了點頭。

胡小天奪下她手中的匕首，從她身上站了起來，這廝顯得有那麼點駝背，這是為了掩飾某處的尷尬，只有這樣的姿勢才不至於顯得那麼的突兀明顯。

葆葆默默無語地從地上爬了起來，她低下頭去，旋即又轉過身去。

胡小天看到她肩頭顫抖，猜想到她肯定是抽泣起來，這貨向前走了一步道：「我……」

話沒說完卻見葆葆倏然轉過頭來，揚起巴掌照著自己的臉上打來，胡小天早有防備，一把將她的手腕捉住，旋即將她抵在牆壁上，匕首抵住她白璧無瑕的咽喉。

葆葆一雙星眸之中此時非但不見任何的憤怒，剩下的全都是溫柔嫵媚的光芒，櫻唇輕啟道：「你殺了我就是，你這個黑心郎，你這個厚顏無恥的……假太監……」說到這裡，俏臉上蒙上了一層誘人的嫣紅，姿態魅惑到了極點。

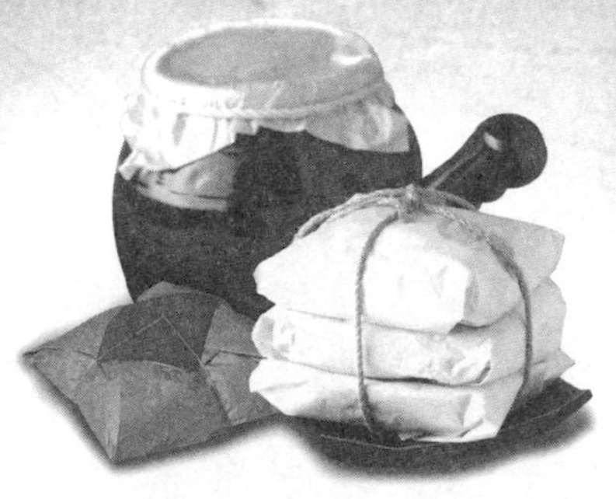

第十章

虎落平陽被犬欺

胡小天淡然一笑，虎落平陽被犬欺，如今的境遇正說明這一點，
過去，他貴為尚書府少爺，出門吆五喝六，時刻保鏢相隨，
前往青雲為官的時候，身邊還有慕容飛煙保護，
而現在凡事只能靠自己，沒有足夠實力，連性命都無法保全。

胡小天明白自己的生理反應已將他的秘密暴露於葆葆面前，眼前只有兩個選擇，一是殺掉葆葆，二是可以讓葆葆心甘情願地為自己保守秘密，若說前者應該非常容易，後者只怕難度極大。匕首抵在葆葆嬌豔的肌膚之上，一時間遲疑不決。

葆葆星眸半舒，吹氣若蘭，柔聲道：「你是不是想殺我滅口？」

胡小天微笑不語。

葆葆望著他的微笑，心中卻不寒而慄，此人身上包藏的秘密絲毫不次於自己，而自己得悉了他的秘密，胡小天為了保住這個秘密絕對會不惜殺她滅口，葆葆現在的選擇也有兩個，一是殺掉胡小天，二是說動他讓他認為自己可以信任。

葆葆嬌滴滴道：「你捨得嗎？」

胡小天道：「捨得！」匕首又向前遞了一些，銳利的鋒刃已經戳破葆葆嬌嫩的肌膚，一縷鮮血沿著她的肌膚流淌出來，紅白相映演繹出一種觸目驚心的美。

如此尤物倘若死在自己的刀下的確有些可惜，但是美色重要，性命更加重要，尤其是自己的秘密不僅關係到自己的死活，還關係到父母親朋諸多人的安危。

肌膚相貼卻沒有絲毫溫柔纏綿銷魂蝕骨的滋味，葆葆感受到的卻是凜冽的殺機，她低聲道：「很多人都知道我來找你，倘若我失蹤，你肯定解釋不清。」

胡小天微笑道：「你知不知道這個世界上有種叫化骨水的東西，只要我在你的身上滴上那麼一滴，結果如何你應該知道。」

葆葆幽然歎了一口氣道：「你當真那麼狠心？就算將我毀屍滅跡，你一樣瞞不過眾人的眼睛。」

胡小天道：「撐過一天是一天，誰會在意一個宮女的去向？或許偷跑出宮外，或許跟哪個小太監私奔，又或者被哪位善妒的皇妃沉入井中，這種事並不少見。」

葆葆眨了眨美眸，玉腿常春藤般纏在胡小天的大腿上，嬌聲道：「若是私奔，我也願意跟你一起私奔。」

胡小天道：「咱倆好像八字不合。」

葆葆啐道：「你都不知道我生辰八字，又胡說什麼八字不合，小天，不如咱們合作。」形勢所迫，她終於主動向胡小天拋出了橄欖枝。

胡小天道：「合作？你能給我什麼？」

葆葆高聳的胸部向胡小天挺動了一下，越發密實地貼緊了胡小天的胸膛，媚眼如絲道：「卻不知你想要什麼呢？」

胡小天不得不承認此女對自己擁有著強烈的吸引力，然而他並未被美色魅惑頭腦，輕聲道：「那就跟我老老實實交個底，你和林貴妃是什麼關係？你們入宮又是為了什麼？」

葆葆咬了咬櫻唇，她發現胡小天雖然年輕，但是為人相當的老道，幾乎可以稱得上是油鹽不進，她已經放下女孩子的自尊施展出渾身解數，可是胡小天卻始終不

為所動，此子的意志力不是一般的強悍。葆葆道：「林貴妃並不知道我的身分，我潛入宮中乃是為了查探一件事情。」

胡小天呵呵笑道：「你不說實話，休怪我辣手摧花。」

葆葆嗔道：「你又不是我肚子裡的蛔蟲，怎知道我說的不是實話？」

胡小天道：「你和林貴妃究竟是什麼關係？」

葆葆在他的逼視之下，芳心不由得一顫，黑長的睫毛垂落下去，過了一會兒方才道：「你還是殺了我吧。」

胡小天道：「好！」他揚起匕首作勢要刺落下去。

葆葆又道：「且慢，你想不想知道這皇宮的秘密？」

胡小天道：「又想玩什麼花樣？」

葆葆道：「我幾次前來你這裡，皆因我得到一個消息，這皇宮的地下藏有一座驚人的寶藏，若是可以找到寶藏所在的地方，便可以安邦定國。」

胡小天笑道：「這和我又有什麼關係？」

葆葆道：「我是天機局的人，洪先生是我的義父，即便是你們司苑局中也有天機局的眼線，你若殺我，我義父決饒不了你，胡小天，縱然你不要性命，你爹娘的性命難道你也不在乎嗎？」

胡小天被她一語點中了痛處，目光之中掠過一絲猶豫，這絲眼神被葆葆準確把握住了，她輕聲道：「咱們都是逼不得已來到這皇宮之中，不如放下彼此敵意，相互合作，或許還有一線生機。」

胡小天道：「你連一句實話都不肯說，我又如何相信你？」

葆葆咬了咬櫻唇道：「也罷！你放開我一些！」

「又想搞什麼詭計？」

葆葆見他並不相信自己，紅著俏臉道：「你看我左側腰下……」

胡小天想了想，左側腰下說那麼複雜還不就是屁股嗎？

葆葆已經轉過身去，胡小天擔心她有詐，仍然用匕首抵住她的後心，手指勾入她的裙帶，觸摸到她腰間如絲緞般柔滑細膩的肌膚，心神不覺為之一蕩，越是如此越是在內心中提醒自己需要小心謹慎，焉知葆葆不是故意在色誘自己？手指貼著她纖腰處的肌膚輕輕向下一扯，美輪美奐的曲線起伏於他的眼前，卻見葆葆無瑕玉臀之上紋著一隻翩翩欲飛的彩蝶。

胡小天道：「蝴蝶？」

葆葆含羞帶怨道：「這是天機局的特有紋身。」今天為了保全性命，在胡小天的面前可謂是犧牲自尊，幾無保留了。

胡小天道：「天機局不是隸屬於朝廷的嗎？」

葆葆道：「你看清了就放開我。」

胡小天這才將手縮了回來，目光卻仍然流連在葆葆美得炫目的起伏曲線之上，葆葆緩緩轉過嬌軀，胡小天的刀鋒始終不離她的咽喉要害。她歎了口氣道：「你現在應該相信我對你沒有惡意了。」

胡小天道：「區區一個紋身就能取信於我？」

葆葆對他真是有些無可奈何了：「你還想怎樣？」

胡小天道：「說說你的義父派你入宮的主要任務。」

葆葆道：「就是尋找寶藏，當今的皇上龍燁霖是利用卑鄙手段脅迫太上皇，逼他退位，這才成為了大康的天子，他繼承大統之後，所做的第一件事就是殺掉了太子龍燁慶。如此無道的行徑自然惹得天怒人怨，大康實則是已經處於四分五裂的邊緣，西川李天衡已經率先擁兵自立，而他只是第一個，用不了多久，大康就要面臨四面楚歌的局面，所以明智之人都開始為自己的將來打算。」

胡小天笑道：「你的義父想必就是你所說的明智之人了，只是你隻身潛入皇宮，冒著極大的風險，倘若事情敗露，卻不知你的那位義父保不保得住你。」

葆葆黯然神傷道：「我不瞞你，我有把柄落在他的手上，如果不按照他的吩咐去做，我的下場會極其悲慘。」

胡小天道：「扮可憐博同情嗎？」

葆葆搖了搖頭道：「我是真心想跟你合作，我不知你是受何人主使潛入宮廷，不過咱們的目的應該相通，我們全都是被人利用，是別人手中的一顆棋子而已，一旦事情敗露，我們就會被毫不猶豫的摒棄，其實我上次見你之時就有心跟你合作，這皇宮中的形勢遠比你想像中更加複雜凶險，只有我們精誠合作，或許可以成功逃出這片森嚴的壁壘。」

胡小天道：「想跟我合作，為何還要屢次刺殺於我？」

葆葆道：「我只是為了試探你，絕不是真心想要刺殺你。」

胡小天將匕首從她的頸部移開，向後退了一步。葆葆豐挺的胸膛仍然不斷起伏，顯然驚魂未定。

胡小天道：「說說你所瞭解到的形勢，看看能不能引起我的興趣。」他從一旁牆上摘下掛著的斗篷扔給了葆葆。

葆葆接過，披在衣衫襤褸的嬌軀之上，如今的慘狀全都拜胡小天所賜。葆葆向前走了一步，修長美腿又從斗篷中展露出來，胡小天的目光不由得又被吸引過去。

葆葆俏臉一熱，小聲道：「新君上位之後，遠離後宮嬪妃，表面上為國事廢寢忘食，可實際上卻因為一個不為人知的秘密。」

「什麼秘密？」

葆葆道：「你可知道皇上目前最寵幸的人是誰？」

胡小天搖了搖頭，他雖然來到皇宮已經有一段時間，可是從未見過大康這位新

近登基的皇帝，也從未有人告訴過他這方面的事情，他所在的司苑局很大程度上相當於皇宮的後勤物資供應部，並沒有直接深入到皇室內部的生活。

「姬飛花！」

胡小天的眼前頓時出現那長相比女人還要妖嬈嫵媚的內官監提督。

葆葆道：「皇上表面上對他寵信有加，實則是貪戀男色，剛開始登基的幾天還有所掩飾，現在根本毫不顧忌，幾乎每天都和姬飛花廝守在一起，對姬飛花偏聽偏信，寵信非常。姬飛花憑藉著皇上的寵信，權力迅速坐大，如今已經成為皇宮內權勢最大的一個。」

胡小天對葆葆的這番話深信不疑，就在不久前他便親眼目睹了姬飛花的囂張跋扈，連劉玉章這個曾經伺候過皇上的老人都不被他放在眼裡，那日在酒窖中姬飛花又公然和權德安對峙。他進而想到了權德安安排自己入宮的主要目的，以目前的情況來看，十之八九是為了對付姬飛花。真要是如此，任務實在是忒艱巨了。

胡小天道：「不是說權公公才是宦官中權力最大的一個嗎？」

葆葆道：「權公公雖然為皇上登基立下汗馬功勞，可是他畢竟已經老邁，皇上登基之後就對他疏遠了許多。」她向胡小天又走了一步道：「前些日子，皇宮中風傳內官監少監魏化霖要前來司苑局接替劉玉章公公的位子，如果不是魏化霖突然失蹤，現在的司苑局已經是他的天下了。」

胡小天道：「奇怪，這魏化霖怎麼就突然失蹤了？」

葆葆一雙美眸意味深長地望著他，心中卻懷疑胡小天和魏化霖的失蹤有關，不過葆葆也知道，魏化霖乃是姬飛花的左膀右臂之一，此人的武功絕非泛泛，以胡小天的武功想要剷除他也不是那麼的容易。她輕聲道：「我聽到傳聞，說魏化霖的失蹤和權公公有關。自從陛下寵信姬飛花，皇宮之中新舊勢力之間的衝突便愈演愈烈，其中的代表就是姬飛花和權德安。」

胡小天其實在心中已經有所覺察，現在聽到葆葆將事情全都說出來，頓時完全明瞭，低聲道：「權德安統領司禮監，現在似乎無意爭權，已經退出了皇宮，平日裡都在承恩府辦公。」

葆葆道：「他們這些人的心思又豈能被人輕易琢磨的透？權德安表面上退出了皇宮，可是他絕不甘心就此失敗，而是在密謀擴大自己在京城的勢力範圍，你有沒有聽說過新近組建神策府的事情？」

胡小天點了點頭，他當然聽說過，神策府組建之初，權德安就讓他說服慕容飛煙和展鵬兩人加入其中。

葆葆道：「神策府表面上是太師文承煥提議組建，可幕後卻是文承煥和權德安兩人共同籌畫，組建神策府的目的就是為了和天機局對抗。」

胡小天還真是不知道這背後居然有著這麼多的內情，既然權德安是神策府的建立者之一，卻又為何讓展鵬和慕容飛煙加入其中？難道他對文承煥也不信任？這老傢伙還真是多疑。胡小天道：「這麼說來天機局一定和姬飛花有關了？」

葆葆秀眉微顰道：「我不清楚，我雖然隸屬於天機局，但是我只和義父有聯絡，其他的事情一概不知。」

「你義父是誰？」胡小天的這個問題無疑切中了要害，葆葆能否照實回答這個問題，是決定他們是否可以合作的關鍵。

葆葆咬了咬櫻唇道：「洪先生！」

胡小天道：「洪先生？天機局不是隸屬於都察院嗎？洪先生又是何人？」

葆葆道：「我只知道他是洪先生，即便是連他的真正面目我也從未見到過。」

胡小天看到葆葆的表情不像作偽，緩緩點了點頭。

葆葆道：「我將所知道的事情全都告訴了你，現在你應當相信我的誠意了。」

胡小天道：「好，我暫且不殺你。」

葆葆道：「投之以桃報之以李，難道你就不準備告訴我一些什麼？」

胡小天微笑道：「你果然得寸進尺。」

葆葆道：「你無需瞞我，這酒窖下面是不是有條密道，上次那姓王的太監便是經由密道潛入了這裡。」

胡小天也不瞞她，點了點頭道：「今日時間已經不早，等你下次過來的時候，我再帶你探尋密道。」

葆葆也明白今天耽擱得的確太久，倘若繼續待下去，別人肯定會產生疑心，於是點點頭道：「一言為定。」留意到胡小天的目光又望著她露在斗篷外的小腿處，俏臉不由得紅了起來，嗔道：「你還有沒有衣服，我總不能這個樣子走出去？」

葆葆離開酒窖的時候又換上了一身太監的服飾，史學東看得一頭霧水，這宮女為何來的時候穿著長裙，走的時候便換上了太監服，她跟胡小天在酒窖裡面幹了什麼？每次來都要換一身衣服走。

葆葆走後，史學東禁不住抓住胡小天的手臂，充滿好奇道：「兄弟，你們在下面幹了什麼好事？」

胡小天向他神秘一笑道：「沒幹什麼，只是喝酒打濕了衣服。」

史學東那裡肯信，歎了口氣道：「還是兄弟厲害，淨身之後還能迷得這小姑娘神魂顛倒。」

胡小天正色道：「東哥，此事只能你知我知，千萬不可告訴第三人知道。」

史學東連連點頭道：「兄弟放心，咱們是同生共死的結拜兄弟，我任何時候都不會出賣你的。」說完之後，他又歎了口氣道：「那葆葆真是個尤物啊。」

胡小天看到他色授魂與的樣子不禁有些奇怪：「你到底有沒有淨身啊？怎麼對女人還有這麼濃厚的興趣？」

史學東看了看周圍，神秘道：「告訴你一個秘密，我天生就是一個蛋子的，曾經看過郎中，說我也是有兩個，只是一個生在了肚子裡，所以淨身躲過一劫。」

胡小天聽他一說不由得笑了起來，搞了半天這貨是個隱睾啊。

史學東苦笑道：「你莫笑我，我本以為僥倖留下了一個蛋子，可現在才知不是好事，腦子想著女人，東西卻被割了個乾淨，這樣下去，我就快急火攻心了。」

胡小天拍了拍他的肩膀道：「東哥，改日我給你找兩本佛經好好讀讀，或許能夠修心養性。」

史學東道：「我還是去洗個冷水澡來得快活。」

無論在任何地方想要紮穩腳跟，就必須處理好方方面面的關係。胡小天是個知恩圖報的人，他沒有忘記樊宗喜為自己解圍的事情，專程準備了兩罈美酒，又挑選了一些時令鮮果，叫上了兩名小太監，陪著他送到了御馬監。

胡小天抵達御馬監的時候，樊宗喜正準備出宮前往皇家馬場，看到胡小天如此客氣，樊宗喜也是笑顏逐開。他笑道：「胡公公太客氣了，你第一次登門，咱家本該略盡地主之誼，怎奈還有要務在身，必須前往紅山馬場。」

胡小天笑道：「樊公公既有公務在身，小的就不打擾了，我今次前來就是送一些司苑局自釀果酒給您嘗嘗，若是樊公公覺得好，以後只管派人去司苑局找我。」

樊宗喜道：「胡公公若是沒什麼要務，不如跟我一起去紅山馬場看看。」

胡小天本來就有和樊宗喜攀交之意，既然對方主動提出，他當然不會錯過這個機會，微笑點頭道：「好啊！」

來到皇宮馬廄，樊宗喜又讓人給胡小天準備了一匹黑色坐騎，一行六人出了皇宮，向位於皇城西北的紅山馬場而來。

樊宗喜和胡小天並轡行進在隊伍的最前，他輕聲道：「劉公公已經讓人給我帶過話，唐家那邊我已經為你打了招呼，以後他們兄弟幾個不會再找你的麻煩。」

因為劉玉章對自己的關照，胡小天心中湧起一陣溫暖，他微笑道：「有勞樊公公費心了。」

樊宗喜道：「唐家的幾個兒女實在是過份了一些，也就是你們胡家現在蒙難，換成過去，只怕他們連正眼也不敢看你。」

胡小天淡然一笑，虎落平陽被犬欺，現如今的境遇恰恰說明了這一點，最近發生的一系列事情，讓他真正意識到了武力的重要性，在過去，他貴為尚書府少爺，出門吆五喝六，時刻保鏢相隨，前往青雲為官的時候，身邊還有慕容飛煙保護，而現在凡事只能依靠自己，沒有足夠的實力，甚至連性命都無法保全，好比很少有大帥前去衝鋒陷陣，可一旦從帥位淪落到走卒的地步，就必須衝鋒在前，親力親為。倘若不是權德安傳給了他十年內力，只怕他的武力也不會提升如此之快。

樊宗喜又道：「福貴跟我說過，當年你曾經救過他的性命。」

胡小天道：「我都不記得了！」

樊宗喜道：「一入宮門深似海，我們這些人從走入宮門的那一刻起，好像從頭活過一次，其實入宮和出家沒有太大的分別。」樊宗喜瞇起雙目，此刻的目光顯得虛無而飄渺。

胡小天深有同感地點點頭，其實就六根清淨而言，入宮比出家更為徹底一些。

紅山馬場是距離皇城最近的馬場，也是皇宮馬場之一，這裡依山傍水，水草肥美。是康都難得的一處靜謐所在，通常皇室御用的愛馬全都寄養在此。馬場由御馬監負責管理，樊宗喜又是這裡的具體負責人，平日裡待在這裡的時間甚至比宮內還要多一些。

穿過康都繁華的街道，徑直出了西門，沿著林蔭大道向北行進約有十五里，紅山馬場已然在望，馬場四周全都用杉木柵欄圍攏，高度在兩丈左右，頂端削尖，每隔百丈設有一個哨塔，上方有衛兵日夜駐守。

樊宗喜一行距離馬場大門還有一里多路的時候，馬場大門已經緩緩拉開。樊宗喜一馬當先，首當其衝進入馬場之中，雖然已是中秋，馬場的草色仍然青翠碧綠，遙遙望去，一直蔓延到遠方紅山的腳下，紅山的頂部已經被秋色染紅，遠遠望去，好像山頂被燒著了一樣，其實是山頂種滿了紅楓，到這個季節，楓葉已經完全泛紅，所以形成了這樣的奇觀。

一條小河蜿蜒崎嶇，陽光下猶如一條金色絲帶縈繞在紅山腳下，在紅綠兩種不同的眼色之間勾勒出涇渭分明的界限。天空碧澄如洗，不見一絲雲層，迎面送來涼爽的秋風，夾帶著野花的香氣，讓人心曠神怡。

兩名騎士飛馬迎向樊宗喜，這兩人全都是御馬監的執事太監，在距離樊宗喜還有十丈左右的時候翻身下馬，屈膝半跪在地，恭敬道：「屬下參見樊少監！」

樊宗喜瞇起一雙細目，握住馬鞭的手輕輕揮動了一下：「起來吧！董太卿何在？」

右側那名太監道：「啟稟少監大人，最近從西疆進貢了五十四馬，加上新近篩選的那一批，共計有一百多批，這兩天宮中過來挑馬的絡繹不絕，董公公在清風口陪著挑馬呢。」

樊宗喜道：「什麼人過來了？」

那太監道：「三皇子！」

樊宗喜聽到來人是三皇子龍廷鎮，略一沉吟，旋即就催馬向清風口而去，龍廷鎮乃是新君龍燁霖的第三個兒子，也是龍燁霖最為鍾愛的一個，龍燁霖共有七名子女，六個兒子一個女兒，女兒就是胡小天一路護送到燮州的七七。龍燁霖登基之後，就開始考慮太子的人選，這也算得上吃一塹長一智，從他老爹那裡得到了教訓，為了防止後宮爭鬥，儘早將太子的人選定下來，可以省卻很多的麻煩。

放眼他的七名子女之中，論武功心計首屈一指的就是三兒子龍廷鎮。不少心腹近臣也都贊同他的想法，只是這龍廷鎮並非簡皇后所生，而且立他為太子就壞了長子繼位的規矩，簡皇后為他誕下大兒龍廷盛，龍燁霖雖然嫌棄大兒子性情暴烈魯莽，可是他畢竟是正妻長子，且龍燁霖自己就以長幼有序的道理繼承了大統，總不能登基之後就壞了規矩，所以只能暫時將立太子的事情押後再議。

清風口位於紅山腳下，新近引入馬場的一百多匹駿馬都在此地放養，馬場的執事太監董太卿正陪同在三皇子龍廷鎮身邊，龍廷鎮今年二十一歲，他長身玉立，相貌英俊，此刻正站在草丘之上觀察在河邊吃草的馬群，在他的身後還有幾名隨從。

樊宗喜和胡小天一行來到草丘前翻身下馬，齊齊跪倒在地，朗聲道：「御馬監樊宗喜參見皇子殿下。」龍廷鎮雖然是皇子，可是至今尚未封王。應該是龍燁霖從自己和這幫兄弟的事情上得到了教訓，在封王一事上尤為小心。

龍廷鎮雙手負在身後，目光仍然盯著遠處的馬群，心不在焉道：「起來吧，樊宗喜，你幫我看看哪匹馬最好？」

樊宗喜站起身來，跟在他身後的胡小天等人全都跟著站了起來。

胡小天這才仔細看了看這位新鮮出爐的三皇子，要說這龍廷鎮長得也算英俊瀟灑和周王龍燁方還有幾分相像呢，只是不知這貨是不是和龍燁方一樣，也都是金玉其外敗絮其中的角色。龍廷鎮給胡小天的感覺並沒有太多的特別之處，可是當胡小天看到龍廷鎮身後兩人的時候不由得吃了一驚。卻見龍廷鎮背後一名小太監擠眉弄眼地望著他。那小太監眉清目秀，臉上稚氣未脫，根本就是小公主七七所扮。

胡小天看到七七居然在這裡，心中懊悔不迭，早知會在這裡遇到她，自己無論如何也不會跟著樊宗喜前來紅山馬場。

和七七並肩站立的那位原本背對著胡小天，此時緩緩轉過臉來，她也是一身藍色的太監服，可卻掩飾不住麗質天成，眉目如畫，眼波流轉之間變幻萬種風情，正是胡小天在儲秀宮中驚擾的安平公主。

胡小天此時感覺到後背一股冷氣躥升上來，今兒是怎麼了？居然跟她們在這裡相見？安平公主那天在儲秀宮都沒有揭穿自己，以她善良溫柔的性情應該不會為難自己，可七七那刁蠻的小丫頭卻難以捉摸。魏化霖就是死於他和七七的聯手之下，自從那日之後，胡小天便刻意迴避和七七見面，還好她也沒有主動找上自己，本以為這件事大家都心知肚明，以後誰都會避免相見，卻想不到終究還是在這裡遇上。

安平公主顯然也認出了胡小天，俏臉沒來由紅了起來，越發顯得明豔不可方物。

胡小天第一次感覺到原來太監也是個如此美好的行業，連安平公主這樣傾國傾城的美女都加入了這個欣欣向榮的行當，看來當太監也是大有可為的。

七七看到胡小天頓時眉開眼笑，胡小天卻因為她詭異的笑容而心裡發毛，把腦袋耷拉得更低，有種腳底抹油轉身快溜的衝動。可既然來了，就不能說走就走。

龍廷鎮指向馬群中的一匹棗紅色的駿馬道：「那匹馬如何？」

樊宗喜順著他所指的方向望去，恭維道：「皇子殿下果然好眼力，那匹馬乃是西疆進貢的大宛馬，日行千里，夜行八百，神駿非常。」

龍廷鎮笑著點了點頭道：「好，將那匹馬給我牽過來，我要試試牠的腳力。」

樊宗喜趕緊安排手下人去做，這當兒功夫七七走到胡小天的身邊，故意咳嗽了一聲。胡小天把腰躬得更低，只當沒看見她。

七七一伸手就把他的耳朵給揪住了：「喂，你不認識我？」一句話將所有人的注意力全都吸引了過來。胡小天道：「公……」他本想說公主殿下，可七七冷哼一聲將他打斷。

這貨靈機一動：「公公有何吩咐。」

七七聽到他叫自己公公，不禁笑了起來。

樊宗喜在宮內多年，雖然他並不認識七七，可是安平公主他是認識的，一眼就看出跟在龍廷鎮身後的這兩名小太監全都是女子所扮，從七七的做派來看，隱約猜到了她很可能是當朝公主，不然哪個小太監也不會有那麼大的膽子在三皇子的面前放肆，所以樊宗喜也沒有插話。

龍廷鎮向七七看了一眼，並沒多說話，看到有人已經將那匹棗紅色的大宛馬牽了過來，於是迎上前去，一群人眾星捧月一樣將龍廷鎮護送了過去。

胡小天仍然站在原地，耳朵被七七給揪住了，想走也不能走。

「七七！你不要為難他！」卻是安平公主幫胡小天說話。

七七這才放手，胡小天看到四周已經沒有其他人，這才向兩人深深一揖道：「多謝安平公主！」

七七柳眉倒豎道：「你怎麼不謝我？只謝我姑姑？」

安平公主道：「七七，他只是一個小太監，你不必為難他了。」

七七瞪了胡小天一眼道：「姑姑，你可不瞭解他，他絕對不是什麼好人。」

胡小天一臉尷尬，這位小公主說話太不給面子了，老子不是好人，你又是什麼好人了？殺魏化霖你也有份。不但有份，你還是主犯，老子最多也就是個幫兇。

安平公主溫婉笑道：「你看你把他嚇得已經面無人色了，咱們還是去看看熱鬧吧。」一句話化解了胡小天的尷尬。

胡小天內心中卻頗為抗議，我何時害怕了？面無人色？我是臉不紅心不跳，只是不想跟這刁蠻公主一般見識罷了。三人一起走下草丘，河岸邊一匹黑色駿馬吸引了七七的目光，她頓時忘記了身邊的胡小天，欣喜道：「把那匹馬給我牽過來！」她畢竟是小孩子性情，朝著那匹黑色駿馬一路飛奔而去。

安平公主頗為無奈，笑著搖了搖頭。

胡小天依然畢恭畢敬走在她的身側，安平公主的目光落在他的身上，輕聲道：「你不是司苑局的嗎？何時調來了這裡？」

胡小天規規矩矩道：「啟稟公主殿下，我今天是湊巧跟隨樊少監過來參觀紅山馬場，在宮裡面待得久了，所以想出來透透氣。」

安平公主點了點頭道：「七七堅持要我一起過來挑馬，因為不想太多人注意，所以她才建議穿上了這樣的打扮。」

胡小天微笑道：「公主無論穿什麼都是天姿國色。」

安平公主秀眉微顰，似乎感到胡小天這句話有些放肆了。

胡小天善於察言觀色，慌忙致歉道：「公主勿怪，小的大膽了，只是我說的全都是實話。」說什麼話能討女人歡心是他的天生強項。

安平公主俏臉微紅道：「你不用害怕，我又沒怪你。」

胡小天心想我何時害怕了？在你眼中，我的膽子難道就這麼小嗎？這安平公主不但長得美麗無雙，性情更是溫柔可人，胡小天和她相處雖然只有兩次，可是心中卻對她極其欣賞，這才叫溫柔似水，這才叫女人味！反觀七七，那也能叫女人，事實上七七尚未成年，只是一個小女孩而已。

安平公主道：「你的事情我多少知道了一些。」停頓了一下又道：「七七跟我說的。」

胡小天內心一凜，那刁蠻公主該不會把合謀殺人的事情告訴她吧？

安平公主道：「我知道你當年曾經救過七七，是你一路將她護送到燮州，七七雖然表面上針對你，可是她心中對你實則是感激得很呢。」

胡小天只是笑笑並沒說話，感激就不必了，只要七七不找自己的麻煩就好。

安平公主忽然停下腳步，胡小天也隨之停下，她一雙剪水明眸凝視胡小天道：「你在青雲一定見過我的哥哥！」

胡小天此時方才明白安平公主落在後面也有她的用意，她想從自己這裡得到一些周王龍燁方的消息。胡小天點了點頭道：「見過，周王殿下對我頗為關照。」

安平公主咬了咬櫻唇道：「你最後一次見他是在哪裡？」

胡小天照實回答道：「燮州天府行宮，當時我察覺形勢不對，所以偷偷逃了出來。」

安平公主眼圈兒紅了起來。

胡小天看到她的模樣有些於心不忍，安慰她道：「李氏雖然自立，可是他們打著勤王的旗號，應該不會為難周王殿下。」

安平公主緩緩點點頭道：「希望我哥哥平安無事。」她心中卻明白，哥哥在李氏控制之中，倘若有一日失去了他的利用價值，李氏肯定會毫不猶豫地將他除去。

遠處七七已經上了那匹黑馬，縱馬奔向他們兩人，來到他們身邊勒住馬轠道：「姑姑、小鬍子，你們也挑一匹馬，咱們比比誰的坐騎更快。」

安平公主平復內心悲傷的情緒，微笑點了點頭。

胡小天忽然意識到安平公主如今的處境也很不容易，老皇帝表面上被尊為太上皇，可實際上已經被剝奪了所有的權力。新君龍燁霖雖然是她的大哥，可是龍燁霖顯然不會在意安平公主的死活，她的地位和過去已經無法同日而語。即便是知道自己的同胞哥哥身陷囹圄，安平也無能為力，所能做的唯有擔心歎息罷了。

安平公主向馬群望去，她選擇了一匹毛色純白如雪的駿馬，她不懂相馬之術，只能是以貌取馬，喜歡那馬兒的純淨雪白，這樣的選擇和她恬靜溫柔的性格相符。

胡小天本不想參與什麼賽馬，可七七執意讓他也選一匹，公主發話，他也不敢不從。等到胡小天要挑選的時候，七七卻指著馬群中的一匹灰馬道：「我看那匹比較適合你。」

胡小天順著她所指的方向望去，卻見那匹灰馬在馬群中顯得特立獨行，獨自在河岸邊吃草，一身灰不溜秋的毛色極不起眼，可是兩隻耳朵卻比普通的馬要長上許多，胡小天看到後產生的第一個想法就是，有沒搞錯，確定這是一匹馬不是一頭騾子？更離譜的是，那灰馬的尾巴幾乎都禿了，看情形是被火燒焦了，身上的鬃毛也因為被火炙烤，禿了幾塊，顯得極其滑稽。

周圍的幾名太監全都強忍著笑，認為七七分明在戲弄胡小天。

安平公主看到那匹馬也不禁皺了皺眉頭，輕聲道：「這匹馬何處來的？」雖然她不懂相馬，可是也能看出這匹馬的成色實在太差，本不應該出現在皇家馬場內。

一旁太監答道：「這匹馬出生在紅山馬場之中，因為長得醜怪，從未有人騎過，其實過去也沒那麼難看，只是兩個月前，閃電擊中馬廄引發火災，幸虧牠撞開圍欄，所以才避免了更大的損失，腦袋上到現在還有一個觸角樣的小包呢，樊少監說牠立了功，所以讓我們善待於牠，隨便牠在馬場中遊蕩。」

胡小天道：「就這匹吧！」

於是幾名太監過去將那匹灰馬給拉了過來，灰馬性情看來非常溫順，老老實實讓人上了轡頭，搭上馬鞍。

胡小天來到馬前，灰馬居然將兩隻長耳朵耷拉了下來，胡小天摸了摸牠的長耳朵，心中暗忖，這匹馬難道有兔子的血統？又或者根本就是一頭騾子？

七七和安平公主全都已經上了馬，七七道：「喂，小鬍子，你敢不敢比？」

胡小天翻身爬到灰馬之上，輕輕拍了拍灰馬的脖子，灰馬低下頭仍然繼續吃草，似乎背上多了一個人毫不在意。

七七指向正南方的山口道：「咱們從這裡開始，誰先抵達山口就算誰贏！」

胡小天完全抱著陪太子讀書的心理，陪跑第一，比賽第二，今天的主要任務就

是陪襯，在兩位公主面前跑馬，必須要悠著點兒。更何況自己的這匹灰馬實在太遜色，明顯是個吃貨，到現在還不停吃著水草呢。

七七道：「準備！」有小太監揚起了一面小黃旗。

胡小天牽動馬韁，灰馬這才慢慢抬起頭來，總算走到了和七七、安平公主同一起跑線的地方。小黃旗迎風招展，然後用力揮下。七七已經一馬當先衝了出去，安平公主也不甘人後，驅策著她的那匹雪白坐騎，猶如一道銀色閃電追逐七七那匹黑色駿馬，兩匹馬交替領先，兩位公主在馬背上英姿颯爽，不時發出銀鈴般的笑聲。

灰馬在胡小天的驅策下也跟著跑了起來，看得出已經盡力，可速度實在太慢，眼看著就被前方的兩匹馬甩開了一大段距離。胡小天望著這灰馬耷拉的兩隻耳朵，再看牠懶散的步伐，這貨有出工不出力之嫌。反正胡小天也沒奮勇爭先的念頭，索性聽之任之。

迎面吹來的風似乎強勁了許多，轉瞬之間一碧如洗的天空變得愁雲慘澹，倏然一道扭曲的閃電宛如扭動身軀金蛇一般撕裂了雲層，旋即一連串的悶雷響起。

平地驚雷將所有的馬匹都震得一驚，灰馬一雙長耳隨著雷聲陡然支楞了起來。然後牠如同突然夢醒一般，撒開四蹄向前方狂奔而去，驟然加快數倍的速度險些將胡小天從馬背上甩脫下去。

胡小天下意識地抓緊馬韁，只覺得耳旁風聲呼呼作響，兩旁景物飛一般向後倒退，灰馬以驚人的速度奔向前方。

七七和安平公主騎乘的那兩匹馬似乎被雷聲嚇呆，減慢速度停在原地，安平公主抬頭望了望雲層低垂的天空，預感到一場暴風驟雨就要來臨，輕聲道：「要下雨了，七七，咱們還是回去吧！」

七七回頭望去，卻見遠處一個小黑點正在迅速放大，卻是胡小天騎著那匹醜怪的灰馬全速向他們追趕而來，她不禁笑了起來：「有人未必肯輕易服輸呢。」

安平公主道：「別比了，一起回去！」

七七有些猶豫，就在此時天空中又是一個炸雷響起，她咬了咬櫻唇，終於準備答應下來，輕輕扯了扯馬韁，準備讓黑馬折返回頭的時候，一道炫目的閃電撕裂了深沉的天幕，也深深刺痛了黑馬的神經，那匹黑馬忽然發出一聲驚恐的嘶鳴，竟然受驚了，再不聽七七的指揮，朝著西南方向一路狂奔而去，七七嚇得牢牢抓住馬韁，身軀低伏在馬背之上，生恐被黑馬甩出去。

安平公主察覺形勢突變，也是花容失色，慌忙催馬去追趕七七。

此時胡小天已經風馳電掣般趕了上來，來到安平身邊放緩馬速，大聲道：「小公主呢？」

安平公主指了指遠方，那匹黑馬馱著七七越跑越遠，此時已經在遠方的天際邊變成了一個小黑點。

「追！」胡小天當機立斷，和安平公主一起朝著七七的方向追去，剛剛追出一段距離，天空就下起雨來，傾盆大雨從烏濛濛的天空裡傾斜而下，只一瞬間就模糊了周圍的景物，遠方的山川樹木彷彿在剎那之間就已經消失了，暴雨嘩嘩不停，彷彿有千針萬線，將天地密密匝匝地縫合在一起。

胡小天和安平公主很快就已經迷失了方向，他們擔心彼此走散，不得不放慢馬速。安平公主身下的那匹白馬頭顱低垂，顯然已經被這場突如其來的暴風驟雨嚇怕，反倒是胡小天的那匹醜怪的灰馬，對風雨沒有流露出絲毫的懼色，此刻昂首挺胸精神抖擻，胡小天向安平公主大聲建議道：「不如我們先回去，多找些幫手再來尋找小公主……」他的聲音被風雨吹打得斷斷續續。

安平公主一手在額前遮住風雨，她全身都已經被雨水濕透，嬌軀誘人的曲線在風雨中浮凸出來，她用力搖了搖頭道：「他們……看到咱們沒有回去……一定會過來尋找……還是繼續找下去……我擔心七七出事……」

胡小天拗不過她，只能順從她的意思，前方出現一條溝壑，胡小天一提韁繩，灰馬騰空就躍了過去。安平公主跟在他的身後想要如法炮製，卻想不到那白馬被風雨嚇破了膽子，動作嚴重走形，居然一下跳到了水溝裡，右前腿發出一聲清脆的碎裂聲，竟然意外骨折了。

白馬哀鳴一聲摔倒在地上，安平公主的嬌軀從馬背上甩了出去，重重摔倒在泥濘之中。胡小天慌忙翻身下馬，一手還不忘牽著馬韁，生怕這灰馬也跑了，來到安平公主身邊，將手伸向她。

安平公主身上沾滿泥濘，將沾滿泥土的柔荑交到胡小天的手裡，本想借著胡小天的力量站起身來，可是這一下摔得不輕，第一次居然沒有站起身來。胡小天又走進了一些，關切道：「你有沒有事？」

安平公主舒了口氣然後搖了搖頭，再次抓住胡小天的手，終於成功站起身來。望著那匹倒在地上痛苦嘶鳴的白馬，估計牠是無法站起繼續前行了。胡小天先翻身上馬，然後又俯下身軀，用手臂勾住安平公主盈盈一握的纖腰將她抱了上去。

安平公主坐在他的身後，雙手抓住他的腰帶。胡小天道：「回不回去？」安平公主這會兒方才完全緩過勁來，她搖了搖頭道：「去找七七，白馬留在這裡，他們發現後會跟過來……」

胡小天點了點頭，大聲道：「抱緊了！」他一抖馬韁：「駕！」灰馬馱著兩人向前方繼續狂奔，安平開始的時候還只是拽著胡小天的腰帶，可是當她發現這灰馬的速度越來越快，就不得不摟住胡小天的腰背，風雨正疾，可是有胡小天寬闊的身軀擋在前方，為安平公主遮擋了不少。

又往前方奔行了五里多路，胡小天終於發現了泥濘的草地上有新鮮的馬蹄痕跡，循著馬蹄的印跡向前尋找，沒走幾步就已經來到皇家馬場的邊緣，前方現出一個足有三丈的寬闊缺口，卻是大風刮到了柵欄外的大樹，樹幹在倒伏的時候，壓垮了部分柵欄，馬蹄的印跡一直朝向缺口。胡小天放慢馬速，蹄印到缺口中斷。他向兩旁看了看，都沒有任何的馬蹄痕跡，正在猶豫是不是繼續前行的時候。

安平公主道：「出去看看。」

出去就脫離了皇家馬場的範圍，這才是胡小天猶豫的原因，安平公主心繫七七的安危，催促胡小天繼續前行。灰馬從倒伏的柵欄上走過，很快就發現了外面的馬蹄印記，一直蜿蜒向前延伸。

胡小天皺了皺眉頭，那匹受驚的黑馬居然帶著七七從這個缺口逃出了皇家馬場。他的顧慮要比安平公主多得多，以他目前的身分只是司苑局的一個小太監而已。今次又是受到樊宗喜的邀請前來，雖說帶著安平公主離開馬場是為了追趕七七，可別人未必會這樣想，甚至會懷疑他的動機。

安平公主顯然猜到了他的顧慮，輕聲道：「你只管繼續追下去，回頭我幫你解釋。」

胡小天只能點了點頭，暴雨並沒有減小的跡象，加上胡小天對周圍的環境並不熟悉，所以刻意放慢了馬速，向前追趕了大約三里左右，前方出現了一個谷口，馬蹄的印跡一直延伸到谷內。

進入谷口之前，胡小天又回頭看了看紅山馬場的方向，馬場已經被籠罩在煙雨之中，以他的目力根本看不到馬場的輪廓。

灰馬放慢了步伐，谷口並非一馬平川的坦途，而是傾斜向下，原本那崎嶇的小道已變得泥濘不堪。胡小天勒住馬韁，向安平公主道：「只能步行往前找找了。」

安平公主點了點頭，在胡小天的幫助下先下了馬，胡小天隨後跳落到地面上，他拍了拍灰馬的臀部，本想將灰馬拴在樹上，可又擔心這山谷中有野獸出沒，伸手摸了摸灰馬的長耳道：「小灰，你若是願意等，就留在這裡等我，如果不想等就自已先回去搬救兵。」

灰馬打了個響鼻，似乎明白了胡小天的意思。

胡小天和安平沿著這條谷中的小路向前繼續尋找，馬蹄的印跡轉折過前方的山岩後便已不見，安平公主向前走了幾步，腳下卻突然一滑，嬌呼一聲，險些從斜坡跌落下去，幸虧胡小天及時伸手拽住她的手臂。

胡小天抹去臉上的雨水，定睛望去，卻見周圍已經找不到馬蹄的印跡，前方一丈多的地方已經再無道路，小心翼翼走過去看了看，卻是谷中有谷。

安平公主跟著他來到斜坡的邊緣，向下望去，卻見下方山谷內雨霧濛濛，根本看不清下面的景象，更看不到這山谷究竟有多深。胡小天大聲叫道：「七七！」並非是他心存不敬，而是他不想引來不必要的麻煩。

聲音在山谷中迴盪，久久無人應聲。

安平公主不由得焦急萬分，顫聲道：「七七莫不是掉下去了？」

胡小天沒說話，不過從馬蹄印跡在這裡消失的情形來看，很有可能。他向安平公主道：「這山谷不知有多深，咱們對地形不熟，現在雨這麼大，只能回去先找幫手再說。」

安平公主卻表現出少有的倔強：「要回去你自己回去，我在這裡等著。」

胡小天不由得有些頭疼，他還是第一次見到安平公主表現出如此剛烈的一面，遠處傳來灰馬的嘶鳴聲，似乎受到了某種驚嚇，胡小天低聲道：「有人來了？」

安平公主的臉上也現出喜色，她也認為肯定是馬場內的那些人循著他們的馬蹄印跡找了過來。

七道身影出現在後方的山路之上，胡小天向他們揮手示意，可是當對方越走越近身影變得越發清晰的時候，胡小天忽然發現，前來的七人全都蒙面，正中一人帶著猙獰的青銅面具，其餘六人臉上蒙著黑布。

一種不祥的感覺籠罩了胡小天的內心，安平公主也意識到形勢不對，因為緊張她下意識地抓住了胡小天的手臂。胡小天低聲道：「逃！」

雖然知道應該逃走，可是他們的身後已經無路可退，向後一丈就是山谷，胡小天牽著安平公主的手一步步向後，已經踩在山谷的邊緣之上。

戴著青銅面具的武士帶著黑色金屬手套的手已經落在刀柄之上，鏘！鏘！

鏘……所有人幾乎同時利刀出鞘，密集的雨點拍打在冰冷的刀鋒之上，反濺而起的雨霧織成一道道淒迷的刀光。

胡小天抿了抿嘴唇，他雖然從權德安那裡得到了十年內力，也學會了玄冥陰風爪，但是他對自己的真正實力並不瞭解，在無法確保安平公主平安無事的前提下他也不敢輕易冒險。一陣秋風吹過，山谷內的雨霧隨風飄散，胡小天留意到在下方五丈左右的地方，有一棵松樹探出了崖壁，紮根之處有一塊凸起的岩石可以落腳。他的手下意識地握緊了安平公主的皓腕，低聲道：「有沒有看到那棵樹？」

安平公主垂下美眸望去，秋風過後，谷口的雨霧重新聚攏，那棵松樹瞬間變得若隱若現，她點了點頭。可看到下方的情景，芳心中又不由得感到害怕，再次望向胡小天，胡小天向她報以溫暖一笑，這笑容奇跡般將安平公主心中的恐懼消融

七名武士已經擺開攻擊的陣型，進攻一觸即發。他們身上強大的殺氣向周圍彌散開來，強大的氣勢逼迫得雨霧向周圍排浪般席捲而去。

胡小天的目光落在正中武士的臉上，猙獰的青銅面具將對方的面孔幾乎完全掩住，陰森的目光從面具孔洞之中投射而來，雖然相隔五丈左右的距離，胡小天已經清晰感受到對方的強烈殺機，他牽住安平公主的手腕，猛然轉身向山谷下躍去。

七名武士顯然沒有料到對方會做出這樣的選擇，頭戴青銅面具的男子在第一時間反應過來，右足向前跨出一大步，然後身軀倏然升起在空中兩丈有餘，又如一

隻鷹隼般俯衝而下，手中長刀在虛空中做出一個劈斬的動作，輕薄的刀刃以不可思議的速度劈開密密匝匝的雨絲，凌厲的刀氣將前方的空間劈成兩半，雨絲伴隨著尖嘯向兩旁閃退。

男子的左腳穩穩落在岩石邊，青銅面具孔洞中棕色的雙目陡然變得凌厲非常，這一刀他並未劈中目標。山谷之中雨霧繚繞，以他的目力也看不清下方的動靜。

六名同伴幾乎在同時來到他身後，帶著青銅面具的武士伸出右手，示意所有人不要靠近，他將長刀插入刀鞘，側耳傾聽，右耳在秋風中以驚人的頻率迅速顫動。

胡小天和安平公主兩人從山谷上一躍而下的時候，雨霧已經將山谷徹底封鎖，剛才的那棵松樹已經完全看不到，可以說這一跳根本就是憑藉著剛才的印象。所幸胡小天的記憶力不錯，跳下的時候位置也沒有發生偏差，身軀落在松樹之上，壓斷了枝條，繼續向下墜落，胡小天慌亂中伸出手去，成功抓住了一根樹枝，安平公主跳下去的時候已經將自己的命運全都交到了胡小天的手中，從高處躍下的感覺讓她惶恐萬分，強忍著沒有發出尖叫，嬌軀在虛空中猛然一個停頓，卻是胡小天有力的臂膀抓住了她的手臂，將她慢慢牽拉上來。

安平公主爬上這棵生長在石崖上的松樹，兩人的面孔近在咫尺，彼此都看到對方眼中的惶恐和慶幸。

樹枝斷裂的聲音並沒有瞞過神秘武士的耳朵，他緩緩直起身來，脫去黑色披風，裡面是閃爍著深沉金屬光澤的鎧甲，他的雙手扯下胸前的拉環，只聽到吱吱嘎嘎齒輪轉動的聲音，在他的肩頭竟然伸展出一雙閃爍著光芒的金屬羽翼，武士再度拔出了長刀，毫不猶豫地走向崖邊，向下跳去，金屬羽翼在身軀騰空的剎那舒展到了極致，翼展在一丈左右，如同一隻巨鳥盤旋在虛空之中。

胡小天和安平公主剛剛站穩腳跟，兩人相互扶持著靠近崖壁，試圖攀援到一塊凸起的岩石上。頭頂的動靜引起了胡小天的注意，他示意安平公主繼續向崖壁攀爬，自己抬頭向上方望去。

銅面武士倏然就出現在他的頭頂，對方陰冷的眼眸之中流露出殘忍的殺機，舒展的羽翼延緩了他下降的速度，讓他得以鳥兒一樣翱翔在虛空之中，雙手握住長刀高舉過頭頂，攜高處飛下之勢，用盡全力向胡小天的頭頂劈落。胡小天幾乎不能相信自己的眼睛，這群人居然擁有如此先進的裝備，胡小天不敢直攖其鋒，合身飛撲向崖壁，雙手彎曲如鉤，卻是用玄冥陰風爪對付起了這棵松樹，十指深深插入松樹的樹幹之中。他剛剛離開立足的地方，銅面武士手中的長刀便力劈而過，碗口粗細的樹枝被他一刀劈成兩段，斷裂的樹冠轟隆隆摩擦著崖壁落入深不可測的谷底。

銅面武士完成這次攻擊之後，他的身體繼續下行，揚起左袖，自他的鐵手套內射出一支箭鏃，深深插入松樹主幹之中，箭鏃的尾端有鋼索和他的手臂相連，他向後用力牽扯了一下，借著反牽之力，身體再度騰空向上，穩穩落在樹幹之上。背後的金屬羽翼在密集的金屬摩擦聲中收納回到甲冑的背後。右手長刀斜斜指向下方，森寒的目光盯住已經靠近崖壁的兩人。

胡小天將安平公主護在自己的身後，面對這個新奇裝備層出不窮的銅面武士，胡小天感到迫切的危機感。兩人之間的距離只剩下兩丈，生長在石崖上的這棵松樹已經成為胡小天和安平公主最後的立足之地，生死懸於一木。

安平公主躲在胡小天的身後，雙手搭在他的肩頭，胡小天本以為她能夠拿出暴雨梨花針之類克敵制勝的殺器，可是目前看安平公主的樣子，應該是沒這類東西，到底她不是七七，倘若七七在這裡，那小妮子身上肯定不會缺乏歹毒的暗器。

銅面武士緩緩向前又進了一步，濃烈的殺氣將胡小天和安平完全包繞。胡小天審時度勢，擺在他們面前只有兩個選擇，一是自己衝上去跟這銅面武士玩命，還有一個就是他們兩人繼續跳下去。只是不知道這山谷到底有多深，摔下去會不會粉身碎骨，沒有確然的把握，胡小天不敢輕易冒險。

他也向前走了一步，低聲道：「去岩石那邊等我，我要是敗了，你就從這裡跳下去！」谷底隱約傳來水流奔騰之聲，應該不是實地，很大可能是河流之類的水系，倘若水夠深，或許能夠逃出生天。

安平公主卻沒有胡小天觀察那麼仔細，聽他這樣說，不禁心頭一酸，美眸之中湧出晶瑩的淚花，她轉身來到胡小天所說的岩石前，爬了上去。

銅面武士似乎認為自己已穩操勝券，他站在樹幹之上靜靜望著對面的胡小天。

胡小天向他笑了笑：「這位兄弟，收了多少銀子？我給你雙倍！」

銅面武士緩緩舉起長刀，胡小天抬起右臂，他的右手藏在長袖之中，瞄準了銅面武士道：「不知你有沒有聽說過暴雨梨花針的名字？」

銅面武士為之一怔，剛剛抬起的右腳再度落在了原地。充滿狐疑的目光盯住胡小天的右手：「詐我？」

胡小天呵呵笑了起來：「太高看你自己了，對你這種鳥人，老子懶得跟你玩智商，不相信你再往前一步，信不信我將你射成馬蜂窩？」胡小天揚起手臂。

銅面武士身形未動，手中的刀尖卻出現了微微的抖動，雖然是極其細微的動作，卻並沒有瞞過胡小天的眼睛，自從從權德安那裡得到了十年功力，胡小天的洞察力比起過去要有數倍的提升。

銅面武士突然笑了起來：「以為這樣低級的謊言能夠騙得過我？你若是有暴雨梨花針，剛才為何不出手？」

胡小天點了點頭道：「我從不打無把握之仗。」他忽然怒喝道：「看針！」右手一個劇烈的抖動。

銅面武士雖然算定他在欺詐自己，可看到胡小天抖動右手的時候仍然有一個本能的反應，向後退了一步，手中長刀在前方舞動出一片光霧，想以這樣的方式防護

住自己的身體。

胡小天哪有什麼暴雨梨花針，他只是虛張聲勢罷了。銅面武士意識到對方根本沒有什麼暴雨梨花針，手上的動作自然停了下來。胡小天卻抓住這稍縱即逝的良機，宛如一頭猛虎般向對方撲了上去。

銅面武士想不到胡小天如此膽大，這次的攻擊顯然將生死置之度外，銅面武士面對胡小天凌厲襲來的右爪，不得不棄去鋼索，以左手去拿胡小天的手腕。雖然擋住胡小天致命的一爪鎖喉，卻在衝撞中，兩人的身體同時失去了平衡，從樹幹上向下跌落。

一直在旁邊關注兩人爭鬥的安平公主，看到胡小天竟然和銅面武士一起跌入山崖，不由得發出悲戚的尖叫。此時上方的六名蒙面武士已經繫好繩索，從山崖之上向下飛速攀援而來。

安平公主用力咬了咬櫻唇，望著眼前縈繞的雲霧，忽然將美眸一閉，竟然從石崖之上凌空跳了下去……

請續看《醫統江山》卷七　偷樑換柱

醫統江山 卷6 鋒芒畢露

作者：石章魚
發行人：陳曉林
出版所：風雲時代出版股份有限公司
地址：10576台北市民生東路五段178號7樓之3
電話：(02) 2756-0949
傳真：(02) 2765-3799
執行主編：劉宇青
美術設計：許惠芳
行銷企劃：林安莉
業務總監：張瑋鳳

初版日期：2020年2月
版權授權：閱文集團
ISBN：978-986-352-765-7
風雲書網：http://www.eastbooks.com.tw
官方部落格：http://eastbooks.pixnet.net/blog
Facebook：http://www.facebook.com/h7560949
E-mail：h7560949@ms15.hinet.net
劃撥帳號：12043291
戶名：風雲時代出版股份有限公司

風雲發行所：33373桃園市龜山區公西村2鄰復興街304巷96號
電話：(03) 318-1378
傳真：(03) 318-1378
法律顧問：永然法律事務所 李永然律師
北辰著作權事務所 蕭雄淋律師

行政院新聞局局版台業字第3595號 營利事業統一編號22759935

定價：270元

國家圖書館出版品預行編目資料

醫統江山 ／石章魚 著. -- 臺北市：風雲時代，
2019.11- 冊；公分

ISBN 978-986-352-765-7（第6冊；平裝）

857.7 108014766